동아
COMMUNICATION
GROUP

동아
COMMUNICATION
GROUP

동아
COMMUNICATION
GROUP

손만 대면 다 고쳐 3권

초판 1쇄 인쇄일 | 2022년 6월 27일
초판 1쇄 발행일 | 2022년 7월 4일

지은이 | 해우
펴낸이 | 박성면
펴낸곳 | (주)동아

출판등록 | 제406-2007-000071호
주소 | 경기도 파주시 문발동 223-1 2층
전화 | (031)8071-5201
팩스 | (031)8071-5204
E-mail | lion6370@hanmail.net

정가 | 8,000원

ISBN 979-11-6302-593-1 (04810)
ISBN 979-11-6302-587-0 (Set)

손만 대면 다 고쳐

해우 현대판타지 장편 소설

DONG-A MODERN FANTASY STORY

목차

11. 또 다른 능력

평범한 사람이 2km 정도를 뛴다면 10분 정도 걸릴 것이다.

나이가 좀 더 있다면 500m도 뛰지 못하고 쉬었다가 뛸 것이고.

하지만 나나 노 씨 아저씨처럼 저 닭들도 힘을 얻었다.

한번 뛸 때마다 20m는 기본인 것 같았다.

거기에 날갯짓까지 하면 더 멀리 뛸 수 있었다.

나와 노 씨 아저씨가 따라잡히는 것은 시간문제였다.

"대장님! 저놈들 우리를 포위하려는 것 같습니다."

노 씨 아저씨가 뛰면서도 쫓아오는 닭을 살피는 것 같았다.

나는 힐끗 옆과 뒤를 봤다.

뒤는 몰라도 옆 도로 방면에 닭이 보였다.

노 씨 아저씨의 말대로 포위하려는 것 같았다. 이 닭들도 지능이 있는 것 같았다.

그리고 아무래도 도로를 따라 달리는 것이 산길을 달리는 것보다 빠르다.

또한, 문제가 하나 있었다.

이대로 가다가는 병원이 닭들에게 드러나고 만다.

아직 씨앗들이 제대로 자라지 않았을 시간이었다. 더군다나 닭들의 숫자를 봐서는 씨앗이 자라서 괴물이 되었다고 해도 막을 수 없었다.

"아저씨, 오른쪽으로 틀죠!"

"알겠습니다."

굳이 말을 안 해도 노 씨 아저씨는 내 의도를 파악한 것 같았다.

오른쪽으로 방향을 틀면 더 깊은 산으로 간다. 병원에서 멀어지는 것이다.

도로 쪽에 있던 닭들도 방향을 바꿀 것 같았다.

나와 노 씨 아저씨는 오른쪽으로 방향을 틀어서 뛰었다.

닭들이 잘 따라오는지 아닌지는 확인할 수 없었다. 확인한다고 멈췄다가는 바로 따라잡힐 테니까.

나와 노 씨 아저씨만으로 수백 마리의 닭을 상대할 수는 없었다.

어떻게 보면 거대 소나무가 상대하기 편했다.

어쨌든 최선을 다해 뛰었다.

얼마나 뛰었는지 모를 정도의 시간이 지났을 때 갑자기 노 씨 아저씨가 멈췄다.

"왜요?"

노 씨 아저씨의 표정은 안 좋았다.

"아무래도 몰이 사냥을 당한 것 같습니다."

노 씨 아저씨의 말대로였다. 앞쪽에서 퍼드득 소리가 들렸다. 그리고 곧 닭들이 모습을 드러냈다.

뒤를 돌아봤다. 몰려오는 닭들이 보였다.

나는 좀 허탈한 마음으로 노 씨 아저씨에게 물었다.

"어떻게 이럴 수 있죠?"

"일부러 속도를 조절한 것 같습니다."

아저씨의 말대로 뒤에서 쫓아오는 닭들의 속도가 달라진 것 같았다. 이제는 양옆에도 닭이 움직이는 소리가 들렸다.

완벽하게 포위된 것이다.

"하하. 그러고 보니 아무리 도로라고 해도 그렇게 빨리 닭들이 온 것도 이해가 되네요."

닭들이 하나둘씩 보이고 우리를 둘러싼 숫자가 최소 1백 마리 이상 되는 것 같았다.

"어느 방향을 뚫을까요?"

노 씨 아저씨가 묻는 것은 병원이나 고물상으로 갈 것인지.

아니면 우회해서 닭들을 완벽하게 따돌린 다음에 갈 것인지인 것 같았다.

하지만 그 전에 이상한 것이 있었다.

"이놈들 포위만 하고 덤비지를 않네요."

"마치 누군가를 기다리는 것 같습니다."

그 누군가가 누구인지 알 것 같았다. 대장 닭일 것이다.

느낌상으로 대장 닭은 강했다. 거대 소나무 정도는 아니어도 나와 노 씨 아저씨가 상대하기 힘들 정도였다.

더군다나 문제는 닭을 상대할 준비가 안 되었다는 것이다.

거대 소나무를 어렵게 상대할 수 있었던 것은 준비를 했기 때문이었다.

퍼더덕. 쿠웅.

날갯짓 소리와 함께 산을 울리며 나타난 대장 닭.

노 씨 아저씨는 일본도를 꽉 쥐며 말했다.

"포위망을 뚫겠습니다. 고물상으로 가세요."

노 씨 아저씨가 닭들을 향해 뛰며 일본도를 휘둘렀다. 닭들이 화들짝 놀라는 것처럼 날개를 펴며 펄쩍 뛰었다.

하지만 그냥 뛴 것이 아니었다.

발톱으로 노 씨 아저씨의 일본도를 막으려고 한 것이었다.

닭의 발톱은 빛에 반짝일 정도로 날카로워 보였다.

카앙.

그리고 일본도를 튕겨 낼 정도로 단단했다.

괴물이 되어 버린 닭이니 이 정도는 기본인 것 같았다.

노 씨 아저씨도 한 번에 닭을 잡을 수 있다고 생각한 것 같지는 않았다.

일본도가 튕겨 나가는 반탄력을 이용해 빙그르르 돌며 착지하는 닭의 다리를 베었다.

서걱.

발톱과는 다르게 다리는 그렇게 단단하지 않은 것 같았다.

닭이 비명을 지르며 옆으로 쓰러졌다.

노 씨 아저씨는 그때를 놓치지 않았다. 쓰러지는 닭의 머리를 베어 버렸다. 깔끔하게 목이 잘린 닭은 더는 움직이지 않았다.

그러자 옆에 있던 닭들이 노 씨 아저씨를 공격하기 시작했다.

퍼더덕 거리면서 뛰는 닭들의 공격은 생각보다 까다로운 것 같았다. 노 씨 아저씨의 공격을 기가 막히게 피하면서 다른 닭이 공격할 수 있는 기회를 만들었다.

노 씨 아저씨는 2마리 정도의 닭을 더 처리한 다음 더는 앞으로 나갈 수 없었다. 오히려 어깨와 다리에 상처를 입었다.

어쩔 수 없이 노 씨 아저씨는 뒤로 밀려서 내게 다시 올 수밖에 없었다.

"죄송합니다. 닭들이 연계가 좋네요."

어이가 없는 표정이었다.

내가 봐도 닭들은 효율적으로 공격하고 있었다.

"그래도 다행인 것은 저놈이 그냥 지켜보고 있는 것 같아요."

대장 닭은 가소롭다는 눈빛으로 나와 노 씨 아저씨를 보고 있었다.

"계획을 바꿔서 저놈을 먼저 처리하는 것은 어떻습니까?"

또 다른 능력 13

노 씨 아저씨의 말에 나는 고개를 저었다.

"저놈 주변에 있는 닭도 강한 것 같아요."

대장 닭을 호위하는 것처럼 서 있는 세 마리의 닭이 있었다.

그놈들의 가슴에 있는 붉은색 점이 다른 닭보다 훨씬 진했다.

대장 닭은 뭐 건드릴 엄두도 안 날 정도로 크고 진했고.

대장 닭의 붉은색 점에 손을 대면 붉은색 점이 사라지기 전에 내 몸 안의 에너지가 먼저 다 소모될 것 같았다.

"그럼 다시 시도해 보겠습니다. 모든 힘을 다해서 대장님이 포위망을 벗어날 수 있도록요."

노 씨 아저씨의 분위기가 이상했다.

"아저씨. 이런 일에 목숨까지 버릴 생각 하지 마세요. 아무래도 저놈 목적은 저인 것 같거든요?"

"무슨 말이신지?"

"저놈은 저를 직접 잡고 싶어 하는 것 같아요."

거대 소나무가 그랬었다. 그리고 그때의 느낌을 잘 알고 있다.

대장 닭도 그런 느낌을 주고 있었다.

"저놈 엄청 신중한 놈이에요. 나나 아저씨가 얼마나 강한지 파악한 다음 공격할 것 같아요."

"파악은 끝난 것 같습니다."

나도 노 씨 아저씨의 말에 동의했다.

그렇다면 대장 닭이 움직이지 않는 이유는 한 가지뿐이었다.

"아직 포위망이 완벽하게 완성되지 않은 것 같네요. 아저씨 생각에는 그곳이 어디인 것 같아요?"

나는 서쪽이었다. 갑자기 나타나 나와 노 씨 아저씨의 앞을 가로막은 방향.

"앞쪽입니다."

우리가 달려가려던 방향 그러니까 서쪽이 맞았다.

"그럼 뒤를 부탁해요."

나는 앞으로 뛰었다.

"대장님!"

노 씨 아저씨도 급하게 뛰는 것 같았다.

내 앞에 있던 닭이 퍼더덕 뛰며 발톱으로 찍으려 했다.

그 순간.

'꼬꼭!'

발톱은 내 몸에 닿지 않았다. 앞을 막던 닭은 날개를 더 펄럭이며 옆으로 피했다. 그리고 뒤에서 더 큰 날갯짓 소리가 들렸다.

대장 닭이 분명했다.

나는 닭들 다리 사이로 뛰었다. 덩치가 커서 살짝 상체를 구부리면 통과할 수 있었다. 덕분에 좋은 방패막이가 생겼다.

닭들은 나를 공격하지 못한다. 대장 닭이 나를 직접 잡고 싶어 하니까. 대장 닭은 부하 닭들 때문에 나를 제대로 공격하지 못한다.

노 씨 아저씨가 내 옆에 붙었다.

"이런 위험한 도박은 좀……."

"적중했으니까 다행이죠."

내 말이 끝나기 무섭게 앞을 가로막던 닭들이 옆으로 일제히 물러났다. 길이 훤하게 뚫린 것이다. 하지만 동시에 대장 닭도 공격할 수 있게 된 것이다.

"아저씨는 왼쪽! 저는 오른쪽이요!"

노 씨 아저씨와 나는 동시에 양옆으로 뛰었다.

닭들은 노 씨 아저씨를 쫓아가고 대장 닭은 나를 쫓아올 것 같았다.

뒤에서 들리는 소리를 보니 내 예상이 맞는 것 같았다.

퍼더덕.

다른 닭보다 더 큰 날갯짓 소리가 들렸다.

발에 힘을 줘서 왼쪽으로 뛰었다.

쿠웅.

자연스럽게 욕이 나왔다.

"젠장. 너도 뛰냐?"

거대 소나무가 뛸 때가 생각났다. 간발의 차이로 피했었다. 그런데 대장 닭도 뛰어서 나를 밟으려 하고 있었다.

'꼬옥!'

화가 난 목소리였다.

퍼더덕.

다시 오른쪽으로 뛰었다.

퍼더덕.

쿠웅.

하지만 이번에는 대장 닭이 내 앞에 떨어졌다.

한 가지 간과한 것이 있었다. 거대 소나무는 공중에서 방향을 바꾸지 못했다. 하지만 닭은 아니었다. 완전히 날지는 못하지만, 방향 전환은 가능한 날개가 있었다.

대장 닭이 파란색 눈으로 나를 노려봤다.

나는 그냥 웃었다.

"하하. 안녕?"

그냥 할 말이 없어서 한 것이다. 그런데 인제 보니 대장 닭의 눈이 파란색이었다. 닭 눈이 파란색이었나?

아니었다. 앞을 가로막은 닭들은 모두 붉은색이었다.

'너 내 힘이 되어라.'

이건 대장 닭이 내게 말한 것이다. 입을 움직이긴 했다. 하지만 닭 소리는 아니었다. 이로써 더 확실해졌다. 거대 소나무도 그랬고 대장 닭도 나를 죽이고 싶어 한다.

사실 나도 대장 닭을 죽이고 싶었다. 대장 닭을 죽이고 그 힘을 얻어 더 강해지고 싶은 유혹이 스멀스멀 올라왔다.

하지만 준비도 안 하고 대장 닭을 지금 죽일 수 없다는 것을 안다. 헛된 유혹에 휘둘릴 정도로 내 정신력은 약하지 않았다.

개죽음 같은 것은 안 한다.

'꼬오!'

경고도 없이 대장 닭이 달려와 날개를 휘둘렀다.

잽싸게 허리를 숙이며 앞으로 굴렀다.

퍼엉.

내 뒤에 있던 나무가 터져 나가는 소리였다.

역시 대장 닭이었다. 날개로 나무를 부숴 버린다.

그림자가 보였다. 옆으로 굴렀다.

쿠웅.

몸 바로 옆에 대장 닭의 발이 떨어졌다.

앞으로 굴러서 몸을 일으켜 세우며 달렸다.

다시 퍼더덕 소리가 들렸다.

나무 사이로 뛰는데도 위험하다는 느낌이 들었다.

발에 힘을 줘서 순간적으로 속도를 냈다.

파바방.

나무가 부서지며 파편이 내 몸에 맞고 옆으로 스쳐 지나갔다.

부하들은 나무를 못 부숴도 대장 닭은 아무렇지 않게 부수는 것 같았다.

퍼더덕.

오른쪽으로 확 틀었다.

퍼펑.

퍼더덕.

그림자가 머리 위를 지나간다. 힘을 줘서 속도를 늦추며 몸을 돌렸다. 역시 내가 가던 앞으로 떨어지는 것 같았다.

이것도 타이밍을 잘 재야 했다. 대장 닭이 하늘에서 방향을 바꿀 수 없을 때 나는 방향을 바꿔야 했다.

이런 식으로 계속 술래잡기를 해야 했다.

"허억. 허억."

나는 어쩔 수 없이 멈춰야 했다.

중간부터 대장 닭이 일부러 나를 한 방향으로 몰아가는 것을 알았다. 하지만 그것을 알면서도 그대로 도망가야 했다.

그렇게 안 하면 바로 죽을 테니까.

그리고 지금 대장 닭을 호위하던 세 마리 닭이 나를 포위하고 있었다. 뒤에는 대장 닭이 서 있었다.

몸을 돌려 대장 닭을 봤다. 놈의 눈빛은 의기양양했다.

"뭐 여기까지인가 보네."

숨을 고르며 마지막 싸움을 할 준비를 했다.

이대로 죽는 것은 억울하니까 대장 닭의 가슴에 손을 대고 누가 죽나 한 번 해볼 생각이었다.

운이 좋으면 내가 지닌 에너지가 더 많을 수도 있을 것이다.

하지만 그건 희망 사항일 뿐이었다. 다른 운이 필요했다.

"그래도 아저씨는 잘 도망가셨겠지."

일부러 아저씨를 병원 방향으로 보냈다. 살아남아서 닭들을 대비하든 사람들을 데리고 도망치든 했으면 좋을 것 같았다.

"자. 이제 끝장을 내자."

"대장님!"

젠장.

노 씨 아저씨는 도망가지 않았다.

"왜 돌아와서."

사실 노 씨 아저씨가 돌아온 것이 좋긴 했다. 이건 이성적인 생각이 아니라 감성적인 것이다. 이성적으로는 왜 돌아왔느냐고 질책하지만. 사람이란 다 그렇겠지.

그런데 이상했다. 닭들이 노 씨 아저씨를 피해 도망치는 것 같았다.

닭들이 쫓긴다.

컹! 컹!

크앙.

사방에서 들개가 나타나 닭의 목을 물어뜯었다. 거기에 애꾸와 몇몇 들개는 발을 휘두르는 것만으로 닭의 머리를 박살 냈다.

닭들이 제대로 힘을 못 쓰는 이유가 있었다. 들개들은 나무 사이로 자유롭게 움직이며 사냥하고 있었다.

하지만 닭들은 날개가 나무에 걸려 제대로 방향 전환이 안 됐다. 그렇다고 뛰어오르면 나뭇가지에 걸려 다시 내려온다.

거기에 들개 숫자가 꽤 많았다.

순식간에 닭들의 시체가 늘어나고 있었다. 얼핏 보이는 것만 수십 마리였다.

기회다 싶었다. 대장 닭을 호위하는 닭 세 마리도 당황하고 있었다. 나는 있는 힘껏 세 마리 사이로 뛰었다.

'꼬꼬오옥!'

대장 닭의 당황한 소리였다.

세 마리 닭이 움직이는 것 같았다.

하지만 나를 스쳐 지나가는 노 씨 아저씨와 애꾸의 부하들이
세 마리 닭을 막았다.

카앙.

크엉.

꼬고고.

나는 멈춰 뒤로 돌았다. 노 씨 아저씨와 들개들은 마치 오랜
기간 연습한 것처럼 세 마리 닭을 공격하고 있었다.

하지만 세 마리 닭도 만만치 않았다. 노 씨 아저씨와 들개 무리의
공격을 잘 방어해 냈다.

도망온 닭들은 대장 닭 근처에 모였다.

순간 노 씨 아저씨와 들개 무리는 뒤로 물러났다. 세 마리 닭도
더는 공격하지 않았다.

나와 노 씨 아저씨를 포함한 백여 마리에 이르는 들개 무리와
닭들의 대치가 만들어졌다. 약 20m 정도 사이를 둔 것이다.

대장 닭 주변에 모인 닭도 백여 마리 정도 되는 것 같았다.

대장 닭은 고개를 돌려 주위를 둘러보더니 고개를 높이 들었다.

'꼬끼오!'

엄청난 소리였다. 산이 울릴 정도였다.

멀리서 푸드득 하는 소리가 들렸다.

꽤 많은 숫자가 한꺼번에 움직이는 것 같았다.

그렇지 않고서는 저런 소리가 나지 않는다.

"어이. 다음에 싸우는 것은 어때?"

나는 대장 닭을 향해 소리쳤다. 그러자 대장 닭이 나를 노려봤다.

하지만 곧 고개를 끄덕였다. 저놈 사람 말을 이해하고 있었다. 아니면 내 말만 이해하든지.

"좋아. 잠시 싸움을 멈추자고."

나는 뒤로 조심스럽게 물러났다. 애꾸가 나를 보며 왜 그러냐는 듯한 표정을 지었다. 나는 물러나면서 애꾸에게 말했다.

"여기서 더 싸우면 피해가 너무 커. 제대로 준비해서 싸워야지. 내 말대로 하자."

애꾸는 어쩔 수 없다는 눈빛으로 고개를 끄덕였다.

애꾸 역시 내 말을 정확하게 알아듣는 것이 분명했다.

애꾸는 들개들에게 명령을 내리는 것 같았다. 들개들이 몸을 돌려 일제히 달렸다. 나와 노 씨 아저씨도.

닭들은 따라오지 않았다. 대장 닭에게 시간을 준 것을 후회하게 해 줄 것이다. 그 조심스러움이 반대로 독이 된다는 것을 알게 될 것이다.

아주 매운 맛을 보여 주지.

* * *

지휘 수탉은 부하들을 모아 산에서 내려왔다.

그리고 얼마나 피해가 있었는지 확인했다. 산에서 꽤 큰 피해를 본 것을 알 수 있었다.

공터에서 300여 마리에 달하는 들개 무리 공격에 약 200여 마리의 피해가 있었다.

그런데 산에서 100마리 넘게 피해를 본 것이었다.

포천 들판에서 출발할 때 800마리가 넘었었다.

지금은 450마리 정도만 남았다. 산에서 무리하게 이성필을 잡으려 했다면 몇 마리 남지 않았을 것 같았다.

지휘 수탉은 부하들의 숫자를 더 늘려야 한다고 생각했다.

'꼬꼬꼭꼭.'

지휘 수탉이 소리치자 암탉들만 모였다.

'꼬꼭'

이번에는 수탉들이 산기슭으로 가서 땅을 파헤치고 나뭇가지와 풀 같은 것들을 모아 오기 시작했다. 산란장을 만드는 것이었다.

3일이면 약 1,000여 마리의 새로운 부하를 만들 수 있었다.

새로 태어난 닭들의 힘은 약할 수밖에 없었다.

원래는 힘이 약한 닭을 무리 지어 보내 사냥하게 해서 살아남아 강해진 닭만 남게 했다.

그렇게 정예화시키는 것이다.

하지만 지금은 그럴 시간이 없었다.

힘이 약하더라도 최대한 부하를 많이 탄생시켜 앞장세울 생각이었다.

* * *

노 씨 아저씨 그리고 애꾸가 이끄는 들개 무리와 함께 병원으로 돌아왔다.

병원에 돌아오면서 병원 주변에 심은 씨앗을 확인했다. 아직 완벽하게 성장하지 않은 상태였다. 몇 시간은 더 지나야 할 것 같았다.

병원 앞마당에 도착하자 정문에서 김수호와 오민택이 긴장한 모습으로 나왔다.

"대장님 저 들개들은……."

김수호가 애꾸를 보더니 더 긴장하고 있었다.

애꾸도 김수호를 보더니 송곳니를 드러냈다.

"애꾸하고 만났었나 보네요?"

김수호는 고개를 끄덕였다.

"네. 간신히 도망칠 수 있었습니다. 그런데 왜 같이……."

"그게……."

어떻게 설명해야 할까 고민이 됐다.

애꾸가 이끄는 들개 무리는 병원 사람들을 사냥했었다.

나중에는 들개 무리가 사냥당한 것 같지만.

어쨌든 양쪽 모두 기분 좋은 만남은 아닌 것 같았다.

들개 무리의 분위기도 좋지 않았다.

그런데 한 가지 떠오르는 것이 있었다.

애꾸가 들개 무리를 다시 모아서 돌아온 이유가 뭘까?

병원으로 오면서 노 씨 아저씨에게 들은 이야기는로는 애꾸는 마치 나를 찾으려는 것 같은 행동을 했다는 것이다.

애꾸는 나에게 치료받고 그냥 도망간 것이 아닌 것 같았다. 흩어진 들개를 모아 나를 도우려고 한 것이 분명했다.

그렇다면 왜?

김수호가 그랬고 많은 힘을 지닌 이들이 내게 충성했다.

어느 정도 호감과 그럴 의지가 있어야지만 가능한 일이긴 했다.

애꾸는 그런 조건을 다 충족하고 있었다.

"애꾸!"

'컹.'

김수호를 보며 송곳니를 드러내고 있었던 애꾸는 언제 그랬냐는 듯이 꼬리를 살랑거리며 나를 쳐다봤다. 표정도 좋아 보였다.

"이제 여기 병원 사람들과도 동료야."

'키잉.'

마음에 안 든다는 표정이었다.

강하게 명령을 내리면 어떨까?

그런 생각을 할 때 김수호의 목소리가 들렸다.

"나하고 병원 사람들은 이성필 대장님의 부하야."

김수호의 말에 애꾸가 고개를 갸웃거렸다.

"너도 이성필 대장님 부하 아니야?"

김수호가 나를 가리키며 말하자 애꾸는 바로 반응했다.

'컹!'

어째 애꾸가 김수호를 마음에 들어 하는 것 같았다.

김수호는 나에게 슬쩍 웃어 준 다음 애꾸에게 다가가 말했다.

"그러니까 너하고 나하고 똑같다는 거야."

손짓까지 하며 애꾸에게 설명하자 애꾸는 살짝 고개를 끄덕이기 까지 했다.

"그러니까 앞으로 이성필 대장님 도와서 잘해 보자."

김수호가 조심스럽게 손을 내밀었다. 애꾸의 머리를 만지려는 것 같았다.

하지만 애꾸가 김수호의 손을 피하더니 발을 들었다.

김수호는 흠칫하며 순간 얼어붙은 것 같았다.

그런데 애꾸는 공격하려는 것이 아니었다.

턱.

자신의 오른발을 김수호의 손 위에 올려 놓은 것이다.

김수호가 애써 웃는 것 같았다.

"하하. 악수하자고? 그래. 악수."

굳이 억지로 명령을 내리지 않아도 잘 해결되는 것 같았다.

병원은 김수호가 들개 무리는 애꾸가 강력하게 제어할 수 있기 때문이었다.

그래도 애꾸에게 정확하게 말은 해 놔야 할 것 같았다.

"애꾸."

'컹!'

"여기 병원 네가 지켜 줘. 병원도 너와 동료들 지켜 줄 거야."

애꾸가 대답하지 않고 나를 빤히 쳐다봤다.

그 의미를 알 수 있을 것 같았다.

"나?"

'컹!'

"물론, 나도 지켜 줘야지. 나도 너와 동료들 지켜 줄 거고."

'키잉.'

애꾸가 내게 다가와 몸에 머리를 비볐다.

이제는 너무 커져서 다리에 머리를 비비는 것 같은 행동은 기대할 수 없을 것 같았다.

"지금은 여기 앞마당에서 머무는 거야. 알았지?"

'컹!'

대답한 애꾸는 바로 들개 무리에게 몸을 돌렸다.

그리고 크르렁거렸다. 들개 무리가 몸을 낮췄다.

애꾸가 동료들에게 무언가를 지시하는 것 같았다.

그런 애꾸를 놔두고 김수호에게 물었다.

"애꾸에게 그런 말을 왜 했어요?"

분명 애꾸를 두려워했었다.

"처음에는 좀 그랬습니다. 어떻게 받아들여야 할지 몰라서요. 하지만 이상하게 친근감이 올라오더군요. 애꾸도 대장님의 부하라고 생각하니 꺼리는 마음이 사라졌습니다."

이것도 내 능력 때문인 것 같았다. 나에게 호감을 지닌 상태로 충성을 맹세한 부작용?

"그리고 애꾸와 백여 마리의 들개가 동료가 된다면 그만큼 든든한 것도 없다고 생각했습니다."

"합리적인 판단과 선택을 한 거네요."

김수호가 그냥 아무 생각 없이 애꾸와 들개 무리를 받아들인 것은 아닌 것 같았다.

"그럼 이제 닭 무리에 관해 이야기해야 할 것 같네요."

"그렇지 않아도 궁금했습니다."

"정찰하러 갔다가 닭 무리와 부딪쳤었어요. 그러니까……."

나는 거대 수탉과 그 무리에 관해 김수호에게 말해 줬다. 괴물 닭들이 곧 공격해 올 것이라는 것까지.

이야기를 다 들은 김수호는 심각한 표정을 지었다.

"병원을 버리고 도망가야 할까요?"

있는 그대로 이야기했더니 김수호는 대장 닭을 이길 수 없다고 생각하는 것 같았다.

"아니요. 그 거대 소나무에 비하면 괴물 닭들은 숫자만 많았지 어려운 상대는 아니라고 봐요."

김수호의 표정이 밝아졌다.

"역시 그렇군요. 저희가 대장님을 잘 선택한 것 같습니다."

"거기서 왜 선택 이야기가 나와요?"

"우리만 있었다면 도망치거나……. 아니. 도망치기도 전에 죽었을 겁니다."

"어쨌든 닭들이 공격하기 전에 준비를 해야 해요."

"네. 어떻게 준비하면 될까요?"

"병원 사람 중에 쇠를 다루는 공장에 다녔던 분이 있나요?"

"음."

김수호는 잠시 생각하더니 어색한 표정으로 말했다.

"한번 알아보겠습니다."

"네. 알아봐 주시고요. 없으면 어쩔 수 없죠. 그리고 가장 먼저 할 일은 계획에 따라 씨앗 심기를 해야 해요."

"씨앗이요?"

"네. 숫자에서 밀리니 그 숫자를 괴물로 충당하게요."

"아!"

김수호도 고물상에 있는 아방토를 봤다.

"그냥 아무렇게나 심을 계획은 아니에요. 병원 사람들에게 알리고 쇠를 다룰 줄 아는 사람을 찾아서 고물상으로 오세요."

"그렇게 하겠습니다."

김수호에게 말한 나는 애꾸에게 몸을 돌렸다. 애꾸는 동료들에게 지시를 다 내린 것 같았다. 들개들의 표정이 편해 보였다.

"애꾸는 여기서 기다려. 갔다 올게."

'끼잉.'

헤어지기 싫다는 표정이었다.

"네가 가면 동료들 통제할 수 없잖아. 병원도 지켜야 하고……. 난 애꾸가 훌륭하게 병원 지킬 수 있으리라 믿어."

'컹!'

애꾸도 칭찬에 약한 것 같았다.

"그럼 잘 지키고 있어. 아저씨 가요."

"네. 대장님."

나는 노 씨 아저씨와 고물상으로 출발했다.

* * *

고물상에 와서 놀라운 것을 봤다.

고물상 주변에 심은 괴물이 생각보다 더 컸기 때문이었다.

병원 주변에 심은 것들과 비교해 보면 약 1.5배 정도 더 큰 것 같았다. 거기다가 내가 명령을 내리지 않았는데도 고물상 안의 사람들을 공격하지 않았다.

정수와 이수진이 괴물 주변에 있었다.

"정수야!"

"대장님 오셨어요?"

"괴물 근처에 가지 말라고 했잖아."

"수진이가 괜찮다고 해서요."

이수진은 괴물과 의사 소통이 가능했다.

"그래?"

"네. 다 자란 괴물들이 야방토를 자신들의 지도자로 여긴대요."

이건 또 다른 현상이었다.

방울토마토 씨앗만 심은 것이 아닌데 다른 종의 괴물도 소통할 수 있다니.

"그리고 성식이 형을 엄마로 생각해요."

"엄마?"

농대를 나와 경비원이었던 이성식을 왜 엄마로 생각하는지 궁금했다. 그때 이성식이 안쪽에서 나왔다.

"대장님, 오셨어요?"

"괴물들이 엄마로 생각한다던데?"

얼굴이 붉어지는 이성식.

부끄러운듯한 표정으로 말했다.

"그게⋯⋯. 씨앗 심은 곳에 싹이 나면서 땅이 회색으로 변하더라고요. 그래서 잘 자라라고 땅에 힘을 썼거든요."

괴물들이 왜 더 커졌는지 알 것 같았다.

이성식은 땅의 지력을 파악할 수 있었다.

그리고 지력이 부족하면 능력으로 채울 수 있었고.

괴물도 지력이 좋으면 더 크게 자랄 수 있다는 것을 알았다.

"잘했다. 그 능력 곧 사용하게 되겠네."

"네?"

"그런 것이 있어. 곧 알려 줄게."

괴물 닭들과의 싸움 준비에 씨앗을 심어 키운 괴물을 이용할 계획이었다. 이성식이 지력을 높여 주면 괴물들이 더 커지고 능력도 좋아질 것 같았다.

그런데 다 자란 괴물들의 움직임이 이상했다. 방울토마토들은 가지를 마구 흔들었고 상추는 잎을 펄럭였다. 고추나무는 열매를 부딪쳤다.

그때 이수진이 웃으며 말했다.

"사장님! 얘네들 아빠가 왔다고 좋아해요."

"……."

순간 할 말이 없었다. 결혼도 안 한 총각에게 아빠라니.

"얘네들 열매 생기면서 사장님 찾았었어요. 자신들을 심어 준 분이 누구냐고 묻더라고요. 그래서 제가 아빠 찾는 거냐고 물었죠."

머리가 살짝 아파 온다.

"잠깐만 그러니까 수진이 네가 아빠의 개념을 이 아이들에게 알려 준 거야?"

"네."

이수진은 아주 당당하게 말하고 있었다.

괴물들 입을 보니 확실했다.

나를 보고 '아빠!'라고 하고 있었다.

그런데 한 가지 스쳐 지나가는 생각이 있었다.

"수진아. 너 이 아이들에게 동시에 명령 내릴 수 있어?"

"동시에요?"

"어."

"음. 한 5마리 정도는 가능한 것 같아요."

마침 조금씩 떨어져 있기는 하지만 5마리 정도가 앞에 있었다.

"그럼 저기 있는 차들 각자 공격하게 해 볼래?"

고물상 근처에 버려진 차가 아직 있었다.

"네."

수진이는 바로 명령을 내린 것 같았다.

방울토마토 나무 2그루가 각자 다른 자동차를 향해 열매를 날렸다. 상추 2포기는 회전하며 잎을 날렸다. 고추나무는 열매를 던졌다.

"아앗. 매워요."

수진이가 기겁하며 도망쳤다. 정수도 마찬가지였다.

이성식은 입과 코를 막아 보지만 고추나무의 열매는 그런 정도로 막을 수 있는 것이 아니었다. 피부가 따끔할 정도였으니까.

"아! 눈······."

나도 눈이 따가워지기 시작했다.

4개 정도가 터지니 참을 수 없을 정도였다.

그래도 수진이의 명령대로 각자 목표물을 향해 공격했다.

"아우. 들어가자. 좀 씻고 이야기 좀 하자."

도저히 참을 수가 없었다. 그래서 모두 고물상 안쪽으로 들어갔다. 물로 얼굴을 씻어내도 화끈거렸다. 고추나무 공격은 정말 필요할 때만 사용해야 할 것 같았다. 아군 적군 가리지 않고 영향을 받으니.

그래도 이수진이 괴물들을 지휘할 수 있다는 것을 알았다.

괴물을 효과적으로 운용할 방법이 생긴 것이었다.

"아우! 사장님 또 고추 터뜨렸어요?"

신세민이 투덜거리면서 나타났다.

고물상 안쪽 깊숙한 곳까지 고추의 매운 것이 퍼진 것 같았다.

"아! 오빠. 저 고추나무는 안 하면 안 돼요?"

이연희까지 얼굴을 찌푸리고 있었다.

아주머니는 수건으로 코와 입을 막은 것 같았다.

"아우. 인터넷이라도 되면 방독면이라도 주문할 텐데."

신세민은 말도 안 된다는 것을 알면서도 저렇게 말하고 있었다.

세상이 이렇게 변했는데 누가 물건을 팔까.

배달할 사람도 없는데.

그런데 방독면은 꽤 좋은 생각 같았다.

"세민아. 방독면 가져다줄까?"

"진짜요? 어디서요?"

신세민도 방독면을 구하기 힘들다는 것을 잘 아는 것 같았다.

"왜 마트 너머에 군부대 하나 있잖아."

"아! 그 군수 부대요!"

나도 세민이도 잊고 있었다.

근처에 제5군수 지원 여단이 있다는 것을.

경기 북부 방어를 책임지는 5군단 예하 부대였다. 군수 부대니 당연히 방독면도 있을 것이다. 다른 것들도 있을 테고.

"그 전에 이야기 좀 하자. 모두 모여요."

괴물 닭 침공을 막을 계획을 세워야 했다.

막상 모여서 괴물 닭을 막을 회의를 하려고 하니 전문 지식을 제대로 아는 사람은 없었다.

나는 주유소 사거리를 중심으로 동쪽 벌판에 괴물 식물을 심는 것과 북쪽에 바리케이드로 방어선을 만들어 막다가 유인하는 것 정도의 의견을 냈을 뿐이다.

다른 의견이 없었다. 그래서 간단한 계획이 세워졌다.

북쪽의 방어선에서 천천히 후퇴하면서 괴물 식물이 있는 곳까지 유인한다. 그리고 괴물 식물과 함께 반격한다.

이 계획을 어떻게 실현하느냐는 또 다른 문제였다.

이것은 노 씨 아저씨에게 맡겼다. 아무래도 군 전문가는 이곳에서 노 씨 아저씨뿐이었기 때문이었다.

노 씨 아저씨에게 맡긴다고 하자 노 씨 아저씨는 기다렸다는 듯이 종이를 가져다가 간단하게 지도를 그렸다.

그리고 방울토마토 괴물은 어느 곳에 심어야지 교차 사격이 가능한지 표시했다.

다음은 고추나무와 함께 상추가 공격할 지점까지 표시했다.

방울토마토의 공격을 뚫은 닭들이 고추나무의 열매가 폭발하고 칼날 같은 상춧잎의 공격에 당황할 때 일제히 반격에 나선다.

그때 나와 노 씨 아저씨, 이연희, 정수와 오민택은 대장 닭만 공격해 쓰러뜨리면 된다.

"그럼 세부적인 계획은 노 씨 아저씨가 마무리해 주시는 것으로 하죠."

"부족하지만 잘해 보겠습니다."

노 씨 아저씨가 세부 계획을 더 보충하는 동안 나는 다른 할 일이 있었다.

마침 김수호가 두 사람을 데리고 고물상으로 왔다.

하지만 바로 고물상 안으로 들어올 수는 없었다.

고물상 앞에 심은 방울토마토가 공격했기 때문이었다.

정수의 거대 꿀벌이 그 소식을 알려 줬고 나는 그들을 마중 나갔다.

* * *

방울토마토에게 김수호와 두 명을 공격하지 말라고 인식하게 한 다음 같이 들어왔다.

김수호는 몰라도 같이 온 두 명은 괴물이 내 말을 듣는다는 것을 보고 신기해했다.

병원 주위에 심어 놓은 곳은 접근하지 말라고 했으니, 처음 보는 것이기 때문인 것 같았다.

"성함이."

"이만석입니다."

50대로 보이는 이만석은 아무런 능력도 없는 것 같았다. 눈동자가 하얀색이었다.

"고준수입니다."

고준수는 30대 초반 같았다. 하지만 그는 눈이 붉은색이었다.

"네. 반갑습니다. 김수호 선생님은 안에 들어가서 노 씨 아저씨에게 계획 설명을 들으세요."

"그렇게 하겠습니다."

김수호는 무슨 계획인지 묻지도 않고 노 씨 아저씨가 있는 사무실 컨테이너로 갔다.

남은 두 사람은 불안한 눈빛을 하고 있었다.

"두 분은 저하고 같이 만들어 주셔야 할 것이 있어요."

"저희가요?"

"네. 이만석 씨는 철판 같은 것은 만져 보신 거죠?"

"네. 저야 직업이 원래 철판 프레스 공장에서 일해서."

"고준수 씨는요?"

"같은 공장에 다녔었습니다. 아저씨 병문안 왔다가⋯⋯."

"잘됐네요."

같이 일한 적이 있다면 손발이 잘 맞을 것 같았다.

더군다나 고준수는 능력이 있으니 힘도 강했다.

"두 분 저 따라오세요."

나는 고물상 한쪽으로 갔다. 그곳에는 철판에 구멍을 뚫을 수 있는 유압 프레스가 있었다. 그것만 있는 것이 아니었다.

철판을 구부리고 자를 수 있는 도구가 있었다. 심지어 용접기까지 있었다.

"여긴 뭡니까?"

이만석이 묻고 있었다.

"고물상이요."

"아니. 무슨 작은 공장이라고 해도 되겠습니다."

이만석의 눈은 반짝이고 있었다.

"없는 것이 없네요."

"작은 취미로 이것저것 만들다 보니……."

좀 멋쩍었다. 필요한 것을 하나둘씩 모으다 보니 이만석의 말대로 작은 공장을 운영할 정도로 모였다.

"이것으로 뭐를 만들면 됩니까?"

이만석은 내가 왜 자신을 데려왔는지 눈치챈 것 같았다.

"철판으로 보호구를 만들려고요. 전신 갑옷 같은 것은 안 되겠지만, 어깨와 가슴 정도는 보호할 것은 만들 수 있지 않나요? 움직일 때 방해되지 않을 정도로."

이만석은 잠시 생각하는 것 같았다. 그리고는 난감한 표정으로 말했다.

"어떤 방식으로 어떻게 만들어야 할지 모르겠네요."

"저하고 같이 만들어 보시죠."

"대장님께서 같이 만들어 주신다면야."

이만석도 나를 대장님이라고 부르고 있었다.

"고준수 씨도 도와주고요."

"네. 대장님."

지금은 급하게 임시 방어구를 만들 생각이었다.

아무리 힘을 지녔다 해도 심장 같은 곳을 공격받으면 한 방에 죽을 수 있었다. 괴물 닭의 공격을 완벽하게 막아 내지는 못할 것이다. 하지만 조금이라도 살아날 확률이 있다면 방어구를 착용하는 것이 낫다.

"그리고 병원 사람들 보니까 식칼에 쇠파이프 같은 것만 무기로 가지고 있던데요. 다른 무기는 없나요?"

내 물음에 고준수가 답했다.

"네. 다른 무기는 없습니다."

"그럼 보호구부터 만든 다음 창을 만들죠."

쇠로 만든 긴 창이면 날아올라 공격하는 괴물 닭을 공격하기 좋을 것 같았다. 제대로 찌르면 괴물 닭이라 해도 죽일 수 있을 것 같았다. 괴물 닭의 약점은 가슴 부분이니까.

"일단 어깨와 가슴을 보호하는 것을 만들죠. 여기 철판으로 할 겁니다."

첫날 어설프게 만든 것과는 다른 두께의 철판이었다.

"먼저 제 몸을 기준으로 할게요. 여기서부터 여기까지 길이를 재서……."

노끈으로 어깨 부근의 길이를 쟀다. 그리고 철판에 그 길이만큼 표시했다.

"이걸 잘라서 끝부분에 구멍을 뚫고 디귿자 형태로 구부릴 겁니다."

내가 설명을 하자 이만석이 또 난감하다는 표정으로 물었다.

"그 두꺼운 철판을 어떻게 자릅니까?"

"그라인더로요. 저기 있잖아요."

"전기가 안 들어오는데요?"

"아. 잠시만요. 세민아!"

나는 좀 떨어진 곳에 있는 신세민을 불렀다.

내 예상대로 세민이는 달려오지 않고 그 자리에서 소리쳤다.

"사장님! 왜요?"

"발전기 좀 가지고 와라."

"일있어요!"

신세민은 자신이 발전기를 직접 들지 않았다. 정수를 시켜서
들게 했다. 정수야 발전기 무게 정도는 가볍게 드니 그런 것 같았다.

"정수 시켰으면 됐지. 너는 왜 오냐?"

"방독면 가져다준다면서요."

"여기 바쁘잖아."

깜빡하고 있었다. 이런 기회를 신세민이 놓칠 리가 없었다.

"바빠도 약속은 약속이에요."

"보호구 만드는 일이 우선이야."

"와. 사람이 한 입으로 두말하네."

"형. 저하고 같이 가요. 대장님 바쁘시잖아요."

"그래. 정수하고 가면 되겠네."

신세민은 나와 정수를 한 번씩 보더니 어쩔 수 없다는 듯 말했다.

"이번만 그냥 넘어갑니다. 대신 연희 누나도 같이 가게 해 줘요."

어째 신세민의 속셈이 보이는 것 같았다. 뭐 어차피 방독면도 필요하니 그냥 신세민의 의도를 모른 척 넘어가 줘도 될 것 같았다.

"그래라."

"정말요?"

"그래."

"그럼 사장님이 같이 가라고 했다고 합니다."

"그러라니까."

신세민은 뒤로 돌더니 뛰어가면서 소리쳤다.

"누나! 사장님이 같이 갔다 오래요!"

이연희의 목소리가 들렸다.

"어딜?"

"방독면 가지러요."

"그러니까 어디로!"

신세민과 이연희가 알아서 하라고 두고 나는 발전기를 가동했다. 탈탈탈탈 거리는 소리가 들리자 이만석과 고준수는 깜짝 놀랐다.

"발전기가……."

"……."

"자. 이제 됐죠? 시작하시죠."

어떻게 발전기가 가동되는지 설명할 생각은 없었다.

이만석은 그라인더를 연결했다. 하지만 바로 작동되지 않았다.

"대장님 이거 안 되는데요."

"아. 잠시만요."

그라인더도 붉은색 점이 있었다. 바로 붉은색 점을 사라지게 했다. 그러자 그라인더가 작동됐다. 그것을 본 고준수가 중얼거리는 것이 들렸다.

"사실이군요. 대장님이 손만 대면 다 고치신다는 것이…….
오 과장님도……."

"고준수 씨도 돕죠?"

"네? 네."

고준수에게 다른 철판을 내밀었다.

"이걸 어떻게……."

"고준수 씨는 쉽게 가죠."

나는 다른 철판을 들어서 고준수 어깨에 대고 구부렸다. 철판을 구부리는 것 정도는 힘으로도 할 수 있었다.

"몸에 대고 맞춘 다음 잘라요."

"네."

먼저 나와 고준수의 보호구를 만든 다음 보강할 것이 있는지 살펴볼 생각이었다.

그 전에 김수호에게 밖에 있는 힘을 잃은 20명을 병원으로 데리고 가게 했다.

김수호 혼자 20명을 다 제어할 수 없을 것이 분명했다.

하지만 일부러 그런 것이다.

도망치는 것 역시 그 사람의 선택이니까.

* * *

신세민은 카트 하나를 정수에게 맡기고 이연희 옆에 딱 붙어서
걸어가고 있었다.

"누나. 전에 취미는 뭐였어요?"

"사람 패는 거."

"에이. 힘을 얻기 전에요."

"맞아. 사람 패는 거."

"거짓말하지 말고요."

"너 우리 집이 검도 도장 했다는 거 몰라?"

"알죠."

"그럼 내가 뭐 배웠겠니?"

"검도요?"

"그래. 검도로 뭐 했을 것 같은데."

"대련이요."

"그게 사람 패는 거야."

맞는 말이기는 했다. 그래도 신세민은 아무렇지 않게 또 말했다.

"대련하고 사람 패는 거하고는 다르죠."

"다르지 않아. 합법적으로 패는 것뿐이야."

이연희는 신세민에게 눈치를 주고 있었다. 하지만 신세민은
그런 것은 상관하지 않는다는 듯 행동하고 있었다.

"아. 향기 좋네요. 누나 향수 써요?"

"향수? 너는 지금 이 상황에……."

이연희는 어디선가 장미 향이 나는 것을 느꼈다.

그때 김정수가 얼굴이 하얗게 질린 상태로 말했다.

"모두 물러나요. 장미꽃 괴물이에요."

"장미꽃 괴물?"

신세민은 김정수에게 묻다가 기억나는 것이 있었다.

"그 마트 앞에 있었던 거?"

"네. 저기 봐요."

촤악!

5군수 지원 여단 정문 앞에 장미꽃 괴물이 2마리나 있었다.

위협하는 듯 가시 채찍을 휘두르고 있었다. 그런데 안쪽에 더 큰 장미꽃 괴물이 보였다. 담장 너머로도 보일 정도였다.

"이거 우리가 해결할 상황이 아닌 것 같다. 정수야."

"뭐 이런 거 가지고 그래. 내가 해결해 줄게."

이연희는 검을 뽑았다. 장미꽃 괴물 정도는 자신 있었다.

하지만 이연희는 장미꽃 괴물이 왜 무서운지 모르고 있었다.

"누나! 가까이 가면 안 돼요. 향기를 가까이서 맡으면 기절해요!"

"……."

이연희는 순간 할 말을 잊었다. 그냥 뛰어들었으면 큰일 날 뻔했다.

"그럼 숨을 참고 싸우면 되겠네."

"숨을 참고 어떻게 싸워요."

"몇 분 정도는 참을 수 있어."

이연희는 김정수와 신세민이 말리기도 전에 숨을 깊게 들이마시고는 뛰었다. 그리고 문 앞의 장미꽃 괴물이 휘두르는 채찍을 가볍게 베어 버리면서 접근했다.

그동안 힘을 더 키웠기 때문이었다. 며칠 전이라면 몰라도 지금은 장미꽃 괴물 정도는 그냥 해치울 수 있었다.

이연희는 2분도 걸리지 않아 문 앞을 지키는 장미꽃 괴물을 검으로 베어 해체해 버렸다.

장미꽃 괴물을 해치운 이연희는 빠르게 돌아왔다.

"후아. 그래도 좀 힘은 드네."

숨을 참은 상태로 격렬하게 움직이니 당연했다.

"이런 식으로 조금씩 해치우고 마지막에 저 큰놈 해치우면 돼. 이런 일에 괜히 오빠 귀찮게 하지 말자고."

김정수도 이연희의 실력을 보고는 고개를 끄덕였다.

"세민이하고 정수는 여기서 기다려. 금방 해치우고 올게."

이연희는 또 숨을 깊게 들이마시고는 뛰었다.

그리고 5군수 지원 여단 문을 넘어갔다.

그것을 본 신세민은 웃으며 말했다.

"내가 이래서 저 누나 안 좋아할 수 없다니까. 멋지잖아."

"형……. 상처받을 텐데요?"

"상처? 내가? 그냥 내가 좋아하는 것뿐이니까 괜찮아. 누나가 사장님 좋아하는 것 나도 알거든."

"진짜 괜찮아요?"

"어쩌겠어. 사람 마음을……."

정수는 신세민이 자기 자신에게 하는 말처럼 들렸다.

그런데 이연희가 5군수 사령부 문을 다시 넘는 것이 보였다.

1분도 안 되어 다시 넘는 것이 이상하다고 생각하는 순간 이연희가 소리쳤다.

"도망쳐!"

꽈앙.

5군수 지원 여단 정문이 부서지며 밖으로 튀어나갔다.

그리고 셀 수도 없는 장미꽃 괴물이 보였다.

다행인 것은 장미꽃 괴물의 속도가 엄청 느리다는 것이었다. 가로수 괴물보다 더 느린 것 같았다. 하지만 가시 채찍의 길이는 꽤 길었다.

이연희가 이리저리 뛰며 김정수와 신세민이 있는 곳까지 무사히 도착했다.

"누나……. 도대체 몇 마리에요?"

신세민의 물음에 이연희는 고개를 절레절레 흔들면서 말했다.

"몰라. 엄청 많아."

"형. 누나. 진짜 도망쳐야겠어요."

정수는 끊임없이 몰려나오는 장미꽃 괴물을 보며 말했다.

신세민은 한숨을 쉬며 투덜댔다.

"부대 안에 장미꽃만 심어 놨나? 왜 이렇게 많아!"

신세민은 아무렇지 않게 말했지만, 사실이었다. 장미꽃 축제를 한다는 5군수 지원 여단장의 지시에 부대 전체에 장미꽃을 심었었다. 일부는 5군수 지원 여단 외부 담장에도 심었다.

외부 담장에 심었던 장미꽃 중에 괴물이 된 것은 사방을 돌아다니며 사냥을 했다. 5군수 지원 여단 안에 있던 장미꽃 괴물들은 부대 안의 사람을 다 잡아먹었다. 그리고 서로를 잡아먹다가 하나의 거대 장미를 중심으로 안정화된 것이었다.

외부 자극이 없어 움직이지 않고 조용히 있었다.

그런데 이연희가 침입하면서 장미꽃 괴물들이 자극을 받았다. 문을 부수고 외부로 나가기 시작한 것이었다.

"도망쳐야겠네요."

신세민이 먼저 등을 돌렸다. 이연희와 김정수도 어쩔 수 없이 고물상으로 뛰었다. 이연희와 김정수 둘만으로는 장미꽃 괴물을 감당할 수 없었기 때문이었다.

* * *

"헉헉헉……."

"너 왜 그래?"

"저기… 장미……. 괴물……."

신세민은 숨이 차서 그런지 제대로 말도 못 하고 있었다. 그래서 정수가 대신 말하기 시작했다.

또 다른 능력 47

"대장님. 장미꽃 괴물이 엄청나게 많아요. 숫자를 셀 수도 없어요."

"어디에?"

"군부대에요."

그러고 보니 장미 향이 느껴지는 것 같았다.

첫날 마트에서 죽을 뻔한 것이 기억났다.

"정수야. 빈 생수병 큰 거하고 작은 거 가지고 와라."

"연희 씨는 수건이나 면……. 아니다. 제가 직접 가져올게요."

"오빠. 뭐 하려고요."

"장미꽃 괴물 잡아야죠."

"어떻게요!"

나는 사무실로 뛰어가면서 소리쳤다.

"임시 방독면 만들어서요."

꽤 괜찮은 방법이 있었다. 장미꽃 괴물은 그 향이 두려운 것뿐이었다. 향만 막을 수 있다면 별것 아니었다.

우리가 평소 사용하는 것들을 이용해서 간단하게 방독면을 만들 수 있다.

대부분 그렇듯이 알면 쉽지만, 모르면 어렵다.

콜럼버스의 달걀 이야기처럼.

방독면에서 가장 중요한 것이 무엇일까.

정화통이다.

코나 입으로 세균 같은 것이 들어오지 못하게 막는 것.

"오빠. 이걸로 방독면을 만들겠다고요?"

이연희는 이성필이 앞에 늘어놓은 것들을 보며 믿기지 않는다는 표정을 지었다.

지금 앞에 있는 것은 KF94 마스크와 2L 생수병, 500ml 생수병, 정수기 필터, 청소기 헤파 필터 그리고 수건과 테이프 같은 것들이었다.

"꽤 괜찮은 생각이시군요."

노 씨 아저씨는 내가 어떻게 방독면을 만들려는지 아는 것 같았다.

"아저씨. 정수기 필터 분해해서 활성탄만 따로 담아 주세요."

"알겠습니다."

노 씨 아저씨는 정수기 필터를 가볍게 부순 다음 활성탄을 빈 그릇에 담기 시작했다.

사실 어지간해서는 활성탄까지 필요 없었다. 하지만 필터가 좋으면 좋을수록 낫다. 정수기 필터 안에 든 활성탄은 각종 세균 같은 것을 흡착해 막아 준다.

활성탄은 쉽게 말해 숯이다. 숯은 예전부터 항균 작용을 하는 것으로 알려져 많이 사용하고 있었다.

"자. 자신이 손재주가 있다 싶은 사람은 내가 하는 것 보고 똑같이 해요."

나는 2L 생수병의 윗부분을 잘랐다. 그리고 병뚜껑을 대고 펜으로 표시했다.

병뚜껑 크기만큼 구멍을 내는 것이다. 그곳에 작은 생수병으로 만든 정화통을 꽂아 연결하면 된다.

"수진이가 손재주가 좋네."

이수진도 옆에 와서 돕고 있었다.

"수진이는 마스크를 2장 겹친 다음 가운데를 일직선으로 잘라. 큰 생수병을 연결할 거야."

"몇 개나요?"

현재 있는 재료로는 방독면을 4개만 만들 수 있었다.

"4개."

"그럴게요."

이제 방독면의 가장 중요한 부분인 정화통을 만들 차례였다.

500mL 작은 생수병을 위에서 3분의 1 정도 되는 곳을 잘랐다.

청소기 헤파 필터를 생수병 지름보다 약간 크게 해서 자른 다음 안에 2개를 구겨 넣었다.

빈틈이 없도록 하기 위해서였다.

"아저씨, 활성탄요."

"여기 있습니다."

헤파 필터 위에 활성탄을 채워 넣었다. 그리고 면수건으로 넓은 입구를 막은 다음 고무줄로 단단하게 고정했다.

고무줄이 없다면 실이나 철사 같은 것으로 해도 된다.

그리고 반대편 병뚜껑에 구멍을 냈다.

이제 정화통을 큰 생수병에 연결하면 된다.

그 전에 큰 생수병을 마스크에 고정해야 했다.

"수진아, 마스크."

"네."

수진이가 구멍 뚫은 마스크를 건넸다.

그곳에 큰 생수병을 꽂은 다음 전기 테이프로 고정했다.

전기 테이프가 아니어도 괜찮다. 공기가 새어 들어오지 못하게만 하면 된다.

이제 정화통을 큰 생수병에 연결할 차례였다.

큰 생수병에 미리 뚫어 놓은 구멍에 정화통을 연결하고 주변을 실리콘으로 고정했다.

이 정도만 해도 훌륭한 방독면 대용으로 사용할 수 있었다.

하지만 나는 부족하다고 생각했다.

마스크 틈새로 향이 들어올 수 있으니까.

투명 비닐을 가져다가 구멍을 뚫고 만든 방독면을 끼운 다음 투명 비닐과 방독면 사이를 테이프로 꼼꼼하게 막았다.

"이거 뒤집어쓸 테니까요. 목 부분을 꼼꼼하게 막아 주세요."

나는 투명 비닐을 뒤집어쓴 다음 방독면 마스크를 착용했다. 그러자 노 씨 아저씨가 내 목 부근을 테이프로 둘둘 말아 비닐에 틈이 없게 했다.

이제 완벽하게 외부와 단절된 것이다.

효과는 확실한 것 같았다. 조금 전까지 느껴지던 장미 향이 느껴지지 않았다.

[자. 나머지도 빨리 만들죠. 아저씨하고 연희 씨, 정수만 착용할 겁니다.]

목소리가 웅웅 울리는 것 같았다. 숨쉬기가 조금 불편하긴 했다.

한 개를 만들었으니 나머지 3개는 빠르게 만들 수 있었다. 노 씨 아저씨와 이연희 그리고 정수까지 수제 방독면을 착용했다.

[가 보죠.]

노 씨 아저씨는 일본도를, 이연희는 검을 들었다.

정수와 나만 빈손이었다. 손이 좀 허전하다는 생각이 들 때 사부실 한쪽에 놓인 몽키 스패너가 보였다.

정식 명칭은 파이프 렌치였다.

36인치 파이프 렌치는 길이만 약 1m 가까이 된다.

나는 파이프 렌치를 집어 들었다.

왜인지 모르겠지만, 파이프 렌치가 손에 착 달라붙는 것 같았다. 노 씨 아저씨가 일본도를 줬을 때 쥐었던 것과는 느낌이 달랐다. 일본도는 내 몸에 안 맞는 그런 느낌이었다.

하지만 파이프 렌치는 마치 내 몸의 일부 같다고나 할까?

후웅.

파이프 렌치를 휘두르자 공기 가르는 소리가 들렸다.

상쾌한 기분까지 들었다.

[대장님. 그걸 무기로 하시게요?]

노 씨 아저씨는 마음에 안 든다는 표정이었다.

[네. 딱 좋네요.]

하지만 다른 무기를 들라는 말은 하지 않았다.

"저기 잠시만요!"

이만석과 고준수였다.

"이거, 대장님 몸에 착용하세요."

처음에 내 몸을 대상으로 만든 보호구였다.

어깨와 가슴을 보호해 주면서 연결 부위는 쇠로 만든 고리가 있었다.

"착용해 드리겠습니다."

이만석이 어깨와 가슴 부분에 보호구를 대고 고준수가 철사로 움직이지 않게 연결했다.

그렇게 많이 불편하지는 않았다.

[고마워요.]

"아닙니다. 대장님이 안전하셔야죠."

신세민이 끼어들었다.

"당연히 사장님이 안전해야죠. 아저씨, 마음에 드네요."

"그런가? 하하."

"그런데 제 것도 만들어 주실 거죠?"

신세민도 보호구를 가지고 싶어 하는 것 같았다.

"당연히 만들어 주지요."

이만석은 슬쩍 내 눈치를 보고 있었다.

[나중에 세민이 것도 만들어 주세요. 세민이는 아저씨 도와주고]

"넵!"

신세민이 싱글벙글 웃고 있었다. 저러고 싶을까.

[가죠.]

나는 파이프 렌치를 어깨에 턱 올리고 걸어갔다.

노 씨 아저씨와 이연희 그리고 정수가 내 뒤를 따라왔다.

고물상 정문을 나서자 괴물 장미들이 보였다. 하지만 놈들은 쉽게 다가오지 않고 있었다.

정확하게 다가올 수 없었다.

방울토마토 괴물의 공격 때문이었다. 방울토마토의 열매는 강한 산성액을 담고 있었다. 방울토마토의 열매를 맞은 괴물 장미들은 산성액에 몸통이나 채찍이 녹아 버렸다.

[얘네들이 막고 있었네요.]

괴물 장미가 고물상까지 들어오지 못한 이유인 것 같았다.

하지만 그것도 오래 못 갈 것 같았다.

괴물 장미의 숫자가 점점 늘어나고 있기 때문이었다.

[정말 어마어마하네.]

다른 방향으로 향하는 장미 괴물도 있기는 했다. 하지만 고물상을 향하는 장미 괴물이 압도적으로 많았다.

[얼핏 봐도 100마리는 넘어 보입니다. 대장님.]

100마리는 고물상을 향해 오는 것들만 말하는 것이었다.

병원 방향으로 움직이는 놈들도 있었다.

[아저씨 어떻게 할까요? 여기 먼저 정리하고 병원 방향으로 가는 놈들 정리할까요?]

[그렇게 하시죠. 제가 먼저 앞장서겠습니다.]

노 씨 아저씨는 내가 뭐라 하기도 전에 앞으로 뛰어나갔다.

장미꽃 괴물들이 일제히 노 씨 아저씨를 노리며 채찍을 뻗었다.

하지만 노 씨 아저씨의 일본도를 뚫을 수는 없었다. 신기할
정도로 빠르게 날아오는 장미꽃 괴물의 채찍을 잘라내고 있었다.

급기야 몸통까지 접근해서 한 번에 두 동강이를 냈다.

일본도의 길이가 몸통보다 짧은데도 그런 일이 가능했다.

나는 방울토마토의 공격을 멈추게 했다.

잘못하다가는 노 씨 아저씨가 맞을 수도 있기 때문이었다.

[오빠. 전 왼쪽으로 갈게요.]

방울토마토 공격이 멈추자 좌우에 장미꽃 괴물이 다가오고
있었다.

[그럼 전 오른쪽!]

나와 이연희는 각자 말한 곳으로 뛰었다.

오른쪽에 있는 장미꽃 괴물들이 반응했다. 나를 향해 채찍을
휘둘렀다. 좌우로 뛰며 채찍을 피했다. 하지만 그 숫자가 너무
많았다. 노 씨 아저씨처럼 채찍을 베어 낼 수가 없었다.

차악!

어깨 부근에 한 방 맞았다. 하지만 쇠로 만든 보호구가 훌륭하게
채찍을 막아 줬다. 그리고 머리가 어지럽지도 않았다. 방독면이
제 기능을 발휘하고 있었다. 이렇게 가까운 곳에 있는데도.

촤아악.

몸통에 한 방 더 맞았다. 이번에도 보호구가 훌륭하게 방어해 줬다. 하지만 기분 나쁜 것은 어쩔 수 없었다. 채찍이 머리를 노리고 날아오는 것이 보였다. 이번에는 손에 든 파이프 렌치를 휘둘렀다.

그런데 채찍이 잘리는 것이 아닌가. 장미꽃 괴물이 채찍이 깔끔하게 잘린 것은 아니었다. 잘린 단면이 마치 불에 녹은 것 같았다.

그리고 내 손에 든 파이프 렌치의 머리 부분이 벌겋게 달아오른 것도 보였다. 머리 부분이 은색이라 잘 보이는 것 같았다. 아무래도 파이프 렌치 전체가 뜨겁게 달궈진 것이 분명했다. 하지만 나는 뜨겁지 않았다.

이제 채찍을 모두 피할 필요가 없었다. 날아오는 대로 파이프 렌치로 자르며 장미꽃 괴물에게 다가가 몸통을 때렸다.

화르륵.

장미꽃 괴물이 순식간에 불타올랐다.

장미꽃 괴물이 몸부림을 치기 시작했다. 나는 불타오르는 놈을 놔두고 다른 놈에게 접근해 파이프 렌치로 때리기 시작했다.

* * *

역시 식물에겐 불이 최고의 무기 같았다.

몸부림치는 장미꽃 괴물의 불씨가 다른 장미꽃 괴물에게 옮겨붙기도 했다.

숫자가 너무 많다 보니 옆에서 옆으로 옮겨붙는 경우가 많았다. 불똥이 여기저기 튀었다.

문제는 내가 쓴 방독면 비닐이었다. 비닐에 구멍이 뚫렸다.

그나마 다행인 것은 비닐에 구멍이 뚫려도 방독면 마스크가 훌륭하게 작동한다는 것이었다.

하지만 장미꽃 괴물을 더 공격할 수는 없었다.

불길이 전체로 번져 나갔기 때문이었다.

어쩔 수 없이 나는 고물상 앞으로 돌아갔다. 노 씨 아저씨와 이연희도 돌아왔다. 그곳까지 불길이 번졌기 때문이었다.

[대장님, 어떻게 하신 겁니까?]

나를 보자마자 노 씨 아저씨가 묻고 있었다.

"어쩌다 보니 되네요."

방독면 비닐은 그냥 뜯어냈다. 걸리적거리기 때문이었다.

나는 파이프 렌치를 들어 올렸다.

지금은 달궈지지 않은 상태였다.

[오빠 능력이 더 좋은 것 같은데요? 다 불타잖아요.]

불길은 뒤로 번지고 있었다. 장미꽃 괴물이 느리다 보니 불이 옮겨붙는 것을 피하지 못하는 것 같았다.

그리고 불에 완전히 타서 죽은 장미꽃 괴물이 늘어날 때마다 나는 에너지가 들어오는 것을 느꼈다. 멀리 떨어져 있어도 내가 죽인 것이 되면 에너지를 얻게 되는 것 같았다.

이건 좀 편리한 것 같았다.

[대장님, 보스가 나타난 것 같군요.]

노 씨 아저씨의 말대로였다. 보통 장미꽃 괴물보다 3배는 더 큰 놈이었다.

그런데 놈은 불타고 있는 장미꽃 괴물을 채찍으로 들어 올리더니 꽃봉오리 안으로 넣기 시작했다.

놈의 채찍은 불타지 않았다. 그리고 꽃봉오리 안으로 집어넣었는데도 불이 옮겨붙지 않았다.

[어? 덩치가 더 커지는 것 같아요.]

정수가 놀라며 소리쳤다. 놈이 불타는 장미꽃 괴물을 많이 집어넣을수록 계속 덩치가 커지고 있었다. 내가 얻을 에너지를 놈이 얻는 것 같았다.

순식간에 불타는 장미꽃 괴물들을 다 잡아먹었다. 덩치가 1.5배는 더 커진 것 같았다. 그러니까 일반 장미꽃 괴물의 5배 정도 되는 것이다. 높이로만 따지자면 거대 소나무보다 약간 작은 정도였다.

하지만 문제는 다른 곳에 있었다. 놈이 꽃봉오리를 흔들었다. 그러자 꽃봉오리에서 가루 같은 것이 사방에 퍼지기 시작했다.

말이 가루지 손톱만 한 크기였다.

[으윽.]

[아.]

[대장님…….]

세 사람이 휘청거렸다. 장미 향이 갑자기 느껴지고 있었다.

저 가루 때문이 분명했다. 어떤 이유인지 몰라도 방독면의 정화통을 뚫고 들어오는 것 같았다.

고개를 돌려 고물상 안쪽을 봤다. 조금 떨어진 곳에 쓰러진 사람들이 보였다.

[옵니다!]

노 씨 아저씨의 목소리는 다급했다.

고개를 돌려 놈을 보는 순간 왜 그런지 알 수 있었다.

속도가 빨랐다.

촤아악.

[커억.]

[악!]

내 앞쪽에 있던 노 씨 아저씨와 이연희가 채찍을 막다가 뒤로 날아갔다. 채찍 길이가 고무줄처럼 늘어나고 있었다.

아직 놈과의 거리는 200m가 넘는 것 같았는데도.

[대장님……. 몸이…….]

노 씨 아저씨와 이연희가 채찍을 자르지 못한 이유가 있었다.

장미 향이 느껴지는 순간 나 역시 몸이 제대로 말을 안 듣고 있었다.

촤아악.

놈의 채찍이 내 어깨를 때렸다. 어깨뼈가 부서지는 것 같았다.

그대로 주저앉을 수밖에 없었다.

놈은 더는 채찍으로 공격하지 않고 빠르게 다가오고 있었다.

이대로 가다가는 놈에게 먹힐 것 같았다.

마트 앞에서 당했던 그 기분을 또 느끼기는 싫었다.

어떻게 해서든 몸이 제대로 움직이게 해야 한다고 생각했다.

하지만 어떻게…….

방울토마토가 열매를 날리며 놈의 접근을 막기 시작했다.

하지만 사거리가 짧았다. 그래도 산성액이 위협이라고 생각했는지 놈은 채찍을 휘둘러 방울토마토를 뽑아 버렸다.

후웅.

고물상 안쪽에서 커다란 방울토마토 열매가 날아왔다.

퍼억.

놈의 채찍에 정확하게 명중했다.

치이익 소리를 내며 놈의 채찍이 조금 녹아내렸다.

아방토의 공격은 조금 통하는 것 같았다. 하지만 부족했다.

제정신을 차려야 하는데…….

나는 몸이 점점 아래로 떨어지는 느낌을 받았다.

몸이 바닥에 눕는 것이다.

완전히 바닥에 누웠을 때 내 눈앞에 보이는 것이 있었다.

도박이지만, 해 볼 만한 것이 생각났다.

나는 필사적으로 손을 뻗었다. 아주 제정신이 번쩍 들 무기를 향해서. 장미꽃 괴물의 공격에 거의 피해를 입지 않은 것.

고추나무였다.

왜 영화나 드라마 같은 것을 보면 기절한 사람에게 암모니아를

맡게 해서 깨우는 것이 있다. 순간적으로 강렬한 자극을 줘서 깨우는 것이다.

장미꽃 괴물이 내는 향기를 상쇄해 줄 만한 그런 강렬한 자극이 될 것 같았다.

이 도박이 성공하기를. 성공하지 않는다면 다 죽는다.

필사적으로 손을 뻗어 간신히 고추 하나를 땄다.

수제 방독면을 쓰고 고추를 터뜨리는 것은 효과가 없을 것 같았다. 수제 방독면을 벗는 동시에 터뜨려야 했다.

몸이 무겁다.

이제 손도 제대로 안 움직이는 것 같았다. 그러면서도 장미꽃 괴물이 점점 더 가까워진다는 것은 알 수 있었다.

수제 방독면을 손으로 잡았다. 그리고 있는 힘껏 손에 쥔 고추를 터뜨리면서 수제 방독면을 벗었다.

파앙.

폭죽 터지는 듯한 소리가 나면서 고추가 터졌다.

"커헉."

너무 가까운 곳에서 터진 고추는 숨이 막힐 정도로 강렬하게 매웠다. 눈이 쓰라리고 맵다. 눈물이 참을 수 없을 정도로 펑펑 흘러내리기 시작했다.

당연히 정신이 번쩍 들었다. 장미 향 따위는 느껴지지 않을 정도였다. 심지어 위까지 아픈 것 같았다. 플라세보 효과인가?

아주 매운 닭발 같은 것을 먹었을 때 위가 아리고 아팠던 증상과 비슷했다.

정신이 번쩍 들기는 했지만, 피부부터 속까지 너무 매웠다.

그래도 이 고통은 정신력으로 참을 수 있는 것이었다.

자신도 모르게 잠들어 버리는 장미 향과는 다르다.

손을 뻗어 고추를 하나 더 딴 다음 일어섰다.

노 씨 아저씨나 이연희 그리고 정수는 수제 방독면 때문에 매운 향이 효과가 없는 것 같았다.

고물상 안의 사람들 역시 일어나지 않았다. 거리가 멀어서 충분한 효과가 없는 것 같았다.

한 손에는 고추를 한 손에는 파이프 렌치를 들고 이제 100m 정도 거리에 접근한 장미꽃 괴물을 봤다.

가까이 와도 크기는 실감이 안 났다.

거대 소나무하고도 비슷한 것 같았다.

장미꽃 괴물은 채찍으로 나를 공격하지 않았다. 마치 신기한 것을 보는 듯한 느낌이었다.

'어떻게 깨어날 수 있지?'

머릿속에 그대로 전해져 오고 있었다. 주변에 제정신인 사람은 없다. 당연히 저 장미꽃 괴물이 말하는 것이다.

"잘."

'잘?'

제대로 된 의사소통은 되지 않는 것 같았다.

'상관없겠지. 넌 내 좋은 향기가 되어 줄 것 같아. 너무 좋아.'

장미꽃 괴물이 진심으로 좋아한다는 것이 느껴졌다.

소름이 돋을 정도였다.

미치광이 정신병자의 생각을 읽어버린 듯한 느낌도 들었다.

후웅.

장미꽃 괴물의 채찍이 날아왔다. 하지만 나는 피하지도 저항하지도 않았다. 나를 채찍으로 잡으려는 의도라는 것을 알았기 때문이었다.

'도망 안 가?'

채찍으로 내 몸을 감으면서 묻고 있었다.

"도망가면? 포기할 거야?"

'포기?'

"나 안 잡을 거냐고."

'잡을 거야.'

"어차피 잡힐 것 뭐 하러 도망가."

장미꽃 괴물이 혼란스러워하는 것 같았다.

하지만 채찍은 내 몸을 꽉 조이고 있었다. 슬쩍 손에 쥔 고추가 터지지 않도록 조심히 채찍 사이로 손을 뺐다.

'왜 그러는지 모르겠네. 하지만 상관없어.'

당연히 알면 안 되지.

어쨌든 어린아이 수준의 지능이라는 것은 확실했다.

전혀 의심하지 않고 있었다.

내 몸을 감싼 채찍이 움직였다. 그대로 들어 올려서 봉오리 안으로 넣으려는 것이 분명했다.

내 예상대로 장미꽃 괴물은 나를 봉오리 있는 곳으로 들어 올렸다. 그리고 봉오리가 활짝 열렸다.

봉오리 안은 녹아내리고 있는 몇 개의 작은 장미꽃 괴물이 있었다. 최소 100마리 이상 먹었다. 그런데 이렇게 빠르게 녹아내렸다는 것은 소화액이 강력하다는 것과 같았다.

나는 숨을 참았다. 봉오리에서 더 강한 향이 느껴졌기 때문이었다. 어떠한 고통도 느끼지 못하며 녹아내리게 하는 것 같았다.

생각해 보면 또 소름이 돋는다.

미지근한 물에 개구리를 넣고 서서히 온도를 올리면 뜨거운 것도 모르고 죽어 가는 것처럼. 자신의 몸이 녹는다는 것을 모르면서 죽어 가는 상상을 했기 때문이었다.

'어머니의 뜻대로.'

이건 무슨 말인가 싶었다. 하지만 물을 수 없었다. 나를 봉오리 안으로 넣었기 때문이었다.

내가 봉오리 안에 저항 없이 들어간 이유는 한 가지였다.

마트 앞에서 만난 장미꽃 괴물의 약점은 봉오리 안에 있었다. 이놈 역시 외부에서는 약점이 보이지 않았다.

봉오리 안에 있을 것 같았다.

내 예상은 정확하게 맞았다.

봉오리 안에 붉은색 점이 있었다. 그것도 엄청나게 컸다.

치이익.

다리부터 들어가서 그런지 신발과 옷이 녹는 소리가 들렸다. 그리고 피부가 따끔거리기 시작했다. 장미꽃 괴물의 강한 소화액도 단번에 내 피부를 녹이지는 못하는 것 같았다.

사실 이것도 도박이었다. 괴물 소나무와 이강수의 힘을 흡수해서 더 강해졌다. 소화액에 쉽게 녹아내리지 않을 것 같았다.

이건 마트에서 만난 장미꽃 괴물과의 경험 때문에 할 수 있는 도박이었다.

내 몸을 감싼 채찍이 풀렸다. 이제 다 끝났다고 생각하거나 채찍은 소화액을 견디지 못하는 것 같았다.

아방토가 던진 열매에 약간 녹아내린 것을 생각하면 소화액에 못 견디는 것 같았다.

슬슬 허리까지 잠긴 내 피부가 아파 오기 시작했다.

소화액을 완벽하게 막아 주지는 못했다.

"후우."

숨이 차서 입을 여는 순간 장미꽃 향이 화악 느껴졌다.

또 정신이 나갈 것 같았다. 바로 손에 쥔 고추를 터뜨렸다.

파앙.

"우웩."

나만 고통스러운 것이 아니었나 보다.

'무슨 짓을 하는 거야!'

장미꽃 괴물의 목소리가 들렸다. 그리고 봉오리가 마구 요동쳤다. 급기야는 채찍이 봉오리 안으로 들어왔다. 나를 잡으려는 것 같았다.

이대로 나가면 이 안에 일부러 들어온 의미가 사라진다.

나는 파이프 렌치를 붉은색 점의 정 중앙에 꽂았다.

치익.

붉게 달아오른 파이프 렌치가 너무 쉽게 박혔다.

아무래도 봉오리 안은 밖보다 약한 것 같았다.

'끼이이이이!'

초음파 같은 비명이 들렸다. 귀가 아플 정도였다. 그리고 채찍이 나를 잡기 위해 마구 휘젓기 시작했다.

하지만 채찍은 소화액에 닿아 녹았다. 소화액에 거의 어깨까지 잠긴 나를 잡을 수 없었다.

파이프 렌치를 꽉 잡았다. 절대 놓지 않겠다는 마음으로.

그리고 다른 손을 붉은색 점에 댔다.

쿵.

장미꽃 괴물이 옆으로 쓰러진 것 같았다.

소화액이 얼굴 전체까지 다 덮었다.

그리고 데굴데굴 구르는 것 같았다. 나는 절대 떨어지지 않으려는 생각에 손에 힘을 주고 붉은색 점에 박아 버렸다. 한 손에는 파이프 렌치를 잡고 다른 한 손은 장미꽃 괴물 약점에 박은 것이다.

눈을 감아 버렸다. 소화액이 눈에 닿자 너무 쓰라렸기 때문이었다. 이제는 정신력 싸움이었다.

내 몸 안의 에너지가 먼저 떨어져서 녹아 죽느냐.

장미꽃 괴물이 죽느냐.

둘 중 하나가 결정될 때까지 정신을 잃지 않고 버텨야 했다.

정신을 잃는다면 장미꽃 괴물의 붉은색 점을 없애지 못할 것이기 때문이었다.

눈을 감았기 때문에 붉은색 점이 얼마나 옅어졌는지 확인할 수 없었다. 하지만 몸 안의 에너지는 계속 빠져나가고 있었다.

내가 이겼다고 알 수 있는 순간은 몸 안의 에너지가 더는 빠져나가지 않고 장미꽃 괴물의 에너지가 내 몸 안에 들어오는 것이다.

이를 악물고 버티기 시작했다.

* * *

'이제 그만.'

장미꽃 괴물의 허탈한 목소리였다.

'죽기 싫어.'

나도 죽기 싫어.

'더는 버틸 수 없어. 살려 줘.'

아니. 서로 목숨을 걸었으면 끝을 봐야지.

'아! 어머니.'

이놈도 어머니가 있나?

'나는 실패했지만, 이것 역시 어머니가 원하는 결과겠지.'

무슨 소리야?

'더 많이 잡아먹어. 그것이 어머니가 원하는 것이니.'

나는 입을 열어 묻고 싶었다.

하지만 그럴 수 없었다. 드디어 내 몸 안의 에너지가 빠져나가지 않았다.

반대로 에너지가 들어오기 시작했다.

그런데 에너지의 느낌이 이상했다. 장미 향이 너무 강했다.

머리가 어지러울 정도였다.

그리고 에너지가 들어오면서 느껴지는 쾌감 역시 너무 강렬했다.

정신이 하얗게 될 정도로.

* * *

정신을 차리고 보니 밖이었다.

내 앞에 작은 장미꽃 하나가 놓여 있었다. 마치 무덤에 놓은 꽃 한 송이처럼 느껴졌다. 이 작은 장미꽃이 그 장미꽃 괴물이라는 것을 알 수 있었다.

나는 몸을 숙여 장미꽃을 집었다. 아무것도 느껴지지 않았다.

이 장미꽃 괴물이 말했던 것은 무엇일까?

많은 의문이 생겼다. 하지만 지금은 그런 의문을 생각할 시간이 없었다. 언제 닭들이 공격해 올지 모른다. 먼저 기절한 노 씨 아저씨와 이연희 그리고 정수를 깨울 생각이었다.

"아. 이러고 깨울 수는 없겠네."

지금 내 몸에 걸친 것은 이만석이 만들어 준 보호구뿐이었다.

쇠로 만들어서 그런지 소화액에 녹지 않았다. 거의 알몸이었다.

일단 옷을 입은 다음에 고추를 터뜨려 깨울 생각이었다.

고물상으로 걸어갔다.

그런데 노 씨 아저씨가 머리를 흔들면서 깨어나고 있었다.

노 씨 아저씨뿐만 아니었다. 이연희와 정수도 깨어났다.

나는 순간 당황했다. 뛰어야 했다.

하지만 노 씨 아저씨와 이연희 그리고 정수가 일어나는 것이

더 빨랐다.

그리고 주변을 두리번거리다가 나와 딱 눈이 마주쳤다.

"대장님⋯⋯."

노 씨 아저씨는 눈을 크게 떴다. 놀란 것 같았다.

"어? 대장님 옷이⋯⋯."

정수는 고개를 돌려 버렸다.

"오빠! 그 장미꽃으로는 다 못 가려요."

나는 두 손으로 중요 부위를 가리는 중이었다.

이연희는 시선을 돌릴 생각이 없는 것 같았다.

노 씨 아저씨가 다가와 상의를 벗어 줬다.

나는 그것을 대충 아래만 가렸다.

"대장님, 그 괴물은⋯⋯."

"어떻게 잘 처리했어요."

내 말에 노 씨 아저씨가 한숨을 쉬었다.

"또 대장님이 처리하셨군요."

"어쩌다 보니. 그렇게 됐네요."

노 씨 아저씨는 수제 방독면을 벗었다. 그리고 숨을 들이마셨다.

"흐읍."

공기를 만끽한다는 느낌을 준 노 씨 아저씨는 나를 보고 말했다.

"이제 괜찮은 것 같네요."

"네. 장미꽃이 없으니까요."

이연희가 다가왔다. 그녀 역시 수제 방독면을 벗었다.

"오빠. 괜찮아요?"

"네. 괜찮아요."

"그런데 가끔 그런 모습도 보여 줘요."

이연희는 나에게 장난치고 있었다. 사실 좀 부끄럽다고나 할까?
이럴 때 장미 향이 확 퍼져서 다시 기절했으면 좋겠다는 생각이
들었다. 그사이 옷을 입고 나오게.

"어?"

"어어……."

노 씨 아저씨와 이연희가 휘청거리더니 털썩 쓰러졌다.

"아저씨! 연희 씨!"

나는 깜짝 놀라 두 사람을 부르면서 주변을 살폈다.

분명 장미 향이 어디선가 나고 있었다.

정수가 깜짝 놀라며 달려왔다.

"왜들 이래요?"

"나도 몰라."

"주변에 장미꽃 괴물 있나 살펴봐."

"네."

정수도 열심히 주변을 살폈다. 거대 꿀벌을 이용하지 않는 것을 봐서는 거대 꿀벌도 기절해 있는 것 같았다.

"근처에는 없는 것 같은데요?"

"그러게. 그런데 왜 향이……. 그리고 두 사람은 왜……."

계속 의문이 들었다.

"저기 대장님."

"왜?"

"혹시 대장님에게서 나는 것은 아닐까요?"

"나에게서?"

"네. 장미 향이 점점 더 진해지고 있어요."

정수도 어지러운 것 같이 휘청였다.

나는 장미꽃 향이 사라졌으면 좋겠다는 생각을 했다.

"어? 향이 안 느껴져요."

이거 장미꽃 괴물에게서 능력을 얻은 것 같았다.

이 생각을 하자 확실하게 느껴졌다.

내가 장미꽃 향을 낼 수 있다는 것을.

조금 전에는 정신이 막 들어서 몰랐다. 하지만 지금은 내 몸 안의 에너지가 얼마나 많은지 알 수 있었다.

엄청났다.

이강수에게 얻은 에너지는 정말 비교도 안 될 정도로 많은 에너지를 장미꽃 괴물에게서 얻은 것 같았다.

"정수야. 미안한데 한 가지 실험 좀 하자."

"네."

정수는 아무렇지 않게 대답했다. 이 상황에 실험할 수 있느냐고 물을 법한데도. 아무래도 이것 역시 내 능력 때문인 것 같았다. 내 말을 무조건 신뢰하는.

"방독면 벗어 봐."

정수는 바로 수제 방독면을 벗었다. 나는 장미 향을 내보낸다는 생각을 했다.

"어?"

털썩.

정수가 바로 쓰러졌다. 이제 확실해졌다. 장미 향을 내 마음대로 내뿜을 수 있는 것이다.

"미안. 옷 좀 입고 올게."

나는 고물상 안으로 달려갔다. 그러면서 입꼬리가 올라갔다. 어렵게 또 다른 능력을 얻었다. 이 능력을 이용하면 닭들도 쉽게 처리할 수 있을 것 같았기 때문이었다.

사무실에서 옷을 찾아 입은 다음 고추를 따서 노 씨 아저씨와 이연희 그리고 정수가 쓰러져 있는 곳으로 갔다.

12. 치킨

노 씨 아저씨와 이연희 그리고 정수를 매운 고추로 깨웠다.
노 씨 아저씨는 인상만 한 번 썼을 뿐 다른 말은 하지 않았다.
매워서 그런 것 같았다.

하지만 이연희는 사람이 어떻게 그럴 수 있느냐는 말을 했다.
그 말이 매워서 그런 것인지 다른 것 때문인지 말투가 조금 이상했다.

정수야 맵다고 난리 치면서 씻으러 뛰어갔고.

다른 사람들은 멀리서 고추를 터뜨리는 것만으로 충분했다.

깨어나자마자 모두 얼굴을 씻느라 난리였지만.

사실 나도 좀 따끔거리기는 했다. 하지만 면역이 좀 생겼는지
처음보다는 괜찮았다.

사람들이 조금 괜찮아진 것 같자 나는 이만석과 고준수에게
보호구를 다시 만들라는 지시를 했다.

그리고 이번에는 직접 방독면을 가지러 5군수 여단으로 갈
생각이었다.

* * *

"아저씨, 출발하죠."

"네. 내장님."

"오빠. 나도요!"

"자리가 좁아요."

"그럼 더 좋죠."

이번에는 주유차를 끌고 갈 생각이었다.

정수에게 물어보니 5군수 여단까지 가는 길이 완벽하게 막히지
않았다고 했다.

막혀도 내려서 치우면 되긴 했다.

이왕 가는 것 주유차 위에 실을 수 있는 만큼 실어 올 생각이었다.

그것 때문에 주유차 위에 간단하게 철망 비슷한 것을 설치했다.

높이 1m 정도 되는 쇠막대기를 단단하게 고정한 다음 쇠막대기
와 쇠막대기 사이에 철망을 엮은 것이었다.

"알아서 해요."

"고마워요. 오빠."

나는 바로 운전석에 올라탔다.

"대장님이 운전하시게요?"

"네."

이연희에게 볼 것 못 볼 것 다 보여 준 마당에 바로 옆자리에 앉아 가는 것은 좀 그랬다.

"아저씨가 먼저 타세요."

노 씨 아저씨는 웃으면서 조수석 자리에 올라탔다. 이연희가 마지막에 탔다. 그녀의 입이 조금 튀어나온 것 같았다. 나는 모른 척하고 시동을 걸었다. 그리고 5군수 여단으로 출발했다.

* * *

5군수 여단까지 가는 길은 꽤 괜찮았다. 몇 대의 차가 막고 있기는 했지만, 옆으로 비켜서 갈 만했다.

이럴 때는 주유차의 크기가 작은 것이 좋았다.

정문이 망가져서 5군수 여단 안으로 주유차를 몰고 들어갔다.

하지만 바로 5군수 여단을 뒤질 수는 없었다.

아직 장미꽃 괴물 몇 마리가 남아 있었기 때문이었다.

주유차를 본 장미꽃 괴물은 채찍을 땅에 휘두르며 위협적으로 다가오기 시작했다.

"오빠! 방독면도 없는데요."

이연희의 말대로 수제 방독면은 가져오지 않았다. 아니 더는 사용할 수가 없었다. 하지만 난 저 장미꽃 괴물이 문제가 되지 않는다고 생각했다.

"잠시만 기다려요."

나는 파이프 렌치를 들고 주유차에서 내렸다. 그리고 아주 여유롭게 장미꽃 괴물을 향해 걸어갔다.

장미꽃 괴물 역시 나에게 다가왔다. 거리가 좁혀지자 장미 향이 느껴지기 시작했다. 하지만 예상대로 어지럽거나 하지 않았다. 그리고 장미꽃 괴물이 당황하는 것이 느껴졌다.

채찍이 나를 향해 날아왔다.

치익.

당연히 파이프 렌치로 채찍을 막았다. 채찍은 바로 끊어졌다. 장미꽃 괴물이 뒤로 돌아 도망가려고 했다.

"그 느린 걸음으로 도망가 봤자야."

나는 달려가서 장미꽃 괴물의 꽃봉오리에 파이프 렌치를 꽂았다.

화르륵.

장미꽃 괴물이 불타오르며 비명을 지르는 것 같았다.

'끼이이이.'

하지만 그 비명은 곧 사라졌다. 파이프 렌치에 더 힘을 줘서 꽃봉오리 안쪽까지 들어가게 했기 때문이었다.

꽃봉오리 안쪽에 있는 붉은색 점이 불타올랐는지 장미꽃 괴물은 재가 되어 사라졌다.

다른 장미꽃 괴물이 다가오다가 도망치기 시작했다.

나는 뛰어가서 장미꽃 괴물을 같은 방식으로 모두 불태웠다.

주변에 더는 장미꽃 괴물이 없는 것 같았다.

주유차로 돌아갔다.

"내리세요."

노 씨 아저씨와 이연희가 내렸다.

"자. 그럼 방독면 먼저 찾아볼까요?"

생각보다 넓은 5군수 여단 안에서 방독면이 어디 있는지 찾으려면 꽤 오래 걸릴 것 같았다.

"대장님, 행정 사무실부터 들리는 것은 어떨까요?"

"그거 좋은 생각이네요."

행정 사무실 안에는 어디에 무엇이 있는지 분류한 서류가 있을 것 같았다. 그리고 행정 사무실이 있는 건물은 눈에 띄었다. 연병장 단상이 있는 곳에 항상 군부대의 각종 행정 사무실이 있었다.

우리는 그곳으로 갔다. 연대장실이라고 쓰여 있는 문패 옆에 행정실이 있었다.

문을 조심스럽게 열고 들어갔다. 안에는 아무도 없었다. 그리고 생각보다 깔끔했다. 좀 어지럽게 흩어진 서류만 있을 뿐이었다.

"찾아보죠."

우리는 서류를 뒤지기 시작했다.

각종 물품 대장을 쉽게 찾아낼 수 있었다.

전기가 들어오지 않아 컴퓨터 안에 자료가 있으면 어떻게 하나 조금은 걱정했었다. 하지만 이놈의 군대는 보안 등급 도장을 찍어 놓은 서류를 만들어 놓는다. 결재를 받기 위해서였다.

"이거 노다지를 만난 것 같은데요?"

내가 찾은 서류에는 K2 소총과 탄약 등이 있었다.

K2 소총만 1천 정이 넘게 있었다. 신형 소총 교환 일정이 있었던 것 같았다. 탄약도 10만 발 정도 있었다.

10만 발이라고 하면 많은 것 같지만, 아니다. 실제 전투에 나가게 되면 1인당 200발 정도의 총알을 가지고 나간다.

1개 중대를 200명 정도라고 생각하면 40,000발이나 되는 총알이 필요한 것이다. 1개 중대가 2번 정도 전투를 치르면 사라지는 양이었다.

"소총만 있는 것 같지는 않습니다. 중화기도 있습니다."

노 씨 아저씨가 다른 서류를 흔들면서 말했다.

"오빠. 군복도 줘요?"

"당연히 주죠."

"여기 군복하고 군화도 있네요."

"어디 줘 봐요."

나는 서류를 봤다. 약 1천 명을 입힐 수 있는 군복과 군화가 있었다. 그것뿐만 아니었다. 겨울에 입을 방한복도 있었다.

그렇지 않아도 나중에 겨울이 오기 전에 옷을 준비해야 했다.

"이거 우리끼리 다 살펴볼 일이 아닌 것 같네요."

내 생각에 5군수 여단을 장악해야 할 것 같았다.

이 안에 있는 것들은 생존에 도움이 될 만한 것들이 많았다.

"아저씨 병원 사람들 이곳으로 옮기는 것은 어떻게 생각하세요?"

"그렇지 않아도 일부라도 이곳에 배치해 지켜야 한다고 생각했었습니다. 병원 사람들을 이전하는 것이 더 나은 것 같네요. 고물상하고도 가깝고요."

"그래요?"

김수호에게 이야기해서 병원 사람들을 이곳으로 옮기기로 마음먹었다.

"하지만 병원에도 몇 명은 남겨 둬야 한다고 생각합니다. 전초기지 역할을 해야 하니까요."

"알았어요."

노 씨 아저씨의 말대로 해야 할 것 같았다. 병원 근처에서 농작물도 키울 예정이었다.

북쪽에서 다른 괴물이 접근하는지 감시도 해야 했다.

다시 방독면 서류를 찾기 시작했다. 그리고 K-5 방독면을 찾아냈다.

K-5 방독면은 4가지 사이즈가 있었다. 소, 중, 대, 특대였다. 사이즈별로 1천 개씩 보유하고 있었다.

"여단 군수부대치고는 얼마 없네요."

"이곳에만 보관하지는 않는 것 같습니다."

"방독면 창고가……."

서류에 의하면 A-2 창고였다. 전투복 같은 것도 같이 있는 것 같았다. 그리고 친절하게도 행정실 안에 지도도 있었다.

A-2 창고는 현재 건물에서 오른쪽으로 가면 된다. 창고가 10개나 있었다.

"일단 방독면 먼저 가지러 가죠."

"네. 대장님."

"그래요."

우리는 본부 건물에서 나와 창고가 있는 곳으로 갔다. 장미꽃 괴물은 더는 없는 것 같았다. 그리고 그 어디에도 사람 흔적은 없었다. 아마도 장미꽃 괴물이 다 잡아먹은 것 같았다.

그런데 창고 맞은편에 뜻밖의 것이 보였다.

일명 60트럭. 군대 수송 트럭이었다. 둘반 또는 두돈반이라는 명칭으로도 불린다. 2.5톤 트럭이란 의미였다.

그 트럭이 10대나 있었다. 보급 부대이니 당연히 있는 것 같았다.

"아저씨. 창고에서 방독면 찾아 주세요. 전 저 60트럭 좀 볼게요."

"고치시게요?"

"네."

60트럭을 고쳐서 운용할 수 있다면 좋다. 그리고 60트럭이 있다는 것은 부대 안에 주유 시설도 있다는 것이다.

지도에서 본 주유기 모양이 주유 시설 같았다.

노 씨 아저씨와 이연희가 창고 문을 강제로 열고 들어갈 때 나는 60트럭의 보닛을 열었다.

역시 여기저기에 붉은색 점이 보였다. 하지만 지금은 그렇게 어렵지 않게 지울 수 있을 것 같았다.

붉은색 점이 보이는 곳마다 손을 댔다. 몸 안에서 에너지가 빠져나가고 붉은색 점들은 순식간에 사라졌다.

60트럭 한 대를 완벽하게 수리했는데도 에너지는 모자라지 않았다. 운전석에 올라가 시동을 걸었다.

부드드등.

육중하게 울리는 이 엔진음. 연료 게이지도 꽉 차 있었다.

60트럭을 A-2 창고 앞으로 가져갔다. 그때 노 씨 아저씨와 이연희가 방독면을 들고 창고에서 나왔다.

부피가 있어서 기껏해야 한 사람당 20개가 최고인 것 같았다. 나는 60트럭에서 내렸다. 이연희가 신기한 표정으로 말했다.

"오빠. 순식간에 뚝딱 고치네요."

"어쩌다 보니 그렇네요."

"꼭 말을 이렇게 하더라."

"왜요?"

"칭찬하면 좀 받아들여요. 오빠 대단해요. 누가 이런 일을 할 수 있어요? 있으면 나와 보라고 해요."

"방독면 사이즈별로 나누어서 가지고 와야죠. 연희 씨가……. 중 사이즈니까 전 대 사이즈 가지고 올게요."

조금은 쑥스러워서 창고 안으로 도망치듯 들어갔다.

창고 안에는 꽤 많은 것들이 있었다.

"대장님, 방독면은 저쪽입니다."

노 씨 아저씨가 들어와 손으로 가리키며 걸어갔다. 나는 노 씨 아저씨를 따라가 방독면을 챙겼다. 방독면을 300개 정도 60트럭에 실은 다음 운전석에 올라탔다.

"주유차는 아저씨가 끌고 오실래요?"

"그렇게 하겠습니다."

노 씨 아저씨가 주유차로 가고 내가 60트럭에 시동을 걸 때 조수석 문이 열리며 이연희가 올라탔다.

"웃차. 꽤 높네요."

"아저씨하고 같이 가죠. 이거 승차감이 별로라."

60트럭 승차감은 진짜 안 좋았다. 오래 타면 허리는 물론이고 머리까지 아플 정도였다.

"그냥 이거 탈래요. 승차감보다 좋은 것이 있어서요."

"알았어요."

나는 어쩔 수 없이 60트럭을 몰고 고물상으로 출발했다.

5군수 여단을 나와서 중간에 60트럭을 멈추고 도로를 막은 차를 3번 정도 치운 다음에야 고물상에 도착할 수 있었다.

* * *

고물상에 도착해서는 또 바쁘게 움직일 수밖에 없었다.

방울토마토와 고추 그리고 상추의 씨앗을 분류해야 했기 때문이었다. 괴물로 성장할 수 있는 씨앗만 골랐다.

방울토마토는 100개, 고추는 50개, 상추는 120개였다.

그것을 가지고 노 씨 아저씨 그리고 김수호와 함께 60트럭을 이용해 병원으로 갔다. 병원에 도착해 김수호에게 방독면을 나누어 주라고 한 다음 나와 노 씨 아저씨는 씨앗을 심으러 움직였다.

노 씨 아저씨는 가방 하나를 챙겨 왔다.

가방에 삐죽 튀어나온 것이 보였다. 소총 앞부분이었다.

"총은 왜 가지고 오셨어요?"

"조금 있으면 해가 떨어지지 않습니까."

"그런데요?"

"혹시 몰라 정찰을 가려고 합니다."

"밤에요?"

"야시경도 챙겨 왔습니다. 장미꽃 괴물 때문에 시간이 너무 지체됐습니다. 대장님."

나도 그게 걱정이기는 했다. 원래대로라면 벌써 씨앗을 심고 성장까지 했어야 했다. 준비가 되기 전에 닭들이 공격할 수도 있었다.

하지만 그렇게 큰 걱정은 아니었다. 시간을 버린 대신에 장미꽃 괴물에게 또 다른 능력을 얻었기 때문이었다.

그리고 이제는 대장 닭과 맞부딪쳐도 질 것 같지는 않았다.

그만큼 장미꽃 괴물에게서 얻은 에너지가 많았다.

"알았어요. 대신 위험하면……."

"도망쳐 오겠습니다. 걱정 안 하셔도 됩니다."

노진수는 사실 혼자 움직이는 것이 더 편했다. 혼자라면 어떻게 해서든 닭들을 따돌릴 수 있다는 자신감이 있었다.

"자. 그럼 심어 볼까요?"

노 씨 아저씨가 세운 계획에 따라 씨앗을 심기 시작했다.

굳이 닭들 때문이 아니어도 씨앗을 심어 괴물을 만들 필요가 있었다.

북쪽에서 내려오는 괴물은 이곳에서 막을 수 있게 된다.

노 씨 아저씨의 계획대로 씨앗을 다 심자 어두워지기 시작했다.

"그럼 다녀오겠습니다."

"여기서 기다릴게요."

"언제 올지 모릅니다."

"그러니까 빨리 오라는 겁니다."

"알겠습니다."

노 씨 아저씨는 가방에서 야간 투시경을 꺼내 머리에 쓰고는 K2 소총과 망원경을 챙겨 북쪽으로 뛰어갔다.

도로를 따라가던 그는 왼쪽의 산으로 방향을 틀었다.

* * *

노진수는 아주 조심스럽게 움직였다. 하지만 그렇다고 느리게 움직인 것은 아니었다. 최대한 주변 경계를 하며 20분 정도를 달리자 예전에 이성필과 함께 정찰을 했던 곳에 도착했다.

혹시나 매복 같은 것이 있나 살폈다. 하지만 조용했다.

망원경을 꺼내 닭들이 있는 곳을 봤다. 거대한 덩치의 닭이 가장 먼저 눈에 띄었다. 대장 닭은 조용히 앉아 있었다.

노진수는 천천히 망원경을 움직이며 닭들을 살피기 시작했다.

그리고 곧 닭들이 이상한 행동을 하고 있다는 것을 발견했다.

일부가 조용히 무언가를 감싸는 것 같았고 그 일부를 다른 닭들이 경호하듯 둘러싸고 있었다.

왜 저런 행동을 할까?

그런 고민을 할 때 무언가를 감싼 닭이 살짝 움직였다.

노진수는 닭들이 감싸고 있는 것이 무엇인지 알 수 있었다.

알이었다. 순간 노진수는 닭들이 알을 낳고 부화해 숫자를 늘리려 하는 중인 것을 알았다.

닭들의 숫자가 많아지면 불리해지는 것은 당연했다.

더 많은 씨앗을 심거나 다른 계획을 세워야 한다고 판단했다.

노진수는 바로 몸을 돌려 이성필이 있는 곳으로 뛰었다.

* * *

"그러니까 닭들이 알을 낳아서 품고 있다는 거네요."

"그렇습니다."

노 씨 아저씨는 생각보다 일찍 돌아왔다.

그리고 자신이 본 것을 내게 말해 줬다.

"씨앗이 자라는 것을 생각해 보면……. 아무래도 닭의 알도 빨리 부화하겠죠?"

"그럴 것 같습니다. 씨앗을 더 심어서 대비해야 합니다. 아니면 부화할 수 없도록 방해를 하든지요."

노 씨 아저씨의 말이 맞는 것 같았다.

하지만 다른 생각이 떠올랐다.

"괴물이 된 닭도 알을 낳고 부화해서 번식하는 것이 가능하다는 거네요."

"네."

"그럼 괴물 닭을 길러서 알도 먹고 고기도 먹을 수 있지 않을까요?"

"네?"

노 씨 아저씨가 황당하다는 표정을 지었다.

"한번 시도해 볼 만한 것 같아요."

잘만 하면 고기와 달걀을 얻을 수 있다. 단백질 공급원이 생긴다는 것이다.

"대장님, 하지만 그런 일이 가능할까요?"

노 씨 아저씨는 고개를 살짝 흔들고 있었다.

아무래도 실현 가능성이 없다고 생각하는 것이겠지.

"가능할지 안 할지는 시도해 봐야 한다고 생각해요. 매일 식물성 단백질만 먹을 수는 없잖아요."

"그렇기는 합니다만……."

"괴물 닭을 길러서 단백질을 얻을 수 있다는 것이 증명되면 다른 동물 괴물도 가능할지 몰라요."

내가 생각하는 것은 돼지나 소였다. 어디선가는 돼지나 소도
괴물이 되어 돌아다니고 있을지도 몰랐다. 아니 그러고 있을 것이
분명했다. 소까지는 아니더라도 멧돼지만 잡아서 길러도 된다.

"방독면 써 보실래요?"

노 씨 아저씨와 나도 방독면은 하나씩 챙겼다.

노 씨 아저씨는 다리에 묶어 놓은 방독면 가방에서 방독면을
꺼내며 물었다.

"방독면은 왜?"

"장미 향에 효과가 있나 보게요."

노 씨 아저씨 고물상에 있었던 사람들은 내가 장미 향을 뿜어낼
수 있다는 것을 알고 있었다. 노 씨 아저씨는 바로 방독면을 썼다.

"그럼 시작할게요."

나는 바로 장미 향을 뿜어냈다.

"어때요?"

[괜찮습니다.]

장미 향을 조금 더 진하게 뿜어낼 수 있을 것 같았다.

정신을 집중했다. 그러자 노 씨 아저씨가 휘청거렸다.

[조금 어지럽습니다.]

"여기까지가 한계네요."

현재 내가 뿜어낼 수 있는 장미 향의 농도였다. 방독면을 써도
약간 어지러울 정도.

장미 향 뿜어내는 것을 멈췄다.

"벗어 보세요."

노 씨 아저씨가 방독면을 벗었다.

"아직 향이 좀 남아 있습니다."

아저씨는 간신히 중심을 잡으며 말하고 있었다.

"그럼 가 볼까요?"

"둘이서만요?"

아저씨도 내가 무슨 생각을 하는지 아는 것 같았다.

장미 향이 괴물 닭에게 통하는지 확인해 보려는 것이었다.

"네. 지난번하고는 상황이 조금 다르잖아요. 완전히 어두운
데다가 멀리서 장미 향을 뿌릴 거니까요."

"만약, 그 대장 닭이 눈치채면요?"

"도망쳐야죠. 하지만 그때처럼 위험하지는 않을 거예요. 제가
힘이 좀 더 강해졌거든요."

나는 파이프 렌치를 어깨에 턱 둘렀다.

그것을 본 아저씨는 웃으며 고개를 끄덕였다.

"하기는 그 많은 괴물 장미를 다 정리하실 정도니까요."

"그럼 가죠."

"잠시만요."

"왜요?"

"괴물 닭들도 보초를 운영하고 있습니다."

"보초요?"

"네. 경계선에 몇 마리씩 배치해 놓고 있는 것을 확인했습니다. 제 생각에는 그 경계선에 있는 놈들부터 실험하시는 것이 어떤가 싶습니다."

"좋은 생각인데요."

굳이 무리해서 실험하지 않아도 될 것 같았다.

"가시죠."

"네. 안내하겠습니다."

노 씨 아저씨가 앞장섰다.

* * *

노 씨 아저씨가 말한 경계선은 병원에서 꽤 가까웠다.

축석 고개라는 곳이었다. 의정부와 양주를 구분하는 경계선이기도 했다. 언덕이기 때문에 그 위에 있으면 의정부 방향에서 누군가 접근하면 무조건 걸릴 수밖에 없었다.

그래서 나와 노 씨 아저씨는 돌아서 접근했다. 아주 조심스럽게 괴물 닭 3마리가 있는 곳에서 약 200m 정도 떨어진 곳까지 접근했다. 문제는 장미 향이 보초를 서는 괴물 닭이 있는 곳까지 도달하느냐였다.

나는 손짓으로 노 씨 아저씨에게 방독면을 쓰라는 지시를 했다.

아저씨는 바로 방독면을 조용하게 썼다. 아저씨가 방독면 쓴 것을 확인한 나는 바로 장미 향을 내뿜기 시작했다. 바람도 거의 불지 않아 다른 곳으로 향이 날아가지는 않을 것 같았다.

3분 정도 기다렸다. 장미 향이 200m까지는 안 퍼지는 것 같았다. 장미 향을 내뿜으면서 조심스럽게 괴물 닭들에게 접근했다.

100m쯤 접근했는데도 괴물 닭은 쓰러지지 않고 있었다.

아무래도 일반 장미꽃 괴물이 내는 장미 향 범위인 20m 안쪽까지 접근해야 할 것 같았다.

나는 아저씨에게 앞으로 가자는 손짓을 했다.

아저씨는 고개를 저었다. 아무래도 들킬 수 있다고 생각하는 것 같았다.

그래도 나는 앞으로 갔다. 도로와 가까워지면서 바닥에 엎드렸다. 기어서 가려는 것이다.

투둑.

이런, 나뭇가지를 밟은 것 같았다.

이런 조용한 밤에는 작은 소리도 멀리까지 들린다.

괴물 닭들이 눈치채지 않았으면 하는 마음으로 조용히 있었다.

괴물 닭은 이쪽을 쳐다보지 않았다.

그런데 괴물 닭들의 상태가 이상해 보였다.

고개를 떨군 것처럼 보였다.

밤이라 그런지 가까이 와서야 확인할 수 있었다.

나는 조용히 일어났다. 아저씨가 놀라며 일본도를 꺼내 들고 내 옆에 섰다. 하지만 괴물 닭들은 반응하지 않았다.

"아무래도 잠든 것 같은데요?"

아저씨는 내 말에 대답하지 않고 앞으로 나서며 말했다.

[제가 한번 확인해 보겠습니다.]

우리의 대화에도 괴물 닭들은 반응하지 않았다.

[함정일 수도 있습니다.]

아저씨가 괴물 닭들을 향해 성큼 걸어갔다.

그냥 졸고 있었다면 깨어날 수밖에 없었다. 아저씨는 기척을
내면서 움직이고 있었다.

하지만 괴물 닭들은 움직이지 않았다. 아저씨가 접근해서 일본도
로 쿡 찔러도 반응하지 않았다.

나도 괴물 닭들이 있는 곳으로 걸어갔다. 그리고 어이가 없어
웃음이 나왔다. 제자리에 앉아서 고개를 떨군 상태로 잠들어 있었기
때문이었다. 밤인 데다가 거리가 멀어서 제대로 확인할 수 없어서
몰랐다.

'꼬꼭!'

양주 방향에서 들리는 소리였다.

괴물 닭 3마리가 뛰어오면서 소리치고 있었다.

[교대하러 온 놈들인 것 같습니다.]

문제는 교대하러 온 것이 아니었다.

이쪽으로 달려오면서 계속 소리를 질렀다. 저 멀리 모여 있는
괴물 닭들이 반응했다. 수십 마리가 달려오는 것이 보였다.

[일단 돌아가시죠.]

"그래야겠……."

아저씨의 말대로 돌아가려고 했다.

그런데 소리를 지르며 달려오던 괴물 닭 3마리가 갑자기 픽 쓰러지는 것이 보였다. 약 150m 정도 떨어진 곳이었다. 이러면 도망갈 필요가 없다.

반경 200m 안쪽으로 들어오면 장미 향에 영향을 받는 것이기 때문이었다.

"잠시만요. 다른 놈들도 쓰러지나 보게요."

[알겠습니다.]

어두운 밤이지만 아저씨의 눈이 커지는 것이 보였다.

"일단 이 세 놈부터 목을 베세요."

"네. 대장님."

아저씨는 잠든 3마리 괴물 닭의 목을 일본도로 잘랐다.

생각보다 쉽게 잘리는 것 같았다.

그사이 수십 마리의 괴물 닭들은 150m 안쪽까지 들어왔다.

그리고 힘없이 픽픽 쓰러졌다.

"확실한 것 같네요."

[그런 것 같습니다.]

"그럼 가 볼까요? 가면서 쓰러진 놈들은 다 목을 베세요."

[알겠습니다.]

우리는 앞으로 달려갔다.

그리고 아저씨는 쓰러진 수십 마리의 괴물 닭 목을 잘랐다.

* * *

지휘 닭은 경고 울음에 잠에서 깼다.

그리고 꽤 강한 힘을 지닌 누군가를 느낄 수 있었다.

그런데 그 힘이 익숙했다. 지난번에 만났던 인간이 지닌 힘과 비슷했다. 하루도 지나지 않아 이렇게 강력해졌다는 것이 믿기지 않았다.

하지만 아직 자신의 힘에는 못 미치는 것 같았다. 자신의 힘과 비슷하거나 더 강했다면 두려움이 느껴졌을 것이기 때문이었다.

분명 인간들은 숫자도 적고 자신보다 힘도 약했다.

그런데 왜?

들개들을 믿고 그러는 것인가 싶었다. 하지만 탁 트인 이런 곳에서는 들개들도 소용없었다. 그렇다면 낼 수 있는 결론은 이곳을 살피러 온 것이다.

곧 돌아가겠지란 생각을 했다. 그런데 강한 인간이 더 접근하는 것이 느껴졌다. 이 정도 거리면 강한 인간도 자신을 느낄 수 있을 것이다. 무언가 잘못됐다고 생각한 지휘 닭은 바로 일어나 소리쳤다.

'꼭끼오!'

모두를 깨우고 인간의 습격에 대비하기 위해서였다.

이미 깨어난 괴물 닭들이긴 하지만 지휘 닭의 울음에 싸움 준비를 하기 시작했다.

지휘 닭은 저 멀리서 오는 두 인간을 발견했다.

그러자 지휘 닭은 날개를 들어 두 인간을 가리켰다.

약 백여 마리의 닭이 두 인간을 향해 달려갔다.

하지만 지휘 닭은 믿을 수 없는 광경을 볼 수밖에 없었다.

백여 마리의 닭이 두 인간의 근처에 가기도 전에 쓰러졌기 때문이었다. 지휘 닭은 그제야 두려움이 올라오기 시작했다.

* * *

괴물 닭들이 모여 있는 곳으로 갈수록 대장 닭을 확연하게 느낄 수 있었다. 아직도 괴물 닭보다는 약하다는 것도 알 수 있었다. 하지만 장미꽃 향은 강하다고 해서 다 피할 수 있는 것이 아니었다.

숨을 참을 수 있거나 방독면을 쓰지 않는 한.

[대장님, 또 옵니다.]

"아저씨 오늘 힘 좀 업그레이드되시겠네요."

[대장님이 잡으신 건데……]

"괜찮아요."

100마리 정도 되는 괴물 닭들이 몰려왔다.

하지만 모두 근처에 오기도 전에 쓰러졌다.

아저씨는 괴물 닭의 목을 자르느라 정신없었다.

"저는 먼저 가 볼게요. 이러다가 다 죽이겠어요."

거의 160마리 정도가 쓰러진 것 같았다.

남은 것은 대장 닭과 300여 마리 정도였다.

그중 알을 품는지 앉아 있는 닭은 100마리 정도였다.

[대장님!]

내가 뛰어가자 아저씨가 소리치며 따라왔다.

"그냥 베시라니까요."

[대장님이 더 중요합니다.]

괴물 닭들이 진형을 짜기 시작했다. 알을 품던 놈들도 일제히
일어났다. 그리고 대장 닭을 중심으로 모였다.

대장 닭 옆에는 다른 닭들보다 좀 더 큰 닭이 세 마리 있었다.

500m.

400m.

300m.

거리를 순식간에 좁혀 가고 있었다.

올림픽이 열린다면 세계 신기록을 달성할 수 있을 것 같았다.

200m 안쪽으로 들어간 것 같자 외곽에 있던 괴물 닭들이 픽픽
쓰러지기 시작했다.

괴물 닭들이 당황하는 것 같았다.

하지만 그 당황도 장미 향을 맡자 사라졌다. 그대로 잠들어
버린 것이었다. 그때 대장 닭과 친위대로 보이는 세 닭이 날갯짓하며
날아올랐다.

"눈치챈 것 같은데요?"

대장 닭과 친위대는 도망간 것이 아니었다. 계속 뛰면서 날갯짓하

고 있었다.

장미 향이 접근하지 못하게 하는 것이 분명했다.

기절하지 않은 50여 마리 남은 닭들도 날갯짓을 하기 시작했다.

하지만 장미 향을 날려 보내느라 우리를 공격하지 못했다.

그리고 언제까지 날갯짓을 할 수 있는 것도 아니었다.

잠시라도 틈이 보이면 바로 쓰러졌다.

대장 닭과 나 사이에 거리는 약 100m인 것 같았다.

몇 번만 뛰면 된다. 하지만 대장 닭의 날갯짓이 좀 강했다.

여기까지 느껴질 정도였다.

대장 닭과 친위대 그리고 10여 마리 정도만 정신을 잃지 않고
버티고 있었다.

[방해하겠습니다.]

철컥.

아저씨가 K2 소총을 장전하더니 그대로 방아쇠를 당겼다.

타다당.

연사가 아닌 3점사인 것 같았다. 총알을 세 발씩 쏘는 것이다.

괴물 닭을 죽일 수는 없지만, 꽤 효과적인 것 같았다.

괴물 닭의 얼굴에서 불꽃이 튀었다.

생명체는 모두 눈을 공격당하면 당황할 수밖에 없다.

괴물 닭도 그런 것 같았다.

점점 더 접근하면서 아저씨가 쏘는 총의 정확도도 높아졌다.

당황한 것은 대장 닭도 예외는 아니었다.

대장 닭이 날갯짓을 제대로 하지 못하자 주변의 닭들은 모두 쓰러졌다. 이제 남은 것은 대장 닭뿐이었다.

30m 거리도 안 된다. 대장 닭이 고개를 들고 날갯짓하며 말했다.

'기다려.'

무척 당황한 목소리였다.

"아저씨. 기다려 줄까요?"

[무슨 말이신지.]

총을 쏘면서 묻고 있었다. 아직 아저씨는 괴물의 말을 듣지 못하는 것 같았다.

"저놈이 기다려 달라고 하네요."

'부하가 되겠다.'

"부하가 되겠다고 하는데요?"

아저씨가 총 쏘는 것을 멈췄다. 탄창을 갈았다.

하지만 총을 계속 쏘지는 않았다.

[부하가 되면 좋을 것 같긴 합니다.]

"그렇군요."

'그래. 내가 부하가 되면 내 부하들도 네 부하가 된다.'

"좋은 것 같은데? 아! 멈추지 말고 계속 날갯짓해. 잠든다."

대장 닭의 날갯짓이 약해지는 것 같아 말했다.

대장 닭은 다시 필사적으로 날갯짓을 하기 시작했다.

'어떻게 해야 부하로 받아 줄 건가?'

"말투부터 공손해야지."

'말투?'

"그래. 부하면 예의를 보여야 하는 것 아니야?"

아무래도 텔레파시 비슷한 것 같았다. 아니면 다른 종류의 의사소통이던가. 하지만 야방토를 생각했을 때 대장 닭의 말투는 의도가 의심될 수밖에 없었다.

야방토는 예의가 있었다. 대장 닭은 예의가 없다.

그것은 진심이 아니란 의미라고 본다.

'어떻게 해야 하는 건가?'

"그건 천천히 알려 줄게."

'부하로 받아 준다는 건가?'

"그래. 부하로 받아 줄게."

'그렇다면 냄새를 뿜지 마라.'

"알았어."

나는 장미 향 뿜어내는 것을 멈췄다. 그것을 느꼈는지 대장 닭이 날갯짓하는 것을 멈추고 내려섰다.

"이제 내 부하인 거지?"

대장 닭의 눈빛이 번뜩였다.

다른 생각을 하는 것 같았다. 하지만 곧 고개를 아래로 숙였다.

'그래. 부하다.'

"알았어. 머리를 쓰다듬어 줄게. 숙여."

대장 닭은 고개를 더 숙였다. 나는 아주 귀여운 고양이를 쓰다듬듯이 머리를 쓰다듬으면서 말했다.

"내 명령에 따를 거지?"

'그렇다.'

"그럼 죽어."

나는 파이프 렌치로 대장 닭의 머리를 내리쳤다. 대장 닭이 머리를 빼려고 했지만, 내가 더 빨랐다.

퍼억.

파이프 렌치가 대장 닭의 머리의 절반을 파고들었다.

생각보다 단단했다.

'꼬애액.'

이상한 비명을 지르며 머리를 흔들기 시작했다. 덕분에 파이프 렌치가 빠졌다.

고개를 든 대장 닭의 기괴한 모습이었다. 머리의 절반이 함몰된 상태로 죽지 않았다. 그리고 함몰된 머리가 재생되기 시작했다.

하지만 그 속도가 느렸다. 뇌와 눈 부분까지 함몰되었으니 제대로 움직이는 것은 물론, 보지도 못하는 것 같았다.

장미 향을 내뿜었다. 그런데 대장 닭이 잠들지 않았다.

아마도 뇌가 회복되지 않아서인 것 같았다.

신경계에 영향을 끼치지 못하니 잠들지 않는 것 같았다.

"고맙다."

미안하다는 말은 할 생각이 없었다.

어차피 이놈도 언젠가는 배신할 생각이 분명했다.

그리고 나보다 강한 놈을 그냥 두는 것도 위험했다.

파이프 렌치를 놈의 가슴에 있는 힘껏 찔렀다.

이미 머리가 절반쯤 함몰된 시점에 붉은색 점은 많이 옅어져 있었다.

'키에엑!'

이젠 닭 소리가 아닌 다른 괴물과 똑같은 비명을 지르고 있었다.

치이익.

파이프 렌치가 대장 닭의 피부를 뚫기 시작했다. 피부가 뚫리기 시작하자 파이프 렌치는 너무 쉽게 대장 닭의 몸 안으로 들어갔다.

파이프 렌치가 거의 끝까지 들어가자 대장 닭은 추욱 늘어지며 고개를 떨궜다. 뜨거운 파이프 렌치가 몸 안을 익혀 버렸으니 버틸 수 없었을 것이다.

붉은색 점도 완전히 사라졌다. 여느 때와 마찬가지로 대장 닭이 죽자 에너지가 몸 안으로 들어오기 시작했다.

온몸의 세포 하나하나가 깨어나는 기분이었다.

어느 정도 에너지가 들어오자 대장 닭이 불타기 시작했다.

나는 다급하게 파이프 렌치를 달구는 것을 멈췄다.

하지만 대장 닭의 불길은 사라지지 않았다.

"끝난 것 같네요."

나는 뒤로 물러났다. 뜨겁지는 않지만, 옷이 타 버릴지도 모르기 때문이었다.

[고생하셨습니다. 대장님.]

"고생은요. 장미 향 덕분에 쉽게 해결했는데요."

노진수는 고개를 끄덕이면서도 다른 생각을 했다.

장미 향을 얻게 된 것도 이성필의 능력이었다.

이성필이 아니었다면 이런 일이 가능했을까?

아니라고 생각했다.

이성필의 옆에 있는 것이 행운이었다.

"아저씨. 암탉 90마리에 수탉 10마리만 남기고 다 죽일까 하는데
요."

수백 마리나 되는 괴물 닭을 모두 제어할 수는 없었다.

제어할 수 있는 만큼만 살려 놓을 생각이었다.

그리고 알을 낳고 부화하면 숫자를 얼마든지 늘릴 수 있으니
상관없었다.

[그렇게 하겠습니다.]

"네. 고생 좀 하세요."

노진수는 이성필이 일부러 자신에게 괴물 닭을 죽이라고 한
것을 알고 있었다.

수백 마리의 괴물 닭을 죽이면 그 힘을 얻을 수 있다.

하지만 이번에는 노진수도 거절할 생각이 없었다.

자신의 힘이 아직도 부족하다는 것을 알기 때문이었다.

이성필 옆에서 이성필을 도우려면 힘이 필요했다.

[시작하겠습니다.]

노진수는 근처에 있는 괴물 닭부터 머리를 베기 시작했다.

이성필은 노진수에게서 불타는 대장 닭에게로 시선을 돌렸다.

"불을 꺼 봐야겠네."

사실 지금 관심은 대장 닭의 속살이었다.

완전히 불타기 전에 불을 끄면 안의 살은 먹을 만할 것 같았다.

팔을 걷어붙이고 파이프 렌치를 대장 닭의 다리에 걸었다.

그리고 도로 옆으로 끌고 갔다.

도로 옆 땅을 파고 묻을 생각이었다.

산소가 차단되면 불이 꺼질 테니까.

불타는 대장 닭을 두고 파이프 렌치로 땅을 팠다.

힘이 더 강해져서 그런지 순식간에 대장 닭이 들어갈 정도의 거대한 구덩이를 팔 수 있었다.

깊이만 2m가 넘어갔다. 힘을 얻기 전이라면 나갈 걱정부터 했겠지만, 지금은 아니었다.

가볍게 뛰어서 올랐다.

그리고 불타는 대장 닭을 집어넣은 다음 파낸 흙으로 덮었다.

[그놈을 묻어 주시는 겁니까?]

노 씨 아저씨의 목소리가 뒤에서 들렸다.

"묻어 주다니요?"

[대장이라고 묻어 주시는 것 같아서요.]

나는 웃음이 나왔다.

"일부러 왜 묻어 줘요. 불 끄고 속살이 익었나 보려고 한 건데요."

[아.]

"방독면 벗어 보실래요?"

지금은 장미 향을 내뿜지 않고 있었다. 노 씨 아저씨는 방독면을 벗었다.

"괜찮죠?"

"후읍."

숨을 들이마신 노 씨 아저씨는 웃으며 말했다.

"괜찮습니다."

"그럼 불도 다 꺼진 것 같으니 꺼내 볼까요?"

"제가 하겠습니다."

노 씨 아저씨는 내가 뭐라고 하기도 전에 움직였다.

양손으로 땅을 파헤쳤다. 아저씨의 힘도 강해져서 그런지 맨손으로 땅을 파도 아무렇지 않은 것 같았다.

이내 대장 닭이 모습을 드러냈다. 불은 완전히 꺼진 상태였다. 하지만 겉은 흙과 검은 재가 뒤범벅된 것 같았다.

"읏챠."

투두둑.

아저씨가 대장 닭의 다리를 잡고 힘을 썼다. 하지만 대장 닭 전체가 딸려 나오리라는 예상과는 다르게 다리만 뜯겼다.

"이런… 죄송합니다."

"아니에요. 그런데 진짜 크네요."

대장 닭 다리는 성인 몸통만 한 크기였다.

뜯어진 부위를 보니 잘 익은 것 같았다.

"아저씨 일부분만 일본도로 탄 부분만 제거해 주실래요?"

"네. 대장님."

아저씨는 일본도로 탄 부분을 제거한 다음 일본도를 옷에 닦았다. 그리고 잘 익은 속살을 잘랐다.

"제가 먼저 맛봐도 되겠습니까?"

"배고프시구나. 그러세요."

노진수는 배고픈 것이 아니었다. 괴물 고기는 그 누구도 먹어 보지 않았다. 괴물 고기를 먹고 어떤 일이 일어날지 모르기 때문이었다. 안 좋은 일이 이성필에게 일어나면 안 된다고 생각했다.

혹시나 하는 생각으로 마음을 단단히 먹고 닭 나리 살을 베어 물었다. 그리고 우물우물 씹어서 넘겼다.

"맛이 어때요?"

"싱겁긴 하지만 괜찮습니다. 몇 번 씹지도 않았는데 그냥 녹아 넘어가는 것 같습니다."

"그래요? 어디 저도 좀…"

"죄송하지만 잠시만 기다려 주세요. 독이 있을지도 모릅니다."

"네?"

나는 노 씨 아저씨가 배고파서 먼저 먹은 것이 아니란 것을 알았다.

"아저씨!"

나도 모르게 소리쳤다.

"제가 해야 할 일 중 하나입니다."

"하아. 독이 있더라도 제가 먹는 것이 나아요. 괴물들 에너지를 많이 흡수했잖아요. 그리고 문제가 있으면 스스로 치료도 가능하고요."

"제게 문제가 생기면 대장님이 치료해 주시면 되지 않습니까."

그냥 웃으며 말하는 노 씨 아저씨를 보며 또 한숨이 나오려고 했다.

"몰라요. 안 아픈 것 보니까 괜찮은 것 같네요."

나는 손을 뻗어서 노 씨 아저씨 손에 남은 닭 다리 살을 빼앗았다. 그리고 입에 넣었다.

노 씨 아저씨의 말대로였다.

좀 심심하지만, 맛은 괜찮았다. 거기에 살이 진짜 살살 녹는다. 마치 대게를 먹는 것 같았다.

"우와. 이거 대박인데요? 간을 안 했는데도 이 정도면…"

"그런 것 같습니다."

나는 뒤를 돌아봤다. 아저씨가 죽인 수많은 괴물 닭들이 보였다.

"아저씨 병원에 가서 60트럭하고 힘 있는 사람을 데려오세요. 전 나머지 놈들 안 깨어나게 하고 있을게요."

장미 향의 효과가 얼마나 지속되는지도 알아볼 생각이었다.

"알겠습니다."

병원을 향해 달려가는 노 씨 아저씨의 등에 대고 소리쳤다.

"다 방독면 써야 해요!"

"네. 대장님!"

노 씨 아저씨는 꽤 빠르게 달려갔다.

"그럼 어디 정리 좀 해 볼까?"

나는 가까이 있는 괴물 닭의 사체부터 옮기기 시작했다.

가져가기 쉽게 한곳에 모아 놓을 생각이었다.

* * *

"이건 문제네."

죽은 괴물 닭들의 부패 속도가 너무 빨랐다.

혹시나 해서 손으로 분해도 해 봤다. 하지만 부패가 시작되지 않은 곳은 비린내가 너무 심해서 도저히 먹을 수 있을 것 같지 않았다.

"왜 다른 거지?"

대장 닭은 아직도 부패하지 않았다. 조금 잘라 먹어도 맛은 변하지 않았다.

"불에 익혀야 하는 건가?"

부패하고 있는 닭을 구워 볼 생각이었다.

파이프 렌치를 닭에 댔다. 파이프 렌치가 달아오르기 시작하다가 어느 순간 닭 털에 불이 붙었다.

이제 익기만 기다리면 된다.

그때 정신을 잃었던 닭들이 고개를 들기 시작했다.

아무래도 장미 향의 효과는 30분을 넘어가지 않는 것 같았다.

다시 장미 향을 뿜으며 돌아다녔다.

고개를 막 들던 괴물 닭들은 다시 고개를 늘어뜨렸다.

그리고 품고 있던 알이 보였다.

"알은 괜찮은 건가?"

알을 들어서 불타는 괴물 닭이 있는 곳으로 가져갔다. 그리고 그 위에 올려놨다. 활활 타오르는 불길에도 알은 깨지지 않았다.

안에서 무언가 꿈틀대는 것 같았다. 하지만 이내 움직임이 잠잠해졌다. 아무래도 어느 정도 성장한 닭이 있는 것 같았다.

어느 정도 익은 것 같자 나는 알을 꺼내고 불을 껐다. 대장 닭보다는 작아서 근처 흙을 뿌리는 것만으로 불을 끌 수 있었다.

"이제 안쪽을 볼까요?"

조금은 기대하면서 탄 부분을 손으로 뜯어냈다.

"으윽."

하지만 이상한 냄새에 뜯어낸 부분을 다시 올려놓을 수밖에 없었다.

"이상하네. 이놈들은 왜 이러지?"

대장 닭이라 다른 것인가 싶었다.

이렇게 되면 괴물 닭을 식량으로 삼는 것은 물 건너간다.

알은 어떤가 싶었다.

알에게 다가가 손으로 두드렸다. 껍질이 꽤 두꺼운 것 같았다. 하지만 파이프 렌치로 몇 번 치자 껍질은 깨졌다.

"뭐냐. 이건."

달걀흰자 비슷한 것이 보였다. 손으로 떼어 먹어 봤다. 맛은 그냥 달걀흰자였다.

"이건 먹을 만하네."

그런데 다른 것이 보였다. 나는 알껍질을 더 깼다.

그리고 잘 익은 닭을 발견했다.

"새끼인데도 크네."

알 속에 있던 놈도 덩치가 나만 했다. 성인 남자 크기다.

"비린내도 안 나고."

냄새가 안 나서 그런지 나는 용기를 내서 다리 하나를 잡아 뜯었다. 아주 잘 익은 깃 같았다. 그냥 한 입 베어 물었다.

'와우.'

입안 가득 다리 살이 있지 않았다면 밖으로 감탄사를 내뱉었을 것이다. 그 정도로 맛이 좋았다. 부드럽기는 대장 닭보다 더 부드러웠다. 그냥 넘기듯 삼켰다.

"이건 뭐냐. 간이 되어 있는 것 같네."

알 속의 새끼는 소금을 적당히 친 것 같은 맛이 났다.

"이러면 또 고민이네."

왜 먹을 수 있는 것과 없는 차이가 무엇일지 생각했다.

차이는 딱 한 가지였다.

"살아 있는 것과 죽은 것."

대장 닭도 죽기 전에 불에 타기 시작했다.

알과 알 안에 있던 새끼도 살아 있을 때 익혔다.

확실하게 알아볼 수 있는 방법이 있었다.

잠든 닭들 중 한 마리를 구워 보는 것이었다.

나는 잠든 수탉 한 마리를 가져와서 불을 붙였다.

불길에 활활 잘 타기 시작했을 때 트럭 소리가 들렸다.

병원 방향에서 60트럭이 오는 것이 보였다.

60트럭은 근처에 와서 멈췄다. 그리고 운전석에서 노 씨 아저씨가 내리고 조수석에서는 김수호가 내렸다.

짐칸에서도 20명 정도가 내리는 것 같았다.

모두 방독면을 쓰고 있었다.

"지금은 방독면 벗어도 됩니다."

내 말에 다가오면서 모두 방독면을 벗었다.

"이것 먼저 맛보세요."

나는 깨진 알에 있는 새끼 닭을 가리켰다.

사람들은 새끼 닭을 보며 놀랐다.

"이게 닭이야?"

"저놈들 봐. 크기 보면 이게 새끼네."

"윽. 썩은 거 아니야?"

수백 마리의 괴물 닭이 썩는 냄새였다.

괴물 닭 썩는 냄새 때문인지 새끼 닭을 섣부르게 먹으려 하지 않고 있었다.

내가 먼저 보여 줘야 할 것 같았다. 하지만 김수호가 먼저 새끼 닭의 일부분을 뜯었다. 그리고 거침없이 입에 넣었다.

모두 김수호를 쳐다봤다.

"맛있네요."

김수호는 바로 새끼 닭을 더 뜯어서 먹기 시작했다. 그제야 사람들은 새끼 닭을 뜯어서 맛보기 시작했다.

그리고 모두 놀란 표정으로 맛있다는 것을 증명했다.

나는 그런 그들에게 웃으며 말했다.

"이제 고기 걱정은 안 해도 됩니다."

김수호가 내게 물었다.

"혹시 이 괴물들을 사육하실 생각이십니까?"

"네. 채소하고 식물성 단백질만 먹고 살 수는 없잖아요."

김수호는 알에 있는 새끼를 한번 보더니 다른 사람들도 봤다. 모두 기뻐하고 있었다.

"모두 좋아하는 것 같습니다."

"그런 것 같네요."

"정말 대단하십니다."

"네?"

"이렇게 많은 괴물 닭들을 대장님하고 노 씨 아저씨 두 분이서 처리한 것도 모자라서… 이렇게 식용으로 사용하실 생각도 하시다니."

"하하. 그런가요? 제가 아니었어도 누구든 할 수 있었을 겁니다."

김수호는 고개를 저었다.

"그럴 리가요. 이성필 대장님이시니 가능한 일입니다."

"자. 이거 다 빨리 먹고 일합시다. 저놈들과 알 옮겨야 합니다."

나와 사람들은 새끼 닭을 맛있게 먹기 시작했다.

다음번에는 멧돼지가 나타났으면 하는 생각이 들었다.

물론, 나보다 약해야 했다. 또 고생하기는 싫었다.

성인 크기의 새끼 닭이라고 해도 20명이 넘게 먹으니 순식간이었다.

"저기 대장님. 저건 계속 불태울 실 건가요?"

김수호의 말에 나는 잊고 있던 닭이 생각났다.

"아. 저거 불 꺼야 하는데. 살아 있을 때 익히면 먹을 수 있을지 실험하는 겁니다."

김수호와 다른 사람들의 눈이 반짝인 것 같은 것은 착각인가?

내가 시키기도 전에 김수호와 사람들은 옷과 흙 등을 이용해 불을 끄기 시작했다.

"옷으로 바람 만들지 마. 안 꺼지잖아!"

바람으로 불을 끌 수 있다고 생각하는 사람도 있는 것 같았다.

어쨌든 20명 정도가 불을 끄니 순식간에 불은 사라졌다.

"앗. 뜨거."

"미쳤어? 대장님이 먼저 손을 대야지."

"아. 미안. 나도 모르게… 이것도 맛있을 것 같아서."

사람들이 양옆으로 비켜섰다. 그리고 표정으로 말했다.

'빨리 와서 먹을 수 있게 해 줘요.'

이렇게 느껴졌다. 나는 직접 손댈 생각이 없었다.

"탄 부분 뜯어내고 제대로 익었나 확인해 봐요."

사람들은 기다렸다는 듯이 대답했다.

"네. 대장님."

20명이 뜨겁다고 말하면서 탄 부분을 뜯어내기 시작했다.

그리고 하얀 속살이 나왔다.

예상대로 살아 있을 때 익히면 먹을 수 있는 것 같았다.

사람들은 닭고기를 먹기 시작했다.

"알에 있던 것보다는 좀 그렇지?"

"그러네. 이건 간이 안 된 것 같아."

"행복한 소리 하고 있네. 이거라도 어디야. 언제 또 고기 마음대로 먹어 보겠어."

"앞으로는 마음대로 먹는 거 아니야? 대장님이 그래서 이것들 잡은 것 같은데?"

그래. 먹을 것 주고 열심히 일하라고 할 생각입니다.

실험도 끝났으니 이젠 일할 시간이었다.

그리고 시체 썩는 냄새가 점점 더 심해졌다.

"자. 잘 들으세요. 시체 썩는 냄새 때문에 오래 못 있을 것 같으니까."

내 말에 사람들이 닭 먹던 것을 중지했다.

"저기 잠든 닭과 알을 병원 근처 밭에 가져다 놓을 겁니다. 30분 정도 지나면 깨어나니까 빨리 움직이죠."

사람들은 아쉬운 표정을 지었다.

"남은 것은 나중에 가져가서 병원에서 먹도록 해요."

이제야 사람들 표정이 밝아졌다.

먹을 것 하나로 이렇게 반응하느냐고 말할 수 있다.

하지만 지금은 상황이 달랐다.

나하고 노 씨 아저씨는 냉동고가 있는 고물상에서 제대로 고기를 먹을 수 있었다. 하지만 저 사람들은 아니었다.

노 씨 아저씨가 나섰다.

"자. 자. 대장님 말씀 들었으면 움직여!"

노 씨 아저씨가 익숙하게 사람들을 지휘하기 시작했다.

먼저 알부터 옮기기로 했다. 알만 200개가 넘어가는 것 같았다. 60 트럭에 30개 정도 싣는 것이 최대였다.

운전할 사람 빼고 20명이 알을 들었다. 한 번에 50개씩 알을 옮기는 것 같았다.

노 씨 아저씨의 지휘로 사람들이 작업할 때 나는 김수호와 따로 이야기했다.

"밭에 저놈들 100마리 정도 가둘 수 있는 철조망을 칠 겁니다."

김수호는 고개를 갸웃거렸다.

"철조망으로 도망치는 것을 막을 수 있을까요?"

괴물 닭의 능력을 생각하면 못 막는다고 생각하는 것이 당연했다.

"다른 방법도 같이 써야죠."

괴물 닭과 알을 다 옮긴 다음에 알려 줄 생각이었다.

괴물 닭 99마리와 알 200개를 옮기는데 시간이 꽤 걸렸다. 덕분에 괴물 닭이 깨어나지 않도록 왔다 갔다 해야 했다.

그사이 김수호는 병원 사람들을 데리고 5군수 여단에 가서 창고를 뒤져 철조망을 가져 왔다.

병원 사람들을 5군수 여단으로 옮길 예정이라는 것도 알려 줬다. 온갖 물품이 다 있는 5군수 여단으로 옮기는 것을 김수호나 병원 사람들도 좋아하는 것 같았다. 거기에 고물상하고도 가까워서 더 안전하다고 생각하는 것 같았다.

쇠말뚝을 박고 철조망을 치기 시작했다. 힘을 지닌 이들이 일을 하니 꽤 수월하게 진행됐다. 쇠말뚝을 그냥 손으로 박아 버렸다.

철조망 치는 것을 보고 있는데 김수호가 다가왔다.

"대장님, 이제 깨어날 것 같은데요."

김수호도 장미 향의 효과가 30분 정도밖에 안 간다는 것을 알고 있었다. 하지만 나는 장미 향을 뿜어낼 생각이 없었다.

"이번에는 쟤네들에게 맡기려고요."

내가 가리키는 곳에는 애꾸와 부하들이 있었다. 애꾸를 포함해 딱 101마리였다.

애꾸는 병원 사거리를 지나갈 때 불렀다. 멀리서 불렀는데도 용케 듣고는 달려왔다. 그리고 부하 100마리를 데리고 오라는 것도 알아들었다.

"들개 무리에게요?"

"크릉."

애꾸가 기분 나쁘다는 듯한 표정을 지었다. 그러자 김수호가 당황하며 애꾸에게 말했다.

"못 믿는다는 것이 아니야. 너 저 닭 안 잡아먹을 수 있어?"

"컹!"

김수호는 애꾸를 마치 동등한 위치의 인간인 것처럼 대하고 있었다. 그것이 말투나 행동에서 나타났다.

"너야 그렇다 해도 부하들은? 부하들이 잡아먹으면?"

애꾸가 인상을 쓰더니 뒤로 돌았다.

"크르릉. 컹!"

애꾸의 부하들이 일제히 배를 땅에 대고 엎드렸다.

그러자 애꾸가 계속 으르렁댔다.

부하들에게 무언가 지시하는 것 같았다.

그리고 자신만만한 표정으로 김수호를 봤다.

"컹!"

"알았다. 부하들 사고 치면 네가 책임져야 한다."

"크릉."

애꾸의 한쪽 입꼬리가 올라갔다.

그럴 일은 없을 테니 걱정 말라는 것 같았다.

"애꾸."

"키잉."

내가 부르자 애교 비슷한 것을 부리며 다가왔다. 그리고 얼굴을 내게 비볐다.

덩치가 너무 커서 애교가 거의 폭력 수준이었다. 하지만 그건 힘없는 일반인일 때 이야기였다.

나는 애꾸를 떼어 내고 말했다.

"잘 들어. 저놈들 도망치려고 하면 어느 정도는 때려도 된다. 어쩔 수 없을 때는 몇 마리 죽여도 되고."

"컹!"

잘 알아들은 것 같았다.

나에게는 그냥 머릿속으로 전하는 말을 해도 되는데 일부러 짖는 것 같았다. 예전 추억 때문인지.

'꼬곡?'

괴물 닭들이 깨어나는 것 같았다. 하나둘씩 깨어나더니 어리둥절한 표정으로 주위를 둘러보기 시작했다.

그때 애꾸와 부하들이 움직였다. 애꾸와 부하들은 괴물 닭을 포위했다. 괴물 닭들은 더 당황하며 한곳으로 뭉쳤다. 하지만 괴물 닭을 지휘할 대장 닭이 없으니 어떤 행동도 못 하는 것 같았다.

그래도 어느 곳에나 용기 있는 놈은 하나씩 있었다.

좀 덩치가 큰 수탉이 날개를 펴며 나섰다.

'꼬꼬!'

위협하는 것이었다. 하지만 그래 봤자 애꾸에게는 안 된다.

휘익.

애꾸가 날아올라 앞으로 나선 수탉의 목을 물고는 그대로 땅에 박아 버렸다.

퍼억.

아직 죽이지는 않은 것 같았다. 수탉이 겁에 질린 눈을 하고 있었다.

'크릉.'

애꾸는 수탉을 문 상태로 경고하는 것 같았다.

'꼬…'

수탉의 눈빛이 죽었다. 굴복하는 것 같았다. 그런데 애꾸는 그런 수탉을 놓아주지 않았다.

으적.

수탉이 비명도 지르기 전에 목을 잘라 버린 것이었다.

그리고 남은 괴물 닭들을 향해 으르렁댔다.

"크르릉…"

겁에 질린 괴물 닭들은 고개를 납작 숙였다.

그것을 본 김수호가 내게 말했다.

"애꾸가 확실하게 서열 정리를 하는 것 같습니다."

"그런 것 같네요. 어때요? 애꾸하고 들개 무리라면 괴물 닭을 제어할 수 있을 것 같지 않나요?"

"네. 대장님."

"그럼 이곳은 해결된 거네요."

김수호는 씨익 웃었다. 그런 그를 향해 말했다.

"본거지는 5군수 부대로 옮기고 병원에는 교대로 사람을 보내서 지키게 해요."

"그렇게 하겠습니다."

"그리고 남은 대장 닭 고기는 이곳으로 가져와 줘요. 애꾸하고 들개들도 먹어야죠."

대장 닭과 수탉 익힌 것도 가져 왔다. 워낙 많아서 병원 사람들이 다 먹지 못할 정도였다.

"바로 조치하겠습니다."

김수호는 사람을 불러 대장 닭을 가져오게 했다.

사람들이 가져온 대장 닭은 절반 이상 남아 있었다.

"애꾸야! 부하들하고 먹어."

내 말에 애꾸가 먼저 달려왔다. 들개들은 괴물 닭들을 포위한 상태로 움직이지 않았다.

애꾸가 나를 보고 가만히 있었다.

"먹어. 괜찮아. 나는 먹었어."

애꾸는 그제야 대장 닭을 먹기 시작했다.

나는 슬쩍 괴물 닭들을 쳐다봤다. 괴물 닭들은 애꾸가 먹는 것이 대상 닭이었던 것을 아는 것 같았다.

그런데 괴물 닭들이 일제히 일어났다.

들개들이 짖으며 경고하기 시작했다.

괜히 대장 닭 먹는 것을 보여 줬나 싶었다. 대장 닭이 죽은 것을 알게 되면 더 순순히 말을 들을 줄 알았다.

애꾸도 먹던 것을 멈추고 괴물 닭들을 향해 몸을 돌렸다.

언제든지 달려갈 준비를 하는 것 같았다.

괴물 닭들이 저항하거나 도망가면 완전 망하는 것이다.

그런 생각으로 어떻게 해야 하나 싶을 때 괴물 닭들이 날개를 펼치더니 몸을 낮추며 고개를 숙였다.

"대장님. 아무래도 저놈들 대장님에게 고개 숙이는 것 같은데요?"

김수호의 말대로인 것 같았다. 자신들의 대장 닭이 죽었다는 것과 누구에게 죽었는지 아는 것 같았다.

철조망을 치던 사람들도 멈추고 이상하게 쳐다보기 시작했다.

하지만 나는 다른 것을 느끼고 있었다.

아방토나 애꾸에게서 느꼈던 충성심이었다.

문득 필립의 책에 있는 그림이 생각났다.

괴물을 이끄는 사람들이 서로 싸우는 그림이었다.

그중에는 한쪽이 승리하면 남은 괴물들을 이끌고 가는 것도 있었다. 아무래도 무리를 이끄는 놈을 죽이면 남은 무리를 부하로 만들 수 있는 것 같았다.

하지만 조건이 있는 것 같았다.

대장 닭의 죽음을 확실하게 알기 전까지 괴물 닭들은 복종할 생각이 없어 보였었다.

나는 괴물 닭들을 향해 다가갔다. 이제 대장 닭 정도가 아니면 그렇게 위험하지 않으니 거침없이 다가갈 수 있었다.

들개들이 비키며 길을 내줬다.

내가 가까이 가자 닭들이 고개를 들었다. 가장 근처에 있는 닭이 고개를 내게 내밀며 숙였다. 마치 만져 달라는 듯한 느낌이었다. 김수호와 병원 사람들이 그랬던 것처럼 이 괴물 닭들도 내가 만지면 완벽하게 충성하게 될까?

그런 의문을 가지고 손을 내밀어 괴물 닭의 머리를 만졌다.

그러자 몸 안에서 에너지가 조금 빠져나가는 것이 느껴졌다.

'꼬.'

아주 얌전하게 내 손에 머리를 비볐다. 그리고 옆으로 비켜섰다. 그러자 다른 닭이 내게 머리를 내밀었다. 다른 닭의 머리를 만지자 더 확실해졌다. 이들은 이제 내 부하가 된 것이다.

99마리의 닭 머리를 모두 만졌다. 괴물 닭들이 어떤 생각을 하는지 알 것 같았다. 무리의 새로운 대장을 만났다고 생각하는 것 같았다. 그리고 그것을 애꾸가 가장 먼저 알았다. 애꾸가 달려와 내 옆에 섰다가 근처에 있는 괴물 닭과 장난치듯 어울렸기 때문이었다. 들개 무리도 경계하지 않기 시작했다.

또한, 김수호도 괴물 닭들이 내 부하가 된 것을 아는 것 같았다. 내 옆으로 와서 말했다.

"갑자기 친근감이 느껴집니다. 대장님."

김수호도 괴물 닭에게 접근했다. 괴물 닭들은 김수호를 경계하지 않았다.

"모두 앉아."

괴물 닭은 물론 들개들까지 내 말에 앉았다.

이렇게 되면 아주 강력한 무기를 하나 더 얻게 되는 것 같았다.

제어만 할 수 있다면 알을 낳아 번식하는 닭 무리만큼 좋은 것도 없었다. 하지만 그렇다고 마구잡이로 번식시킬 수는 없었다.

이 녀석들도 식량이 필요했다. 하나를 얻으면 하나를 줘야 한다는 말이 있다. 덩치 큰 괴물 닭을 키우려면 작물을 좀 많이 재배해야 할 것 같았다.

"뭐. 어떻게든 되겠지."

나도 모르게 나온 말이었다. 이제 주변에 위협은 없는 것 같았다. 조금은 쉬고 싶었다. 몸이 피곤한 것이 아니었다.

정신적인 피로가 쌓였다.

"김수호 선생님."

"네. 대장님."

"그럼 여기 맡길게요. 5군수 부대로 근거지 옮기는 것은 노 씨 아저씨와 상의해요."

"그렇게 하겠습니다. 그런데 어디 가시려고요?"

"어디 가는 것은 아니고요. 고물상 가서 좀 자려고요."

"아! 못 주무셨죠."

이미 해가 뜬지 오래였다. 거의 점심시간이 다 되어 가는 것 같았다. 어제부터 한숨도 못 잔 것이었다.

"좀 쉴게요."

나는 고물상을 향해 걸어갔다. 걸어가면서 주변을 살필 여유가 있었다.

며칠 전만 해도 이렇게 여유롭게 걸어 다닐 수 없었다. 하지만 지금은 병원 사람들도 나도 안전하게 걸어 다닐 수 있었다.

물론, 힘을 지녀야 가능한 일이었다. 아직도 병원에 있는 힘이 없는 일반인들은 이렇게 다니지 못한다.

반짝.

유리창에 반사된 햇빛인가 싶었다. 조금 떨어진 곳에 있는 아파트에서 비친 것이었다.

잠시 걸음을 멈추고 아파트를 봤다.

아파트에서 비친 햇빛이 맞긴 했다. 하지만 유리창에 반사된 것이 아니었다. 누군가 망원경으로 보고 있는 것 같았다.

나는 일부러 모른 척하고 고개를 돌려 다시 고물상으로 걸어갔다. 누군지 모르지만, 자신들이 필요한 것이 있으면 알아서 기어 나올 것이다.

그리고 좀 안정화되면 병원 사람들이 알아서 살아남은 사람 수색하러 다닐 것이다. 굳이 내가 나설 필요는 없었다.

지금은 진짜 잠시 쉬고 싶었다.

고물상으로 돌아와 진짜 쓰러지듯 간이침대에 몸을 눕혔다.

그리고 눈을 떴을 때는 낮이었다.

몇 시간 안 잤나 싶었다. 하지만 몸이 너무 개운했다. 정신적인 피로감도 사라진 상태였다.

이런 경우는 거의 12시간 이상 잤을 때 느끼는 것이다.

"어? 대장님 일어나셨어요?"

정수가 사무실 문을 살짝 열고 고개만 빼꼼 내밀고 있었다.

"그냥 들어와. 그렇게 조심스럽게 문 안 열어도 된다."

"대장님 잠 깨실까 봐 그랬어요. 잠시만요."

고개를 뺀 정수는 크게 소리쳤다.

"대장님 일어나셨어요!"

깜짝 놀랄 정도로 큰 소리였다. 고물상 전체에 다 울려 퍼지는 것은 물론, 밖에까지 들릴 정도였다.

정수 목소리가 저렇게 컸나 싶었다. 그리고 목소리에서 반가운 듯한 느낌도 들었다. 그런데 문이 벌컥 열리면서 가장 먼저 뛰어들어 온 사람이 있었다.

"사장님! 24시간 넘게 자면 어떻게 해요!"

버럭 소리치는 신세민. 일어나자마자 두 번째로 만나는 사람이 투덜이라니.

"오빠!"

세 번째는 이연희였다. 그리고 정수가 들어왔다. 더는 들어오지 않았다.

"노 씨 아저씨는?"

"사장님이 주무시니까 노 씨 아저씨가 바쁘게 일하는 중이죠. 군부대 갔다가 병원 갔다가 아주 바빠요."

"그래?"

나는 간이침대에서 일어났다.

습관적으로 목과 어깨를 풀어주는 스트레칭을 했다.

그때 신세민이 다가와 물었다.

"배 안 고파요?"

배고프냐는 말을 듣지 않았을 때는 몰랐는데 들으니 배가 고파졌다. 거기에 배에서 꼬르륵 소리까지 났다.

"내 이럴 줄 알았어. 라면에 달걀 풀어서 끓일 테니까 기다려요."

투덜대면서 나가는 신세민.

그것을 본 정수가 웃으며 말했다.

"세민 형이 몇 번이나 대장님 일어났는지 보러 왔어요."

"걱정되면 투덜거리지나 말든지."

"오빠. 그게 세민이잖아요. 저도 정말 걱정했어요."

"그냥 잠이 든 건데요."

"무슨 잠을 하루가 넘게 자요."

"나도 그렇게 오래 잘 줄 몰랐어요."

"어쨌든 오빠가 일어났으니 좋네요."

"저도요."

이연희와 정수는 활짝 웃고 있었다.

내가 일어난 것이 그렇게 좋나 싶었다.

"라면이나 먹으러 갈까요?"

나는 이연희 그리고 정수와 사무실 밖으로 나갔다.

그리고 세민이는 라면을 커다란 솥에 끓여서 가지고 왔다.

"야! 몇 개나 끓인 거야?"

"10개요."

"10개를 누가 먹어!"

신세민이 피식 웃었다.

"고기를 몇 키로나 먹는 양반이 라면 10개 가지고 그런 말을 해요? 그리고 혼자 먹을 생각이었어요? 나는?"

"너도 먹을 생각이었냐?"

"그럼 나는 안 먹어요? 그리고 연희 누나나 정수는 안 먹어요?"

"먹긴 먹어야지."

"적다고 그러지나 말아요."

세민이가 라면을 그릇에 덜기 시작했다.

내 생각에 라면 10개는 많을 것 같았다. 하지만 그 생각은 틀렸다.

라면을 4명이서 먹으니 순식간에 국물만 남았다.

"거봐요. 모자라죠?"

"그러네."

배고픔이 조금 사라지긴 했다. 하지만 배부른 것은 아니었다.

그때 아주머니의 목소리가 들렸다.

"세민 씨, 고기 가져가요!"

어디서 고기 굽는 냄새가 나는 것 같더니 아주머니가 안에서 구운 것 같았다. 그리고 그냥 고기가 아니었다.

양념을 잘한 제육이었다.

"고기를 안에서 구웠어? 도시가스 끊겼잖아."

세민이는 고기를 가지러 가면서 소리쳤다.

"부대에서 휴대용 가스레인지하고 고체 연료인지 뭐인지 가지고 왔어요."

내가 잠자는 사이 무언가 조금 바뀐 것 같았다.

"정수야. 아방토 어디 갔냐?"

뒷담장을 든든하게 지키고 있던 아방토가 없었다.

아방토가 있었다는 증거로 땅이 움푹 파여져 있을 뿐이었다.

"수진이가 데리고 나갔어요."

"수진이가? 왜?"

"김수호 선생님이 병원 근처에 심어진 괴물들 일부 옮긴다고 해서요. 수진이하고 아방토하고 같이 가면 괴물들이 다 명령을 듣는 것 같아요."

아방토는 내가 처음으로 심어 기른 괴물이었다. 거기에 가장 강한 괴물 중 하나였다. 각자 장단점이 있겠지만, 들개 무리의 대장인 애꾸와도 크게 차이 나지 않게 강했다.

물론, 애꾸가 더 강하긴 했다.

"자! 고기가 왔어요."

더 물어볼 것이 있긴 했지만, 눈앞에 보이는 잘 양념 되어 볶아진 제육이 먼저였다.

나와 세민이 그리고 이연희와 정수는 제육을 먹기 시작했다.

큰 접시에 담긴 고기가 순식간에 사라지고 있었다.

아주머니가 또 다른 접시를 가지고 나왔다.

"이게 끝이에요."

끝이라고 말할 만했다. 큰 접시 두 개 분량의 고기는 10kg 가까이 되는 것 같았다.

"너무 맛있습니다."

내가 엄지를 올렸다.

"맛있게 먹으니 좋네요."

"식당 하실 때 그 맛 그대로네요."

"그래요? 재료가 부족해서 맛이 안 날 줄 알았는데."

아주머니의 표정이 좋아 보였다.

누군가 자신이 해 준 음식을 맛있게 먹어 주면 저런 표정을 지을 수밖에 없을 것 같았다.

"그런데 고추장은 부족하지는 않으셨어요?"

고물상에 남은 고추장은 얼마 없었다. 마트에서도 쌀과 통조림 같은 것만 챙겨 왔지 고추장 같은 양념은 챙기지 않았었다.

"군부대에 있는 것 좀 챙겨 와 달라고 했어요. 남편이 가끔 부대에서 고추장 같은 것도 가지고 왔었거든요."

군수부대가 근처에 있던 것이 아주 행운인 것 같았다.

방독면 찾느라 식료품은 제대로 보지도 않았다.

"대장님, 일어나셨군요."

고물상 안으로 노 씨 아저씨가 들어왔다.

"네. 너무 많이 잤네요."

"그러실 만했습니다. 며칠 동안 사건의 연속이지 않으셨습니까. 그리고 그 사건을 거의 대장님이 해결하셨고요."

"얻은 것도 많아요."

"그래도 피곤하시죠."

"아저씨는 안 피곤해요?"

"저도 푹 잤습니다. 그리고…"

노 씨 아저씨가 할 말이 있는 것 같았다.

"네. 말하세요."

"수부시는 동안에 이것저것 진행된 일이 있습니다. 검토해 주셔야 할 것 같습니다."

진행된 일이라니? 무척이나 궁금했다.

"무슨 일인지 먼저 듣고 싶네요."

"알겠습니다."

"커피라도 한잔하면서 일 이야기해요."

아주머니의 말에 고개를 끄덕였다. 여유롭게 커피를 마셔 본 지가 언제인지 모르겠다.

아주머니가 따뜻한 커피를 타서 가져 왔다.

나는 노 씨 아저씨의 이야기를 듣기 시작했다.

* * *

노 씨 아저씨가 말한 내가 검토해야 할 일은 꽤 많았다.

아니 의외였다는 말이 맞는 것 같았다.

내가 일일이 지시하지 않아도 알아서 일을 잘한 것이었다.

병원 근처에 심은 괴물 일부를 가져다가 5군수 여단 곳곳에 심어 놨다. 5군수 여단이 너무 넓어 다 지킬 수 없었기 때문이었다. 이 일은 수진이가 도왔다.

그리고 병원 사람들 모두가 5군수 여단으로 이전하는 것은 아니었다. 문제가 되는 사람들 때문이었다.

나에게 제대로 충성을 맹세하지 않은 20명은 그대로 병원에 남는다. 병원에 남아 병원 근처에서 재배하는 작물과 닭들을 돌보는 일을 주로 하기로 했다.

그냥 노동자다. 아무런 힘이 없는 그들만 있는 것은 아니었다. 힘을 지닌 몇 명이 교대로 머물면서 감독하는 동시에 북쪽에서 무엇인가 접근하는지 감시한다.

그리고 병원은 앞으로 발견될 생존자들을 위한 1차 집결지로 만든다. 병원에서 치료가 필요하면 받고 머물면서 적성에 맞는 일자리를 준다. 일하는 것을 보면서 5군수 여단으로 보낼지 아닐지 결정하는 것이었다.

그리고 나도 생각하지 못한 일을 했다. 여러 씨앗을 가져다가 밭에 심은 것이었다. 어떤 것이 괴물이 되는지 안 되는지 모르면서도 일단 심은 것 같았다.

자라면서 공격하는 괴물이 나타났을 때는 조금 당황했다고 했다. 하지만 근처에 있던 애꾸와 닭들이 나타나 해결했다.

특히나 닭들이 좋아한 것 같았다고 했다.

그래서 작물을 심고 괴물이 나타나면 닭의 먹이로 주는 것이 낫다는 결론을 내렸다나?

이렇게 되면 굳이 내가 씨앗을 다 감정하고 색을 변하게 해서 심을 필요가 없었다. 그리고 몇 시간 만에 자란 작물에서 또 씨앗을 얻어 재배할 수 있다는 것도 알아냈다고 한다. 이야기를 들은 나는 고개를 절레절레 흔들었다. 믿기지 않아서였다.

"하루 정도 잠들었는데 많이도 했네요."

"그냥 손 놓고 대장님만 바라볼 수는 없다는 것이 김수호 선생과 제가 내린 결론이었습니다."

"잘하셨어요."

"감사합니다. 그리고 처음에 갔던 마트도 완전히 확보해서 쓸만한 것들을 5군수 여단으로 옮기는 중입니다."

"그것도 잘하셨네요. 제가 검토해야 할 일은 없는 것 같은데요? 그냥 보고만 하셔도 될 것 같아요."

"사실 이런 의견이 올라와서요."

"어떤 의견이요?"

"이성식이 자신의 능력을 조금 더 올렸으면 좋겠다고 합니다."

이성식은 농대를 나와서 토지의 영양분을 볼 수 있는 능력이 있었다.

"왜요?"

"작물이 늘어나니 능력이 부족하다고 합니다. 이성식이 건드린 땅에서 자란 작물이 더 잘 자라는 것은 확실합니다."

좋은 생각 같았다.

"괴물 일부를 이성식에게 주죠."

"그렇게 하겠습니다."

하지만 나는 이성식에게만 줄 생각이 없었다.

"수진이도 능력을 키워야 해요."

아주머니가 옆에 있긴 했지만, 나는 해야 한다고 생각했다.

아주머니도 딸인 수진이에 관한 말이 나왔는데도 아무렇지 않은 것 같았다.

어쩌면 예상하고 있었을지도 모른다.

"수진이도 일정 부분 힘을 키울 수 있도록 하겠습니다. 좋은 전력이 될 겁니다."

"네. 그리고 그 작물 재배하시는 분들 있죠."

"네."

"그 사람들도 괴물 잡아서 어떤 능력이 나타나는지 확인했으면 해요."

"으음."

노 씨 아저씨가 잠시 생각하는 것 같았다.

"나는 이성식 같은 능력이 생길 것 같거든요."

"대장님이 그렇게 생각하신다면 알겠습니다."

농사를 지었던 사람들이니 힘을 얻게 되면 그쪽 방향으로 능력이 나타날 것 같았다.

"그리고 수진이가 직접 씨앗을 심으면 자라서 괴물이 돼도 수진이 명령에 따를 겁니다."

"들었습니다. 담 뒤쪽에 있는 상추가 수진이가 처음 심은 것이라고요."

"네. 아시겠지만, 수진이는 괴물들하고 대화할 수 있어요."

그것을 아니까 아방토를 데리고 다니면서 괴물들을 재배치한 것이었다.

"혹시 쌀도 재배할 수 있는지 알아봐 주실래요?"

"그건 아직 어렵다고 합니다. 볍씨를 구해야 하는데 그건 포천이나 양주에 가야 구할 수 있다고 합니다."

벌써 다 물어본 것 같았다.

"뭐 시간은 있으니까요."

5군수 여단과 마트에 있는 식량만 해도 200명 정도는 몇 개월을 먹을 수 있을 것 같았다. 작물을 재배하는 이유는 고작 200명을 먹이기 위한 것이 아니었다.

물론, 보유한 식량이 다 떨어질 때를 대비한 것도 있다. 하지만 주변에 살아남은 사람이 있다면 안전한 곳을 찾아 모일 것이다. 찾아 나서기도 하겠지만. 그들을 먹일 것이 필요했다.

"다른 것은 없죠?"

"지금은 없습니다. 5군수 여단과 병원 그리고 닭장에 안 가 보실 겁니까?"

노 씨 아저씨의 표정은 내가 가 봤으면 하는 것 같았다.

"가 봐야죠. 근처 작물 재배도 보고… 얼마나 잘해 놨으면 칭찬도 하고요."

노 씨 아저씨가 씨익 웃었다.

"좋으신 생각이십니다. 열심히 일했으면 칭찬도 하고 격려도 해야 합니다. 그리고 못 했으면 꾸짖기도 하셔야 하고요."

노 씨 아저씨와 함께 5군수 여단부터 가려고 일어났다.

그런데 신세민이 눈에 걸렸다.

노 씨 아저씨와 대화 하던 중부터 사실 신세민이 걸리긴 했다.

찝찝하게 그냥 넘어가서는 안 될 것 같았다.

"세민아."

"왜요?"

"너도 힘을 가지고 싶지 않아?"

전에 세민이와 심각하게 대화한 적이 있었다.

그때는 사람을 죽여야 한다는 것 때문에 반대했었다. 하지만 지금은 사람을 죽이지 않고도 가능할 것 같았다.

괴물을 죽여도 에너지가 들어오니까.

그런데 세민이는 아무렇지 않게 대답했다.

"아니요. 안 가지고 싶어요."

"진짜?"

"네. 그냥 이대로 사는 것도 좋을 것 같아서요. 힘이 있으면 좋겠지만, 이 멋진 제가 힘까지 가져 봐요. 얼마나 날뛰겠어요?"

웃음이 나왔다.

힘을 지녔다고 여기저기 뛰어다니며 설칠 세민이가 머릿속에 그려졌기 때문이었다.

그리고 세민이를 오래 본 사람이나 성격이 좋은 사람 아니면 신세민의 그런 행동을 그냥 넘어가지 않을 수도 있었다.

악의가 없었다고 해도 받아들이는 사람이 싫어할 수 있으니까.

"대신 이거 하나만 확실하게 해 줘요."

"뭐를?"

"정수하고 수진이보다 내가 더 위라는 거. 그러니까 정수하고 수진이도 제 부하라는 거죠."

정수가 바로 반응했다.

"형. 나는 형을 부하로 생각하지 않아요!"

"야! 내가 너보다 높다니까."

"그러니까요."

정수가 움찔하는 것 같았다. 수진이에게는 안 먹힐 것 같은 기분이 들었다.

"사장님이 확실하게 말해 줘야 수진이에게도 말하죠. 네?"

이 자식. 이제 보니까 수진이에게는 씨알도 먹히지 않아서 이런 말을 하는 것 같았다.

"그건 수진이하고 해결해라. 아방토가 네 부하인 것은 확실하니까."

"사장님!"

신세민이 소리치는 것을 들으며 나는 몸을 돌렸다.

"아저씨 5군수 여단부터 가죠."

"네. 대장님."

노 씨 아저씨도 웃는 것 같았다.

나는 투덜대는 신세민을 모른 척하고 고물상 밖으로 나왔다.

안에서는 정수와 이연희가 신세민을 달래는 것 같았다.

하지만 그들의 목소리가 웃는 것 같은 것은 왜일까.

반짝.

"아저씨."

"보셨습니까?"

"네. 생존자 같죠?"

"어제부터 보였습니다. 어떻게 할까요?"

"일단 다 둘러보고 결정하죠."

"알겠습니다."

생존자를 수색해서 데리고 와도 되는지 확인부터 할 생각이었다.

준비가 안 됐는데 무턱대고 데려올 생각은 없었다.

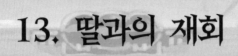

13. 딸과의 재회

5군수 여단에 도착했다.

정문은 아직 수리하지 않아 문 앞에 두 사람이 서 있었다.

"대장님 오셨습니까!"

"아. 네."

간단하게 인사를 한 후 안으로 들어갔다.

한참 청소 중인 것처럼 보였다. 사람들이 안에서 물건을 건물 앞에 꺼내 놓고 있었다.

"지낼 곳을 정비하는 중입니다."

노 씨 아저씨가 어떤 일을 하는지 말해 줬다.

건물 앞으로 가면 사람들이 일하다 말고 인사할 것 같았다.

"창고쪽으로 가죠."

아직 병원에서 이동시켰다는 괴물을 볼 수 없었다.

"네."

창고 방향으로 움직이는데도 멀리서 나와 노 씨 아저씨를 보고 고개를 숙이는 사람들이 많았다. 멋쩍게 인사를 받아 주며 창고로 갔다.

창고 앞에 방울토마토 괴물이 한 마리씩 서 있었다.

방울토마토 괴물은 나를 보자마자 나뭇가지를 흔들었다.

"이런 것을 볼 때면 신기합니다. 내장님에게만 저렇게 반응하는 것 같습니다."

"아무래도 그렇겠죠."

내가 에너지로 씨앗의 색을 변환해 심은 것들이었다.

당연히 나와 연결되어 있고 나에게 충성을 바치는 아이들이었다.

"현재 창고는 김수호 선생이나 저와 함께하지 않으면 못 들어가게 했습니다."

"잘하셨네요."

창고 안의 물건을 마음대로 못 꺼내 쓰게 한 것 같았다.

하기는 아무나 물건을 꺼내면 아무리 많은 물건이 있다 해도 금방 사라질 것이다.

"그래도 괴물들이 모자란 것 같네요."

"병원도 최소한의 방어는 해야 하니까요."

지킬 곳이 많아지면 사람도 많아져야 했다.

현재 힘을 지닌 사람이 얼마 안 되니 모자란 것은 당연했다.

"들개 무리 중 일부를 이쪽으로 돌리죠."

닭들이 도망갈 염려가 없으니 충분히 가능했다.

"좋으신 생각입니다. 하지만 애꾸는 수진이의 명령을 안 듣더군요."

"안 들어요?"

"네. 닭장 근처 문제에는 나서는데 수진이가 다른 곳으로 가 달라는 명령을 해도 들은 척도 안 합니다."

나에 대한 충성심 때문인지, 아니면 애꾸가 수진이를 위라고 생각 안 해서 그런 것인지 모르겠다.

"아저씨는요?"

"저 말이십니까?"

"네. 아저씨는 애꾸에게 말 안 해 보셨어요?"

"저는 안 했습니다."

"한번 해 보세요. 제 생각에 아저씨 말은 들을 것 같아요."

"제 말을요?"

"네."

애꾸는 나와 신세민 그리고 노 씨 아저씨와 자주 만났었다. 수진이는 이번이 처음이다. 아무래도 만나 봤던 사람 말이라면 들을 것 같았다.

그리고 노 씨 아저씨가 괴물 닭을 수백 마리 잡으면서 애꾸보다 더 강해진 것 같았다. 이제는 어느 정도 강한지 느낄 수 있었다.

애꾸도 본질은 동물이다. 같은 무리의 강자에게 약할 수밖에 없을 것 같았다.

"이따가 가서 해 보시면 알겠죠."

"네. 대장님."

"그전에 저것들 좀 손보고 가야겠네요."

나는 아직 서 있는 9대의 60트럭을 가리켰다.

"지금 고치시려고요?"

"여기저기 짐 옮기려면 아무래도 트럭이 많이 있는 것이 낫겠죠. 얼마 안 걸려요."

나는 60트럭이 있는 곳으로 갔다. 그리고 보닛을 열어 붉은색 점이 있는 곳에 손을 댔다.

확실히 붉은색 점이 사라지는 것이 더 빨라졌다.

"아저씨 시동 걸어 보실래요?"

"네. 대장님."

노 씨 아저씨가 막 수리한 60트럭에 올라 시동을 걸었다.

푸드다당.

묵직한 엔진음이 들렸다.

"다음 것 가죠."

나는 바로 옆에 있는 60트럭을 수리하기 시작했다. 두 번째 60트럭도 시동이 제대로 걸렸다. 세 번째 60트럭을 고치려는데 누군가 빠르게 걸어왔다. 최철민이었다.

"대장님 오신 것을 늦게 들어서. 죄송합니다."

"아니에요. 응급실이 아닌 곳에서 자주 보니까 이제는 의사처럼 안 느껴지네요."

"하하. 그렇죠?"

최철민은 60트럭을 보더니 내게 말했다.

"이거 다 고쳐 주시려고요?"

"네. 사용할 곳이 많을 것 같아서요."

"감사합니다. 그렇지 않아도 물건 옮기는데 트럭 한 대로는 시간이 많이 걸렸었거든요."

"잘됐네요. 그런데 부대 안에 주유소 없던가요?"

"있습니다. 하지만 주유기가 작동을 안 해서."

"그건 다른 방법을 찾도록 하죠."

생각해 놓은 방법이 있었다. 아직 안전 지역을 넓히지 않아서 안 가 본 곳이 많았다. 대표적인 곳이 의정부 시장 거리였다.

그곳에는 각종 기계는 물론, 철물을 파는 곳이 많았다. 작은 곳들이 아니었다. 소형 자가발전기부터 대형 자가발전기까지 있었다. 전기톱과 공구 등 꽤 가져올 만한 것이 많았다.

분명히 양수기도 있을 것이다. 양수기로 저장된 기름을 뽑아 올릴 생각이었다.

"알겠습니다. 그런데 도와 드릴 것이 없는지…"

"지금은 없네요. 김수호 선생님은 여기 없나요?"

"네. 병원 쪽에 있습니다. 병원하고 작물 재배하는 곳을 관리하는 중입니다."

"이곳은 최철민 선생님이 관리하시는 건가요?"

"일단 김수호 선생님이 없으면 제가 관리합니다."

"그렇군요."

나는 다시 60트럭을 수리하기 시작했다. 하지만 최철민은 다른 곳으로 가지 않았다. 내가 어떻게 60트럭을 수리하는지 지켜봤다.

9대의 60트럭 수리가 다 끝나자 최철민은 신기하다는 듯한 표정으로 말했다.

"대장님은 손만 대면 다 고치시는 것 같습니다. 진짜 엄청난 능력인 것 같네요."

"엄청난지는 모르겠고요. 다행이죠."

"네. 다행입니다. 대장님을 만난 것이."

사람 또 어색하게 만드네.

"대장님! 그리고 그 엄청나게 큰 달걀로 요리를 해 봐도 될까요?"

무슨 소리인가 싶었다.

"그냥 하세요. 그러라고 닭들 데려다가 알 낳고 기르는 건데요."

최철민은 노 씨 아저씨를 봤다. 노 씨 아저씨가 대신 말했다.

"닭들과 애꾸가 절대 알을 안 내놓습니다."

"왜요?"

"모르겠습니다. 가까이 가는 것은 상관없는데 알을 가져가려고 하면 막습니다. 공격까지 하려고 하고요."

"아저씨가 달라고 해 봤어요?"

"저는 멀리서 확인만 했습니다. 다른 일을 하고 있어서."

"가 보죠."

5군수 여단에서 할 일은 없는 것 같았다.

"알겠습니다."

"저는 이곳에 남아 있겠습니다."

최철민은 당연히 남아 있어야 했다.

"네. 나중에 봐요."

나는 노 씨 아저씨와 5군수 여단을 나와서 병원 방향으로 걸어갔다.

중간에 첫날 갔었던 마트도 지나갔다. 텅텅 빈 것처럼 변해 있었다. 그리고 거리 역시 비어 있었다. 가로수 괴물도 장미꽃 괴물도 없었다. 이 근처로는 가로수 괴물이 다시 오지 않는 것 같았다.

'컹! 컹!'

들개 5마리 정도가 골목에서 튀어나왔다. 우리를 공격하려는 것이 아니었다. 그랬다면 저렇게 반갑게 짖지도 않았을 것이다. 은밀하게 포위 공격을 하려고 했겠지.

5마리는 내 근처에 와서 꼬리를 흔들며 앉았다.

마치 머리를 쓰다듬어 달라는 것처럼 보였다.

"너희들 순찰 중이었니?"

가장 앞에 있던 들개의 머리를 쓰다듬으며 말했다.

'컹!'

"그랬구나. 잘 부탁해."

'컹!'

들개 5마리의 머리를 모두 쓰다듬어 줬다. 그러자 일어나서 다시 골목으로 달려갔다.

아마도 이 주위를 들개들이 돌아다니며 지키는 것 같았다.

"애꾸가 시켰나 보네요."

"그런 것 같습니다. 병원에 남은 들개 일부가 교대로 주변을 정찰하듯 돌아다니고 있습니다."

순찰대 개념 같았다. 위험한 상황이 발생하면 경고하고 동료들을 부르는 그런 것은 본능인 것 같았다.

주유소 사거리 근처에 가자 사람들이 보였다.

"대장님!"

김수호도 같이 있었다. 달려온 그는 나를 보더니 안심하는 것 같은 표정을 지었다.

"오래 주무시는 것 같아 조금 걱정이 되던 참이었습니다."

"걱정해 줘서 고마워요."

"아닙니다."

"그런데 제가 잠든 사이 정말 많이 재배했네요."

주유소 사거리에서 3시 방향, 그러니까 동쪽으로 꽤 많은 작물이 자라 있었다.

"그냥 손 놓고 있기는 그래서 실험해 보자는 의미로 시작했다가 이렇게 됐습니다."

"가 보죠."

가장 가까이 있는 작물로 향했다. 완두콩이었다. 그런데 완두콩 한 알이 내 주먹보다 더 큰 것 같았다. 지름이 20cm가 넘어갔다.

완두콩을 수확하는 사람들이 있었다. 내게 충성하지 않아 힘을 잃은 이들도 있었다. 그들은 나를 보자 고개를 숙였다. 일종의 예의인 것 같았다. 하지만 대부분의 눈빛은 그렇지 않았다. 원망이 더 큰 것 같았다.

완두콩을 수확하던 아주머니 한 명이 뛰어왔다.

"대장님 정말 감사합니다. 정말 감사합니다."

내 앞에 와서 머리를 조아리는 여자는 병원에서 자기 아들을 돌려보내라고 했던 사람이었다.

"김말순 씨?"

"네. 기억하시네요."

김말순은 뒤로 돌아 누군가에게 손짓하며 소리쳤다.

"야! 이놈아 빨랑 와서 인사 제대로 드려!"

김말순의 말에 어색한 표정으로 달려오는 한 남자.

아들인 최정수였다.

"안녕하세요."

짜악.

김말순의 손바닥이 아들 최정수의 등짝을 때렸다.

"아! 왜 때려요!"

"제대로 인사드려. 너 살려 주신 분이잖아!"

"살려 주기는…… 힘을 빼앗아 갔는데……."

작게 이야기했지만, 다 들렸다.

"이놈이! 말은 똑바로 해라. 대장님 없으셨으면 너는 벌써 죽었어. 그 막무가내 이강수가 저것들 잡아 올 수 있었을 것 같냐? 그리고 너를 앞에 던졌겠지!"

"……."

아들인 최정수도 그건 맞다고 생각하는 것 같았다.

"죄송해요. 아들이 아직 철이 덜 들어서 그래요. 열심히 해서 꼭 대장님에게 필요한 사람이 될 겁니다. 그때는 힘도 다시 돌려주실 분이라는 것 알아요."

이 아주머니가. 결국은 이게 목적이었네.

하지만 탓할 생각은 없었다. 어머니가 아들을 위하는 마음은 어쩔 수 없으니까. 그리고 작물 재배를 통해 굳이 멀리서 괴물 사냥을 하지 않아도 괴물을 얻을 수 있게 됐다.

이런 상황이면 도움이 된다는 전제하에 힘을 얻게 하는 것이 낫다. 힘 있는 사람이 많으면 많을수록 좋으니까.

"아드님이 이곳에 필요한 사람이 되면 힘을 다시 얻게 될 겁니다."

내 말에 김말순보다 아들인 최정수가 먼저 반응했다.

"진짜요?"

"네. 하지만 쉽지 않을 겁니다. 사람들의 인정을 받아야 하니까요. 특히나 마지막에는 여기 김수호 선생님의 인정을 받아야 합니다."

김수호는 생각보다 철두철미한 성격을 가지고 있는 것 같았다. 그리고 아니면 아니라고 하는 성격까지.

그런 김수호의 눈에 들 정도면 힘을 줘도 될 것 같았다.

물론, 마지막 테스트인 내 손을 잡아야겠지만.

"네. 열심히 하겠습니다. 그래서 꼭 인정받아서 힘을 얻겠습니다."

최정수의 눈빛이 변했다. 희망이 다시 생긴 것 같은 느낌이었다.

나는 일하는 사람들에게 말했다.

"여러분도 마찬가지입니다. 이곳에 필요한 사람이 되세요. 그럼 힘을 얻을 수 있을 겁니다."

아직도 원망하는 눈빛이 많았다. 하지만 많이 약해진 것도 사실이었다. 잃었던 것을 다시 찾게 된다는 희망이 보이면 그렇게 될 수밖에 없었다.

"최정수 씨."

"네! 대장님."

아주 군기가 바짝 들었네.

"완두콩 하나 가져와 줘요."

"알겠습니다."

최정수가 뛰어가더니 완두콩 하나를 가지고 왔다.

나는 그것을 받아 살폈다. 붉은색 점 같은 것은 없었다. 파란색 점만 있었다.

"수확한 것 다 가지고 오라고 해요."

내 말에 김수호가 움직였다. 사람들에게 지시해서 완두콩을 모두 가져오게 했다.

약 200여 개의 완두콩 중에 붉은색 점이 있는 것은 10개였다.

"이거 안 먹어 봤죠?"

"네. 아직 안 먹어 봤습니다. 익혀 볼까요?"

"네. 여기 있는 10개를 포함해서요."

내가 가리킨 것은 붉은색 점이 있는 것이었다.

사람들이 10개를 따로 골라냈다. 내가 만지면 색이 변하니 안 만지는 것이었다.

곧 드럼통 하나를 병원에서 가지고 오더니 그 안에 나무를 넣고 불을 붙였다. 드럼통 위에 커다란 솥을 놓더니 물을 붓고 끓이기 시작했다.

물이 끓기까지 시간이 오래 걸릴 것 같아 파이프 렌치를 들었다. 그리고 파이프 렌치를 달궜다. 순식간에 벌겋게 달아오른 파이프 렌치를 솥에 댔다. 너무 힘을 주면 뚫리니 그냥 옆에 살짝 대는 정도였다. 물이 금방 끓기 시작했다.

파이프 렌치를 떼자 김수호와 사람들이 솥에 완두콩을 넣었다.

20개 정도 들어가자 꽉 차서 더는 넣을 수 없었다.

나는 익어 가는 붉은색 점이 있는 완두콩을 살폈다. 시간이 지날수록 붉은색 점이 사라지고 있었다. 그리고 완전히 붉은색 점이 사라졌다. 그런데 다른 완두콩들도 마찬가지였다. 파란색 점도 사라졌다.

"잘 익은 것 같네요."

나는 손을 넣어 완두콩 하나를 꺼냈다.

"대장님!"

김수호가 깜짝 놀라 소리쳤다.

"왜요?"

"안 뜨겁나요?"

"아. 제가 불에 면역인 것 같아서요."

벌겋게 달아오른 파이프 렌치도 안 뜨거운데 완두콩이 뜨거울 리가 없었다. 완두콩 껍질을 벗기고 살짝 베어 물었다. 그러자 김수호가 옆에서 물었다.

"맛이 어떤가요?"

"완두콩 맛인데요?"

"네?"

뭘를 기대했는지 모르겠다. 하지만 진짜 완두콩 맛이었다.

"그런데 너무 싱거워요. 하지만 한 알로 한 끼 식사는 되겠네요."

주먹밥을 먹는 것 같았다. 여기에 소금만 좀 치면 그런대로 먹을 만할지도.

이로써 씨앗도 익히면 붉은색 점이 사라지는 것을 알았다.

완두콩은 정말 좋은 영양소를 많이 지닌 작물이다.

완두콩 하나만 재배해도 식량 문제는 없을 것 같았다.

주먹만 한 완두콩을 노 씨 아저씨와 김수호도 하나씩 꺼내서 맛을 봤다. 맛을 본 소감은 나와 비슷했다. 그리고 식사 대용으로 충분하다는 의견도 같았다. 다른 사람들도 맛보고 싶어 하는 표정이 었다.

하지만 이건 다른 곳에 사용할 생각이었다.

"익히지 않은 것 100개하고 익힌 것 저쪽으로 가져갈 겁니다. 먹어 보고 싶으면 또 삶으세요. 김수호 선생님."

"네."

"먹고 싶은 대로 삶으라고 하세요. 100개하고 이건 가져갈 수 있게 해 주고요."

"알겠습니다."

김수호는 몇 명에게 완두콩을 더 따서 삶으라고 하고 몇 명에게는 완두콩을 들고서 나와 노 씨 아저씨를 따라가게 했다.

물론, 김수호도 함께였다.

완두콩을 가지고 간 곳은 닭장이었다. 사실 닭장이라고 말할 수준이 아니었다. 농구 코트 3개를 합쳐 놓은 크기였으니까.

닭장 안에서는 애꾸와 들개 그리고 닭들이 내가 언제 오나 쳐다보면서 기다리고 있었다.

그것을 어떻게 아느냐?

닭장에 가기 전부터 애꾸와 들개들은 꼬리를 마구 흔들면서 흥분하고 있었고 닭들은 고개를 앞뒤로 왔다 갔다 하고 있었기 때문이었다.

그리고 닭장을 만든 철조망은 사람들이 접근하지 못하게 하는 용도로만 사용되는 것 같았다. 들개나 닭들이 2m 정도 되는 높이는 아무렇지 않게 뛰어넘을 수 있었다.

'컹! 컹!'

애꾸가 나를 보고 짖은 다음 제자리에서 빙글빙글 돌기 시작했다.

닭장 안으로 들어가자 애꾸가 달려와 앞발을 올렸다.

"야. 넘어져!"

덩치가 너무 커서 앞발이 내 어깨에 올라왔다.

츄릅.

"야!"

반갑다고 혀로 얼굴을 핥았다. 애꾸의 침으로 세수한 것처럼 됐다.

"너! 일부러 그랬지!"

애꾸의 표정은 분명 웃고 있었다.

"내려와. 그리고 가만히 있어."

또 이런 명령은 잘 듣는다. 애꾸가 내려와서 자세를 잡고 앉았다.

"아저씨, 애꾸에게 명령해 보세요."

노 씨 아저씨의 말을 듣는지 시험해 볼 생각이었다.

"무슨 명령을?"

"아저씨가 생각하는 것 아무거나요."

노 씨 아저씨는 잠시 생각하더니 애꾸를 향해 말했다.

"애꾸. 부하들 데리고 저쪽 순찰하고 와."

아저씨가 가리키는 방향은 동쪽이었다. 아직 나나 아저씨가 가 보지 않은 지역이다.

애꾸는 바로 움직이지 않았다. 나를 보며 고개를 갸웃거렸다.

그리고 애꾸가 왜 이러는지 알 수 있었다.

애꾸는 내가 있는데 노 씨 아저씨의 명령을 들어도 되느냐는 것이었다.

"대장님. 아무래도 애꾸는 대장님 명령만 듣는 것 같습니다."

"아니에요. 제가 있어서 그래요. 애꾸. 아저씨 말 들어도 돼."

'컹!'

애꾸는 바로 부하 들개들을 데리고 철조망을 넘어 동쪽으로 달려갔다.

"애꾸는 제가 서열이 더 높다고 생각하는 것 같아요. 그래서 아저씨 명령을 바로 듣지 않았던 거고요."

내 말에 아저씨는 웃으며 말했다.

"사람보다 낫군요. 당연한 일입니다. 대장님이 이곳에서 가장 서열이 높으시니까요. 하하."

"나중에 저 없을 때 다시 명령해 보세요."

"그렇게 하겠습니다."

그때는 애꾸가 아저씨의 명령을 제대로 들을 것이 분명했다.

"이제 저 애들이 이걸 잘 먹을지 봐야겠네요."

아주 얌전히 앉아 있는 닭들에게 다가갔다. 그리고 한 손에는 삶은 완두콩을, 다른 한 손에는 그냥 완두콩을 들었다.

"이게 좋아? 이게 좋아?"

가장 가까이 있는 닭에게 물었다.

그러자 닭은 나를 빤히 쳐다봤다. 눈빛은 먹고 싶은데 못 먹어서 괴로운 것 같았다.

"먹어도 돼."

파박.

말이 끝나기 무섭게 양손의 완두콩이 사라졌다.

정말 빨랐다. 완두콩을 씹지도 않고 그냥 삼켰다.

생각해 보니 삶든 안 삶든 상관없는 것 같았다. 닭은 원래 그냥
집어서 삼키는 동물이었다.

'꼬오……'

더 먹고 싶다는 표현이었다.

"김수호 선생님, 나머지 줘 보세요."

김수호가 완두콩을 닭들 앞에 내려놨다.

눈빛들이 아주 살벌했다. 먹으라는 말만 하면 바로 달려들 것
같았다.

"너는 빠지고."

완두콩을 2개나 먹은 닭에게 말하자 그 닭은 실망한 눈빛을
하며 힘이 빠진 것처럼 옆으로 이동했다.

"자. 한 개씩만 먹어!"

닭들이 일제히 움직였다. 서로 먹겠다고 덤벼드는 것이었다.

"그만! 멈춰!"

완두콩 앞에서 닭들이 멈췄다. 그리고 '왜?'란 눈빛을 보냈다.
98마리가 한꺼번에 움직이니 너무 혼잡했다.

누가 먹고 누가 안 먹었는지 알기도 힘들뿐더러 닭들에게 부딪쳐
다칠 것 같았기 때문이었다.

"한 마리씩 나와서 하나씩 먹어. 줄 서."

닭들이 기가 막히게 내 말을 알아듣고 일렬로 줄을 서기 시작했다.

노 씨 아저씨나 김수호 그리고 사람들은 이것을 보고 또 신기해하고 있는 것 같았다.

"한 마리씩 와."

닭 한 마리가 와서 완두콩 하나를 입에 쏙 넣고는 빠졌다. 그런데 맨 뒤로 가서 또 줄을 서는 것이 아닌가.

완두콩 하나 가지고는 양이 안 차는 것 같았다.

"차례로 와서 먹어."

닭들이 순서대로 와서 완두콩 하나씩 입에 넣고 뒤로 갔다. 그것을 본 나는 김수호에게 말했다.

"김수호 선생님. 완두콩 좀 더 가지고 와 주세요."

"네. 대장님."

김수호가 사람들을 데리고 밭으로 뛰어갔다. 그런데 옆으로 빠져 있던 닭이 슬며시 줄 맨 끝으로 이동하는 것이 보였다.

완두콩을 2개나 먹었는데도 모자라는 것 같았다.

먹고 싶다는데 어쩌겠는가. 그냥 모른 척했다. 가져온 완두콩이 다 사라질 때쯤 김수호가 완두콩을 더 가지고 왔다.

"대장님, 300개 정도 더 가지고 왔습니다."

"네. 여기 놔두세요."

닭들이 기뻐하고 있었다. 계속 순서대로 와서 완두콩을 1개씩 먹었다.

그리고 배가 부른 닭은 알아서 옆으로 빠졌다.

대부분 완두콩 3개 정도를 먹으면 배가 부른 것 같았다.

몇 놈은 4개나 5개 정도 먹었다.

"김수호 선생님."

"네. 대장님."

"이 애들 한 번에 3개 정도 먹는 것 같네요. 하루에 몇 개를 먹는지 확인 좀 해 주시겠어요?"

"그렇게 하겠습니다. 그런데 닭들에게 완두콩을 주려면 밭을 더 늘려야 할 것 같습니다. 벌써 절반이나 사용했습니다."

"그래야겠죠."

완두콩이 큰 대신에 재배 면적당 차지하는 땅이 좀 넓었다.

완두콩 나무 하나에 완두콩이 3개씩 담긴 열매가 2개만 열렸다.

완두콩 나무 하나에 완두콩을 6개씩 수확할 수 있는 것이다.

마침 수진이와 이성식 그리고 아방토가 병원에서 이곳으로 오고 있었다. 아방토는 멀리서도 나를 보고 나뭇가지를 흔들어 반갑다는 표시를 했다.

수진이와 이성식은 뛰어왔다.

"사장님, 일어나셨네요."

"여러 가지 도와줬다며? 잘했다."

"헤에."

"대장님."

"이성식 씨도 고생했어요. 그런데 혼자서는 벅차다고요?"

"네. 땅의 지력을 회복해야 합니다. 땅의 지력을 회복하지 않으면 많아야 2번 정도만 수확할 수 있습니다."

이건 예상하지 못한 상황이었다.

"그래서 생각한 것이 제가 하루에 회복할 수 있는 땅의 크기만큼 여러 곳을 만들어서 순환 재배를 하면 어떨까 싶습니다."

"좋은 생각이네요."

이성식의 방법은 꽤 괜찮은 것 같았다. 그리고 알아서 방법을 찾아내는 것이 흐뭇했다.

"조남수 아저씨와 강민재 아저씨도 저와 비슷한 능력을 지니게 되면 재배지는 더 늘어날 수도 있습니다, 대장님."

조남수와 강민재는 농사를 했던 사람들이었다.

"그 이야기 들었어요. 재배할 때 나타나는 괴물들 이성식 씨하고 다른 두 분에게 줄 겁니다."

"감사합니다. 대장님."

이성식이 인사하자 김수호가 끼어들었다.

"조남수 씨와 강민재 씨는 힘을 얻으면 바로 대장님께서 봐주셔야 합니다."

무슨 말인지 알 것 같았다.

그들이 내게 충성할지 알아야 한다는 것이었다.

"그렇게 하죠."

나는 수진이에게 몸을 돌렸다.

"수진아."

"네. 사장님."

"너도 괴물을 죽여서 힘을 더 얻어야 하는데…… 괜찮지?"

조금은 걱정됐다. 아직 어린 학생이라 괴물을 죽이는 것이 두렵거나 꺼려지지 않을까 싶은 것이었다. 하지만 그것은 내 걱정이었나 보다.

"괜찮아요. 더 힘이 강해져야 사장님에게 도움이 되고 은혜를 갚죠."

이수진은 사실 두렵긴 했다. 하지만 두려움보다 어둠 속에서 자신에게 빛을 비춰 준 이성필에게 도움이 되고 싶다는 마음이 더 컸다.

"그런데 사장님! 애꾸가 제 말을 진짜 안 들어요!"

수진이는 마치 잘못한 친구를 일러바치는 듯한 말투로 말하고 있었다. 꽤 귀여웠다. 아직 애는 애구나 싶은 생각이 들었다.

"그래?"

"네. 아방토하고도 기 싸움 하더라고요."

이건 또 무슨 말인가 싶었다.

"아방토하고 기 싸움이라니?"

"그러니까 사장님 명령이 우선이라나? 이곳을 지키는 일만 하겠다는 거예요. 그러면서 놀리기까지 하더라고요. 아방토가 일단 내 말부터 들으라고 해도 코웃음 치면서 고개를 돌리더라고요."

"아니. 어떻게 기 싸움 했는데?"

"누가 더 사장님과 가까운지 싸우더라니까요. 자신이 더 가까우니까 위라고 그러면서요."

수진이가 괴물들 말을 알아들으니 이런 것도 다 아는 것 같았다.

그리고 수진이의 능력이 아직은 애꾸를 제어할 수 없다는 것도 확실하게 알았다.

수진이의 힘이 강해지면 애꾸도 제어할 수 있을 것 같았다.

"아방토."

내가 부르자 근처에 도착한 아방토는 나뭇가지를 흔들었다.

'네. 주인님.'

이것은 나와 수진이만 들리는 것 같았다.

"애꾸하고 너는 같은 위치야. 그러니까 잘 협력해."

'네. 주인님.'

아방토는 불만 같은 것을 말하지 않았다.

내 말을 곧 절대적인 지시처럼 여기는 것 같았다.

'컹! 컹!'

호랑이도 제 말 하면 온다더니. 애꾸와 부하들이 돌아오는 것 같았다.

"대장님, 들개 입에 사람이 물려 있습니다."

노 씨 아저씨의 말에 나는 달려오는 애꾸와 부하들을 살폈다. 아저씨의 말대로 애꾸 뒤에 있는 들개에 사람 두 명이 물려 있었다.

크기로 봐서는 어린아이였다. 순간 가슴속 깊은 곳에서 무언가 치밀어 올랐다.

애꾸와 들개들이 사람을 사냥한 것 같았기 때문이었다.

애꾸와 들개들이 도착했다. 그리고 들개가 내 앞에 어린아이 두 명을 내려놨다.

다행히도 애꾸와 들개들은 사람을 사냥한 것이 아닌 것 같았다.

노 씨 아저씨와 김수호가 달려가 아이들을 살폈다.

"대장님, 아이들 기절한 것뿐입니다."

의사인 김수호가 살핀 것이니 확실할 것이다.

"다친 곳은 없나요?"

"몇 군데 긁힌 자국이 있습니다. 하지만 크게 다친 곳은 없습니다."

김수호의 말을 들은 나는 애꾸를 쳐다봤다.

"애꾸. 어떻게 된 거야?"

'인간. 습격받고 있었어요.'

이번에는 제대로 내게 말을 했다.

"습격? 누구에게?"

'나무 그리고 꽃에게.'

"더 자세하게 말해 봐."

'큰 인간 셋. 작은 인간 둘. 싸우고 있었어요.'

큰 인간은 어른인 것 같았다.

"큰 인간 셋은?"

'모두 죽었어요. 우리가 나무와 꽃 죽이고 작은 인간만 데리고 왔어요.'

나는 기절한 아이들을 봤다. 아직 10살이나 됐을까 싶었다.

"대장님, 어떻게 된 건가요?"

김수호가 궁금한 듯 물었다.

"어른 셋과 아이 둘이 가로수 괴물하고 꽃 괴물에게 습격받은 것 같아요. 애꾸와 들개들이 아이들만 구할 수 있었던 것 같고요."

내 말에 김수호의 표정은 굳어졌다. 수진이와 다른 사람들도 표정이 안 좋았다. 노 씨 아저씨만 별일 아니란 듯이 표정이 변하지 않았다. 김수호는 무언가 생각하더니 곧 내게 말했다.

"대장님. 주변을 탐색하고 괴물들 정리하면서 사람들을 구해야 합니다."

꽤 단호한 말투였다.

"아직 준비가 되지 않았어요."

"알고 있습니다. 하지만 준비가 될 때까지 기다렸다가는 살아남은 사람이 적어질 것입니다."

"어쩔 수 없죠."

"대장님. 제 생각을 조금 더 말씀드려도 되겠습니까?"

"그러세요."

"살아남은 사람이 더 많아야 이곳을 유지하고 지키는 일이 쉬워진다고 생각합니다. 물론, 대장님에게 충성하느냐 안 하느냐. 구분도 해야겠지요. 하지만 사람이 많아질수록 많은 일도 할 수 있습니다."

맞는 말이긴 했다. 그러니까 내가 병원 사람들을 받아들인 것이었다.

"우리야 대장님 덕분에 이렇게 살 수 있는 희망을 얻게 됐습니다. 하지만 살아남은 다른 집단은 어떨까요? 식량이 떨어지게 되면 결국, 식량을 찾아 다른 집단을 습격할 겁니다."

김수호의 다른 생각이 빤히 보였다. 다른 집단의 습격은 괴물을 키워 막을 수 있었다. 식물 괴물뿐만 아니다. 닭도 마음만 먹으면 짧은 기간에 숫자를 늘릴 수 있었다.

그것을 김수호가 모를 리가 없었다. 김수호는 사람들을 구하고 싶은 것이었다.

"으음. 아빠……."

기절한 두 아이 중 한 명이 깨어났다.

"히이이……!"

그리고 눈앞의 들개를 보고 화들짝 놀라고 있었다.

수진이가 그 아이에게 다가갔다.

"괜찮아. 여기는 안전해. 들개들은 너 구해 준 거야."

아이는 주위를 두리번거리더니 안심하는 것 같았다. 하지만 곧 울먹이며 말했다.

"우리 아빠 구해 주세요!"

하지만 아무도 아이의 말에 대답하지 못했다. 아이의 아빠는 죽었을 테니까. 곧 김수호가 억지로 웃으며 아이에게 다가갔다.

"그래. 아빠 구해 줄게. 그런데 이름이 뭐야?"

"해진이요. 노해진."

"몇 살?"

"8살이요."

"그래. 침착하게 말 잘하는구나. 어쩌다가 아빠하고 같이 거리에 나왔어?"

"으흑. 제가 몰래 쫓아왔어요. 먹을 것이 없어서…… 아빠하고 삼촌들이……."

다 안 들어도 알 것 같았다.

식량을 구하러 나간 아빠의 뒤를 몰래 쫓아온 것이 분명했다.

"엄마는?"

"엄마는 다른 어른들하고 있어요."

"어른들은 몇 분이나 있어?"

"처음에는 많았어요. 그런데……."

아이의 말을 들어 보니 처음에는 30명 가까이 된 것 같았다. 지금은 10명도 안 남은 것 같았고.

그런데 문제는 아이가 12명이나 더 있다는 것이었다.

노해진의 말을 다 들은 김수호는 내게 고개를 돌렸다.

"대장님……."

"후우. 어쩔 수 없네요. 일단 이 아이가 있던 곳의 사람들만 구출하죠."

"감사합니다. 대장님!"

아예 몰랐으면 몰라도 아이들이 있다는 것을 안 이상 내 마음이 찝찝할 것 같았다. 그런 찝찝한 마음을 지니고 살기는 싫었다.

사람들을 구하러 가는 일은 내가 직접 하지 않았다.

노 씨 아저씨와 애꾸와 들개들만으로 충분했다.

노 씨 아저씨 혼자 가도 되긴 하지만 애꾸와 들개 100마리가 경호한다면 어지간해서는 덤벼들 생각을 하지 못할 것이다.

밭에 완두콩을 심고 자라는 것을 기다리면서 노 씨 아저씨와 애꾸 무리를 기다렸다. 그들이 동쪽으로 간 김에 근처를 다 수색할 예정이었다.

할 수 있다면 민락동 부근까지 하라고 했다. 그렇게 하려면 최소 몇 시간은 걸린다. 이성식이 지력이 다해가는 땅에 손을 대고 다시 지력을 높이는 것도 봤다.

옆에서 조민수와 강민재가 이성식과 함께 작물 재배를 어떻게 할지 의견을 나누기 시작했다. 구역을 어떻게 나누고 물도 충분히 줘야 한다는 등의 소리가 들렸다. 그리고 보니 발전기를 더 구해야 할 것 같았다. 양수기도 더 필요했다.

"나온다!"

이성식이 소리치자 밭에 있던 사람들이 일제히 도망치듯 물러났다. 새로 심은 완두콩이 자라기 시작한 것이었다.

약 50cm까지 자란 완두콩은 어떤 것이 괴물인지 확연하게 알 수 있었다. 좌우로 잎을 흔들며 경고하는 듯한 행동을 하는 것이었다. 그리고 몸통에는 눈과 입이 있었다.

뭐 사실 나는 처음부터 어떤 것이 괴물인지 알고 있었다.

괴물 완두콩은 근처 완두콩을 잡아먹기 시작했다. 그러자 성장이 더 빨라졌다.

어느새 1m 가까이 커 버린 것이다.

열매인 완두콩도 열리기 시작했다.

"수진아!"

이성식이 소리치자 수진이는 아방토를 보냈다.

아방토는 방울토마토 열매를 하나씩 날리기 시작했다.

괴물 완두콩은 20개였다. 하나씩 산성액을 포함한 방울토마토를 맞은 괴물 완두콩은 열매가 제대로 열리기도 전에 외부가 타 버렸다. 그러자 이성식이 뛰어가 괴물 완두콩을 뽑기 시작했다. 사람들도 그 뒤를 따라 괴물 완두콩을 뽑았다.

외부가 모두 타 버려 어떤 것도 할 수 없는 완두콩 괴물 20개가 도로에 일렬로 늘여졌다. 모든 것을 지켜보던 김수호가 내게 다가왔다.

"어떻게 할까요?"

20개의 완두콩 괴물을 누구에게 줄 것인지 묻는 것이었다.

"4등분 해서 수진이하고 이성식 씨, 조민수 씨 그리고 강민재 씨에게 주세요."

"알겠습니다. 그럼 앞으로 계속 4등분 해서 주면 될까요?"

"그렇게 하세요."

"네."

공평하게 나누어 주는 것처럼 보일 것이다.

하지만 수진이는 내가 따로 챙길 생각이었다.

이곳에서 일부를 얻고 고물상에서 키운 괴물이나 사냥한 괴물을 줄 생각이었다. 수진이의 능력은 다른 사람의 능력보다 더 유용한 능력이라고 생각했기 때문이었다.

김수호가 도끼를 가져다가 한 사람씩 완두콩 괴물을 죽이게 했다. 그냥 잘게 쪼갠다고 보면 된다.

이성식과 수진이는 약간 부르르 떨며 힘을 받아들였다. 하지만 조민수와 강민재는 첫 번째 완두콩 괴물을 죽이자 도끼를 떨구고 주체할 수 없는 무엇인가를 느낀 것처럼 몸을 떨었다.

이건 나도 처음 보는 것이었다.

일반인이 사람이나 괴물을 죽이고 처음 힘을 얻는 장면이었다.

"크흐."

"으아!"

두 사람 모두 눈이 빨개졌다. 그리고 도끼를 들더니 완두콩 괴물이 아닌 곁에 있는 이성식과 수진이를 공격했다.

수진이는 깜짝 놀라 아무런 행동도 하지 못하는 것 같았다.

하지만 이성식은 앞차기와 내려찍기 두 방으로 두 사람을 순식간에 쓰러뜨렸다. 태권도 선수였다고 하더니 동작이 깔끔해 보였다.

"성식 씨! 죽었어요?"

김수호가 다가가며 묻자 이성식은 머리를 긁적이며 대답했다.

"힘 조절했습니다. 기절한 것뿐입니다. 아시잖아요. 처음에는 주변에 사람만 보인다는 거요."

김수호와 이성식의 대화에서 나는 일반인이 처음 힘을 얻으면 주변 사람을 먼저 공격하려 한다는 것을 알았다.

어쩐지 이성식의 대응이 빠르다 싶었다.

"깨어나면 정신 차리겠죠. 멋도 모르고 덤볐다가 더 강한 상대가 있다는 것을 알았으니까요."

"그러겠죠."

김수호가 쓰러진 두 사람을 살피면서 대답하고 있었다. 나는 그것을 보며 노 씨 아저씨와 애꾸가 언제 돌아오나 생각하고 있었다.

* * *

노진수는 애꾸와 함께 송산동에 도착했다.

애꾸가 구한 노해진은 어른들과 함께 있는 동네가 송산동이라고 말했기 때문이었다. 정확한 위치는 주공 5단지 옆 큰 교회에 숨어 있었다는 것만 알고 있었다.

그것만으로 노진수와 애꾸가 어디인지 쉽게 찾을 수 있었다. 큰 교회는 하나뿐이었다. 노진수는 교회에 도착해 소리쳤다.

"노선영 씨 계십니까?"

노선영은 노해진의 어머니였다.

분명 안에 사람이 있었다. 하지만 안에서 나오지 않았다.

노진수는 더 크게 소리쳤다.

"노해진을 우리가 보호하고 있습니다."

그제야 교회 2층에서 누군가 내려왔다. 남자였다.

교회 문을 열고 나온 남자의 손에는 작은 삽이 들려 있었다.

세로로 공격하면 꽤 날카로운 무기가 되는 그런 것이었다.

"진짜 해진이를 데리고 있습니까?"

"그렇습니다."

"어디 있나요?"

"우리가 보호하고 있습니다."

남자의 눈이 가늘어졌다. 믿지 못한다는 표정이었다.

"해진이를 보여 주시죠."

"조금 멀리 있습니다. 해진이가 엄마하고 여기 있는 분들 도와
달라고 해서 온 겁니다."

"그것을 어떻게 믿죠? 전에도 도와준다고 온 사람이 살인자로
변했었습니다."

남자의 눈도 붉은색이었다.

"못 믿으면 어쩔 수 없죠. 하지만 보시죠. 여기 들개 무리들."

남자는 들개 무리 때문에 더 믿을 수 없었다.

덩치도 크고 수십 마리가 넘어가는 것 같아서 무서웠다.

"당신이나 교회 안의 사람들을 공격하려고 했으면 벌써 했습니
다. 막을 수 있을까요?"

"……."

남자는 당황했다. 너무 당연한 사실이지만, 겁을 먹는 바람에
생각하지 못했기 때문이었다. 침착함을 잃었으니 당연했다.

"저 혼자서도 그런 일은 가능합니다."

남자와 노진수 사이의 거리는 약 20m 정도였다.

노진수는 남자가 더 당황하는 사이 발끝에 힘을 주며 뛰었다.

턱.

남자는 어느새 노진수가 자신의 팔을 잡고 있는 것을 알았다.

"뭐…… 뭐 하는 겁니까!"

남자는 당황하며 팔을 빼 보려고 했다. 하지만 노진수에게 잡힌 팔은 꿈쩍도 하지 않았다.

"냉정하게 생각해 봐요. 내가 당신을 죽이려고 했다면 어떻게 됐을지."

남자는 몸에서 힘이 빠지는 것을 느꼈다.

저항해도 소용없다는 것을 알았기 때문이었다.

"진짜로 해진이를 데리고 계신 겁니까?"

"네."

"정말 우리를 도와주려고 온 겁니까?"

노진수는 짜증이 날 법도 했지만, 차분하게 대답했다.

"그렇습니다."

화를 내지 않고 차분하게 대답해 주는 노진수의 행동에 남자는 침착해질 수 있었다.

"저항하지 않겠습니다. 손을 놔주세요."

노진수가 손을 놓자 남자는 다시 확인하고 싶었다.

"어떻게 우리를 도와주실 건가요."

"안전한 곳을 제공해 주겠습니다. 단, 공짜는 아닙니다."

남자는 덜컥 겁이 났다. 며칠 사이에 세상은 지옥으로 변해 버렸다. 그 누구도 쉽게 믿을 수 없는 현실이 눈 앞에 펼쳐진 것이었다. 어떤 대가를 치러야 할지 몰라 두려웠다.

"공짜가 아니라면…"

"일을 해야죠. 당신같이 사람을 죽여 힘을 얻었다면 대장님에게 충성을 맹세한 후 사람들을 지키며 일하면 됩니다."

남자의 눈이 흔들렸다.

"제가 사람을 죽인 것을 어떻게……."

"사람을 죽이면 눈이 붉은색으로 변한다는 것을 알 텐데요."

"아! 그래서……."

남자는 짐작만 했지 눈이 붉은색으로 변하는 이유를 정확하게 알지 못했다.

"이름이 뭡니까?"

"박만웅입니다."

"박만웅 씨가 이곳 책임자인가요?"

"아니요. 해진이와 함께 나갔던 김 목사님이 책임자셨습니다. 그런데 김 목사님과 해진이 아버님은 어떻게……."

"해진이와 친구만 구출했습니다."

"그렇군요."

"그럼 누가 책임자가 된 겁니까?"

"아무래도 제가…… 위에 계신 분 중에 저 같은 사람은 두 분만 있습니다."

"정확하게 몇 명입니까?"

"저를 포함해서 어른은 다섯 명입니다. 15세 미만 아이들이 12명이 있고요."

"모두 17명이군요."

"네."

"내려오라고 하세요."

"지금이요?"

"네. 지금 당장 이곳을 벗어날 겁니다."

"잠시만 기다려 주세요. 물어보고 결정하겠습니다."

노진수는 답답했다.

지금까지 얼마나 양보했는지 박만웅이 모르기 때문이었다.

"한 가지만 말하죠. 아이들이 있다는 말에 대장님께서 이곳에 있는 사람들 구출을 승낙한 겁니다. 가기 싫다는 사람들 억지로 데려갈 생각은 없습니다."

박만웅은 또 당황했다. 노진수가 이런 식으로 말할 줄은 몰랐기 때문이었다.

"그……그게 아니라. 사람들의 의견을……."

"5분 주겠습니다. 5분 후에는 그냥 떠날 겁니다."

"잠시만요. 빨리 가서 알아볼게요."

박만웅은 뒤로 돌아 계단을 뛰어 올라갔다. 그런데 박만웅이 뛰어 올라가는 사이 여자 한 명이 빠르게 다른 쪽 계단으로 내려왔다.

"우리 해진이를 데리고 계세요? 저는 따라갈게요."

여자는 해진이의 엄마 노선영이었다. 계단에서 몰래 엿듣고 있었다. 노진수도 누군가 있다는 것은 이미 알고 있었다.

하지만 노해진의 엄마일 줄은 몰랐다. 그런데 노진수는 노선영을 보고 아무런 말을 할 수가 없었다.

"저기요! 아저씨!"

노진수는 자신도 모르게 눈물을 흘리고 있었다.

노선영은 노진수가 왜 눈물을 흘리는지 몰라 당황스러웠다.

"혹시 어머님 이름이 신지연인가요?"

노선영은 흠칫 놀라며 뒤로 한 발자국 물러났다.

"누구……세요?"

노선영의 반응에 노진수는 눈앞의 있는 사람이 자신의 잃어버린 딸인 것을 알았다.

"혹시…… 노진수라는 이름 기억하나요?"

노진수의 목소리는 떨리고 있었다.

"진짜 누구세요!"

노선영은 공포에 질린 눈을 하며 뒤로 물러섰다. 어릴 적 기억 때문이었다. 아버지인 노진수를 찾는 사람들.

어머니와 도망쳤었다. 어두운 곳에 혼자 두고 어머니는 떠나며 '꼭 돌아올 테니까 여기 있어야 해. 누가 아버지 이름을 묻거든 모른다고 해.'라고 말했다.

노선영은 어두운 곳에서 무서움을 견디며 기다렸다.

그런데 엄마의 비명을 들었다.

그냥 뛰쳐나간 노선영은 지나가던 자동차에 부딪혔다.

그대로 의식을 잃은 노선영을 운전자가 병원에 데리고 갔다.

피 묻은 목도리를 챙기지 않고서.

병원에서 깨어난 노선영은 아무런 말도 안 했다. 어린아이가 교통사고 충격으로 기억을 잃은 줄 알고 노선영은 고아원에 보내졌다. 고아원에 있으면서도 아버지와 어머니에 관한 이야기는 한마디도 하지 않았다. 무서운 사람들이 찾아올지도 모른다는 두려움 때문이었다.

그런데 20년도 더 지난 지금 잊고 있었던 일을 떠올리게 하고 있었다.

"지연이를 그대로 닮았구나. 선아야."

노선영은 충격받은 표정을 할 수밖에 없었다.

원래 이름은 고선아였다. 고아원에서 성만 기억난다고 말해 이름을 선영으로 했다.

고선아는 이 세상에서 자신을 제외한 두 사람만 아는 이름이었다.

아버지와 어머니. 아니 어쩌면 아버지를 찾는 사람들도 알지 모른다는 생각이 들었다.

노진수는 노선영에게 한 발자국 다가갔다.

"가까이 오지 마세요!"

"나를 몰라보겠니?"

"네."

노진수는 충격을 받았다. 딸이 자신을 몰라보다니. 자신은 한눈에 알아볼 수 있었는데.

노진수는 고개를 저었다. 그럴 수도 있다고 생각했기 때문이었다. 20년도 더 지났다. 충격적인 사건 때문에 기억에 혼선이 올 수도 있었다.

하지만 그것이 이유가 아니었다.

"혹시 수염을 깎아 주실 수 있나요?"

"수염?"

노진수는 자신의 얼굴을 만졌다. 어느새 수염이 많이 자라 있었다. 머리카락도 짧게 자라 있는 상태였다.

예전에 마트에서 장미꽃 괴물 안에 들어갔을 때 털이란 털은 다 녹아 사라졌었다. 그런데 머리카락보다 수염이 더 많이 자란 상태였다.

노진수는 일본도를 얼굴에 거침없이 댔다.

"아저씨!"

노선영이 놀라 소리쳤다. 하지만 노진수는 그냥 일본도로 수염을 깎기 시작했다. 힘을 주지 않으면 날카로운 일본도라 해도 자신의 피부를 상하게 할 수 없다는 것을 알기 때문이었다.

조금씩 수염이 사라지는 것을 보면서 노선영은 손을 들어 입을 막았다. 어렸을 적 봤던 아빠의 얼굴이 드러나기 시작했기 때문이었다. 노선영도 눈물이 흐르기 시작했다. 그리고 손을 떼고 천천히 말했다.

"아빠?"

노진수는 수염 깎는 것을 멈췄다.

하지만 흐르는 눈물을 멈출 수는 없었다.

"이제 기억하는 거니?"

노선영은 고개를 끄덕였다.

"기억나요. 항상 짧았던 머리에 말끔한 모습……."

노진수가 의도한 것은 아니었지만, 머리가 짧아서 노선영은 더 빨리 기억해 낼 수 있었다. 노진수는 그렇게 그리던 딸을 향해 팔을 벌리며 다가갔다. 안아 보기 위해서였다.

하지만 노선영은 뒤로 물러섰다. 그것을 본 노진수는 멈출 수밖에 없었다.

"죄송해요. 아직은 좀……."

노선영은 20년 넘게 헤어져 있던 노진수가 어색했다. 어린아이였다면 아빠를 만난 기쁨에 안겼을 수도 있었다. 하지만 지금은 아니었다.

노진수는 노선영의 마음을 이해하면서도 섭섭했다. 하지만 그것을 표현하지는 않았다.

"그래. 조금씩 더 알아 가자. 그렇다면 노해진이 내 손자인 거니?"

"네."

노진수는 마음속에서 무언가 올라오고 있었다.

딸이 죽었을 것으로 생각하고 있었다. 그런데 딸이 살아있는 것도 모자라 있는 줄도 몰랐던 손자가 있었다.

자신의 핏줄이 더 있다는 것을 알게 되자 말로 표현할 수 없는 감정이 생겨난 것이었다.

그런데 2층에서 사람들이 내려오는 소리가 들렸다.

박만웅이 사람들을 데리고 온 것이었다.

"아직 안 가셨군요. 어? 해진 어머님 여기 계셨어요?"

사실 노진수가 제시한 5분은 이미 지난 상황이었다.

박만웅이 사람들을 설득하는 시간이 오래 걸린 것도 있었다. 하지만 노선영을 찾느라 시간이 더 걸렸다.

"다 같이 가기로 한 건가?"

노진수는 잠시 딸과의 재회를 미루어 놓기로 했다. 임무가 우선이었기 때문이었다. 몸에 배어 버린 습관이 나온 것이었다.

"네."

노진수는 2층에서 내려온 사람들을 살펴봤다. 박만웅을 제외한 60대로 보이는 남자 한 명과 50대로 보이는 여자 2명이었다.

힘을 제대로 쓸 수 있는 중장년은 없었다. 그리고 12명의 아이들. 실질적으로 이곳을 지킬 수 있는 사람은 박만웅이 유일해 보였다.

아이들은 겁에 질려 있었다.

"저기…… 어디까지 가야 하는지 알 수 있나요?"

박만웅과 같이 내려온 여자 한 명이 조심스럽게 묻고 있었다.

"성민 병원까지입니다."

노진수의 대답에 여자가 또 조심스럽게 말했다.

"아이들이라 중간에 힘들어할 수 있어요."

15세 미만이라고 해서 다 그 근처 나이가 아니었다.

5세로 보이는 아이도 있었다. 15세 정도는 2명뿐이었다.

나머지는 10세 전후 같았다.

15세 정도만 돼도 3~4km를 걸어가는 것은 문제가 없었다. 하지만 10세 전후 아이들은 몇백 미터만 가도 힘들어했다.

어린아이라 그것을 참을 줄 몰랐다. 칭얼대거나 주저앉아 안 간다고 할 수도 있었다.

"어려운 것은 알지만, 참고해 주셨으면 해서요."

여자의 말이 이해는 되지만, 어린아이라고 해서 봐줄 수는 없었다. 어르고 달래거나 겁을 줘서라도 데려가는 것이 맞았다.

하지만 노진수는 노선영이 신경 쓰였다.

순간 좋은 생각이 떠올랐다.

"박만웅 씨, 이곳에 잘 끊어지지 않는 끈 같은 것이 있나요?"

박만웅은 잠시 생각하더니 고개를 끄덕였다.

"있습니다."

교회에서 행사 같은 것을 많이 하다 보니 노끈 같은 것이 꽤 많았다.

"아이들이 떨어지지 않게 꽉 묶어야 하니 최대한 많이 가져와요."

"네?"

"가져와요."

"아! 네."

박만웅은 몸을 돌렸다. 그러자 60대로 보이는 남자가 따라가려는 것 같았다.

"전도사님, 같이 가요."

노진수는 박만웅이 전도사인 것을 알았다.

두 사람이 끈을 가지러 가자 노진수는 노선영에게 말했다.

"아이들 데리고 밖으로 나와 주겠니?"

조금 전 박만웅에게 딱딱하게 말했던 것과는 전혀 다른 말투였다.

"네."

노선영은 50대 여자와 함께 아이들을 데리고 밖으로 나왔다.

그리고 그들은 깜짝 놀라 겁에 질릴 수밖에 없었다.

상상도 못 한 크기의 애꾸와 들개들 때문이었다.

"저기…… 아이들을……."

노선영은 노진수에게 아이들을 들개 등에 묶어서 데려가려고
하느냐는 질문을 끝까지 하지 못했다.

하지만 노진수는 노선영이 무엇을 묻는지 알았다.

"괜찮단다. 안 위험해."

"그래도……."

노진수는 겁먹은 아이들을 보자 문득 손자인 노해진이 떠올랐다.

저 아이들이 손자였어도 이렇게 했을까?

그런 생각이 들자 억지로 들개들 등에 묶으려던 계획을 바꿨다.

"애꾸야."

'컹!'

"와서 아이들하고 인사해."

애꾸가 고개를 갸웃거렸다. 하지만 노진수가 무엇을 원하는지 정확하게 이해했다.

노진수의 손이 아이들을 가리키고 있었기 때문이었다.

애꾸는 최대한 천천히 아이들을 향해 걸어갔다. 하지만 아이들은 너무 큰 덩치와 한쪽 눈이 없는 애꾸를 보고 두려워했다. 뒤로 주춤거리며 물러서기까지 했다. 성인이 애꾸를 처음 봐도 이런 반응을 했을 것이다.

그러자 애꾸가 발라당 뒤로 누워 버렸다. 그리고 핵핵거리며 최대한 미소를 지으려고 애썼다. 마치 자신을 쓰다듬어 달라는 듯한 행동이었다.

"풋."

커다란 덩치와는 다른 행동에 노선영은 자신도 모르게 웃었다.

그리고 애꾸를 향해 다가가며 노진수에게 물었다.

"이름이 애꾸예요?"

"어. 애꾸."

"안 물겠죠?"

사실 노선영도 겁이 났다. 하지만 아이들을 위해서라면 자신이 먼저 나서서 애꾸가 위험하지 않다는 것을 알려야 했다.

그리고 이런 행동에는 아버지인 노진수가 옆에 있다는 것도 크게 영향을 끼쳤다.

아버지라면 자신을 위험하게 하지 않을 것이라는 믿음으로.

"안 물 거야. 물면……."

노진수는 애꾸가 딸인 노선영을 다치게 하면 절대 가만히 있을 생각이 없었다.

하지만 애꾸가 절대 그런 행동을 하지 않으리라는 믿음도 있었다.

노선영은 애꾸에게 다가가 목을 가만히 쓰다듬었다.

애꾸는 기분이 좋은 듯한 표정을 지으며 혀를 날름거렸다.

"아앗. 애꾸야!"

노선영은 애꾸가 혀로 자신의 얼굴을 핥자 울상을 지으며 소리쳤다. 그러자 애꾸가 웃었다. 그것을 본 아이들도 웃을 수밖에 없었다.

노선영은 마치 머리를 감다가 멈추고 나온 것처럼 홀딱 젖어 있었기 때문이었다.

"너 일부러 그랬지. 야!"

노선영이 소리치며 자신도 모르게 주먹을 들자 애꾸가 벌떡 일어나 도망쳤다. 하지만 노선영이 쫓아올 정도의 속도였다.

마치 '나 잡아 봐라.' 하는 듯한 느낌이었다.

원래대로라면 노선영이 절대 쫓아오지 못할 속도로 움직인다.

노선영은 애꾸를 몇 번이나 때리려고 하고 애꾸는 장난치듯 피했다. 그러다가 꼬리를 잡혔다.

아니 일부러 잡혀 줬다. 꼬리의 크기만 해도 노선영이 양팔로 안아야 할 정도였다.

"꺄악!"

노선영이 어떻게 반응도 하기 전에 꼬리가 위로 들렸다. 노선영이 하늘로 떠올랐다.

"선아야!"

노진수는 깜짝 놀라 자신이 알던 노선영의 어릴 적 이름을 불렀다. 하지만 노진수는 뛰어나가지 않았다. 애꾸가 안전하게 노선영을 등에 태웠기 때문이었다.

떨어지는 충격을 흡수하기 위해 노선영이 등에 닿는 순간 다리를 구부리기까지 했다.

"뭐…… 뭐야!"

'컹!'

애꾸가 양쪽 어깨를 위아래로 움직였다. 흔드는 것이었다.

노선영은 떨어지지 않기 위해 애꾸의 털을 손으로 꽉 잡을 수밖에 없었다.

그러자 애꾸가 빠르지만 느리게 움직였다.

일반인이 움직이는 속도를 생각하면 빠르고.

애꾸가 원래 움직이는 속도를 생각하면 너무 느린 것이었다.

덕분에 노선영은 안정감 있게 애꾸의 등에 앉아 있을 수 있었다.

노선영에게 이건 또 신기한 경험이었다.

자신을 신경 써 준다는 느낌이 확실하게 왔다.

애꾸는 아이들 있는 곳까지 가서 자세를 낮췄다.

아이들은 이미 애꾸에 대한 두려움은 사라졌다. 그보다 호기심이 더 강했다. 노선영도 그것을 알았다.

애꾸의 등에서 내려갔다. 그리고 가장 나이가 많은 15살 남자아이에게 말했다.

"중식아. 타 볼래?"

중식이라고 불린 남자아이는 고개를 끄덕였다.

15살이라 그런지 노선영이 왜 자신을 불렀는지 이해했기 때문이었다. 자신이 애꾸의 등에 탄다면 다른 아이들은 더 두려움을 떨쳐 버릴 수 있기 때문이었다.

"네. 타 볼게요."

노선영 앞으로 중식이가 걸어갔다.

그러자 노선영은 작은 목소리로 말했다.

"고맙다. 중식아."

"아니에요."

중식은 애꾸 앞에 섰다. 애꾸가 몸을 더 낮췄다. 중식은 애꾸 털을 잡고 올라갔다. 그러자 애꾸가 또 어깨를 좌우로 흔들었다.

중식은 깜짝 놀라 애꾸의 털을 꽉 잡았다.

그때 애꾸가 움직였다. 노선영이 탔을 때와는 다른 속도였다.

"우어억!"

노선영이 탔을 때보다 2배 이상 빨랐다.

하지만 중식은 재미있으면서도 상쾌했다. 그동안 교회에 숨어 벌벌 떨며 숨죽이고 살았다.

그런데 자유로운 느낌을 받으니 그럴 수밖에.

애꾸가 다시 아이들 있는 곳으로 와서 몸을 낮췄다. 중식은 아쉬운 표정을 지으며 내려왔다. 그러면서 일부러 크게 말했다.

"재밌네요."

아이들의 눈이 반짝였다.

그러자 노선영이 노진수에게 말했다.

"저기…… 아이 한 명을 같이 태워 주실래요?"

"나보고 같이 타라는 거냐?"

"네."

노진수는 어린아이를 제대로 다루어 본 적이 없어 조금 찝찝했다.

하지만 손자인 노해진을 생각하니 이번 기회에 해 보는 것도 낫겠다 싶었다.

"알았다."

"진성아. 너 타 볼래?"

"네!"

노선영의 말에 9살 정도 되는 남자아이가 달려왔다.

노진수는 먼저 가볍게 애꾸 위에 뛰어 올라탔다.

그리고 노선영이 들어 올리는 남자아이를 받았다. 남자아이를 자신의 앞에 잘 놓고 한 팔로 안은 노진수는 애꾸에게 말했다.

"애꾸. 가자."

애꾸는 더 빠른 속도로 움직이기 시작했다. 하지만 남자아이는 노진수 덕분에 안전했다.

"야아!"

기분이 좋은지 소리까지 지르고 있었다.

그때 박만웅과 60대 남자가 끈을 가지고 와서 이 장면을 봤다.

노진수 역시 두 사람이 온 것을 봤다.

"애꾸. 멈춰."

애꾸는 바로 멈춘 다음 교회 앞으로 갔다.

애꾸가 몸을 낮추자 노진수는 아이를 안고 뛰어내렸다.

그러자 노선영이 남자아이에게 물었다.

"진성아. 어땠어? 재밌었어?"

"네. 재미있었어요."

남자아이의 말을 들은 노선영은 다른 아이들에게 말했다.

"너희들도 재미있게 타고 싶지 않니?"

아이들은 서로 타고 싶다고 말하기 시작했다.

"그래. 곧 타게 될 거야. 전도사님하고 선생님이 떨어지지 않게 해 줄게. 알았지?"

"네!"

아이들이 일제히 소리쳤다. 노선영이 노진수를 쳐다봤다. 노진수는 아무런 말 없이 애꾸에게 말했다.

"애꾸. 부하들에게 명령해서 아이들 태울 수 있게 해!"

'컹!'

애꾸는 바로 대답하고는 부하들에게 작게 으르렁대며 무언가 지시했다. 그러자 들개 중에서 털이 많은 들개들이 하나씩 앞으로 나왔다. 20마리였다.

"이제 아이들 태우고 안 떨어지게 묶어요."

노진수의 말에 박만웅과 60대 남성은 몸을 낮춘 들개 위에 아이를 태우고 묶기 시작했다. 하지만 어설프게 묶는 것을 본 노진수는 한숨을 쉬면서 나섰다.

"그렇게 묶으면 떨어집니다. 아이 다시 내려요."

"아! 죄송합니다."

박만웅이 아이를 내려놓자 노진수는 끈을 길게 자른 다음 아이의 몸에 X자 형태로 묶었다. 그리고 아이를 들개 등에 엎드리게 한 다음 남은 끈을 들개 몸에 묶었다.

아이와 들개가 한 몸처럼 묶인 것이다.

"이렇게 묶어요."

"네."

박만웅과 60대 남성이 다시 아이들을 묶고 들개 위에 다 태울 때쯤 노진수는 노선영에게 다가갔다.

"너도 묶자."

"저요?"

"그래. 아까와는 다르게 빠르게 달릴 거다."

"알았어요."

노선영은 노진수에게 몸을 맡겼다. 노진수는 끈을 가져다가 노선영의 몸을 꼼꼼하게 묶었다.

"애꾸!"

노진수가 부르자 애꾸가 다가와 몸을 낮췄다.

노선영을 애꾸의 등에 엎드리게 한 다음 끈으로 단단하게 고정하면서 애꾸에게 말했다.

"잘 부탁한다."

'컹!'

애꾸가 대답하고는 몸을 일으켰다.

노진수는 아직 몸을 묶지 않은 박만웅에게 다가갔다.

박만웅은 끈을 내밀었다. 하지만 노진수는 끈을 받지 않았다.

"박만웅 씨는 버틸 수 있으니 그냥 타세요."

"네?"

"힘이 있지 않습니까."

"그래도. 제가 고소 공포증이 있어서요."

"높이가 얼마나 한다고⋯⋯. 그냥 타세요. 아니면 뛰어가든가."

박만웅은 어쩔 수 없이 들개 등에 올라탔다. 그리고 털을 있는 힘껏 쥐었다. 모두 안전하게 탄 것을 확인한 노진수는 다시 애꾸에게 갔다.

"모두 데리고 대장님에게 가라. 난 이 근처를 수색할 테니까."

'키잉.'

애꾸는 고개를 흔들었다. 그리고 등에 아무도 태우지 않은 들개들에게 고개를 돌렸다. 그러자 들개들이 한쪽으로 빠졌다.

"아니야. 혹시 모르니까 나머지 부하들도 데리고 가. 나 혼자서도 충분해. 이건 명령이야."

노진수는 딸인 노선영의 안전을 위해서라도 애꾸와 들개 무리가 모두 가는 것이 낫다고 생각했다.

자신이 따라가지 않는 이유는 민락동 일대의 수색 때문이었다.

이것 역시 임무였다.

"같이 안 가요?"

노선영이 불안한 표정으로 묻고 있었다.

"곧 따라갈 거야. 이 근처를 살펴봐야 하거든."

"……."

노선영은 왜인지 모르게 노진수와 헤어지기 싫은 기분이 들었다.

하지만 이 기분은 오래간만에 만났기 때문이라고 생각하며 그 기분을 떨쳤다.

"애꾸. 가라."

'컹!'

애꾸가 먼저 출발했다. 그때 노선영이 있는 힘껏 소리쳤다.

"아빠! 빨리 와요!"

20년도 더 된 그 날에 소리쳤던 것처럼.

노진수는 웃으며 소리쳤다.

"금방 갈게."

이번에는 노선영과 헤어지지 않겠다는 생각을 하며 몸을 돌려 민락동 방향으로 뛰었다. 빨리 수색하고 돌아가기 위해서였다.

* * *

모두 교회에서 사라지자 어디선가 까만 고양이 하나가 뛰어나왔다. 그리고 눈을 번뜩였다.

애꾸와 들개 무리가 간 방향을 잠시 보더니 고개를 흔들고는 노진수가 간 방향으로 뛰어갔다.

그러자 어디선가 고양이들이 하나둘씩 튀어나오기 시작했다.

튀어나온 고양이들은 괴물이 된 들개와 크기가 비슷했다. 고양이들 역시 괴물이 된 것이었다.

그런데 일반적인 고양이 크기인 까만 고양이를 공격하지 않았다. 마치 까만 고양이를 중심으로 뭉치는 것으로 보였다.

까만 고양이 무리는 노진수가 눈치채지 못할 정도의 거리를 두고 계속 따라가다가 흩어졌다. 노진수를 포위하기 위해서였다.

* * *

괴물을 처음 잡아 힘을 얻게 된 조남수와 강민재가 깨어났다.

힘에 취해 사람을 공격하다가 이성식에게 기절당했었다.

깨어난 후 김수호에게 정신 교육 비슷한 잔소리를 한참 들었다.

그리고 내게 와서 손을 잡고 충성을 맹세했다.

두 사람 모두 두통 비슷한 것을 느꼈다.

그리고 더는 사람을 공격하려는 생각이 안 들게 된 것 같았다.

잠시 조남수와 강민재에게 신경 쓰는 사이 애꾸와 들개 무리가 돌아오는 것 같았다.

"사장님! 애꾸 와요."

수진이의 말에 고개를 돌렸다.

"노 씨 아저씨가 안 보이네. 그런데 애꾸 등에……."

애꾸 등에만 사람이 있는 것이 아니었다. 꽤 많은 사람이 등에 달려 있었다.

애꾸가 구해 온 아이가 말한 사람들 같았다.

애꾸와 들개 무리는 순식간에 내 앞에 도착했다.

그리고 들개 등에 묶이지 않은 한 남자가 들개 등에서 내려 바로 토악질을 했다.

"김수호 선생님, 이 사람들과 아이들 내리는 것 도와주시죠."

"네. 대장님."

김수호가 사람들을 데리고 들개 등에서 사람들을 내리기 시작했다. 그러자 속이 좀 편해졌는지 내리자마자 토악질을 한 남자가 내게 다가왔다.

나는 그를 바로 알아봤다.

"박 전도사님?"

"어? 사장님!"

박만웅 전도사.

길에서 전도 활동하는 것을 본 것이 처음이었다.

그리고 고물을 팔겠다고 연락을 해서 만난 적도 있었다.

그러다 보니 고물 팔 일이 있으면 계속 연락해서 만났었다.

"사장님, 살아 계셨군요."

박만웅 전도사는 이성필이 무척 반가웠다.

노진수의 협박 아닌 협박에 이곳에 오기는 왔다. 어쩔 수 없다는 것을 알고 있었다.

하지만 노진수가 말한 대장이라는 사람이 누구인지 모르니 걱정이 됐다.

그런데 평소 괜찮은 사람이라고 생각했던 이성필이 눈앞에 있으니 반가울 수밖에 없었다.

"저기…… 사장님."

박만웅 전도사는 이성필에게 다가가 최대한 작은 목소리로 말했다.

"네. 전도사님."

"혹시 여기 대장이라는 사람 잘 아나요?"

박만웅 전도사는 노진수를 만난 적이 없었다. 고물상 안에 들어가 본 적이 없었기 때문이었다.

그래서 노진수가 말한 대장이 이성필이라고는 생각하지 못했다.

"대장이요?"

"네. 교회에 엄청 무서운 사람이 와서는 여기 대장에게 가라고 하더라고요. 그 사람 보니까 대장이란 사람도 만만치 않을 것 같아서요."

이거 난감하게 된 것 같았다.

지금 와서 대장이 나라고 말하기는 좀 그랬다.

"사장님 표정 보니까. 제 예상이 맞나 보네요. 엄청 깐깐하고 피도 눈물도…… 그건 아니겠네요. 아이들 구하려고 한 것 보니까."

점점 더 내가 대장이라고 밝히기 어려워진다.

"그래도 사장님이 계셔서 다행이네요. 도와주실 거죠?"

"뭐를요?"

"여기 텃세 그런 것 있을지도 모르잖아요. 그리고 대장이란 사람이 어떤 사람인지 알려 줬으면 해요."

"하하. 그게……."

"대장님, 다 내렸습니다."

김수호가 내게 와서 말했다.

그런데 박만웅 전도사는 아직 내가 대장인 것을 모르는 것 같았다.

화들짝 놀라며 주위를 두리번거렸기 때문이었다.

김수호가 이상하게 그를 쳐다보며 말했다.

"전도사님이시라고 들었습니다."

"네."

"대장님하고는 아는 사이신가 보네요."

"대장님하고요?"

박만웅 전도사도 슬슬 눈치챈 것 같았다.

주위에는 우리 세 사람뿐이었으니까.

"저기 그러니까…… 여기 사장님이……."

"네. 우리들을 이끄는 대장님이십니다."

김수호는 박만웅 전도사가 말과 행동을 함부로 하지 않게 하려는 생각으로 말했다.

"대장님에게 예의를 갖췄으면 합니다."

"아! 그게…… 그래야죠."

박만웅 전도사는 어쩔 줄 몰라 하는 것 같았다.

"괜찮아요. 모르는 사이도 아닌데요. 하지만 이곳에서 지켜야
할 것은 지켜야 합니다."

내 말에 박만웅 전도사는 잠시 표정을 굳히더니 대답했다.

"오히려 잘됐네요. 누군지도 모르는 사람의 밑에 있는 것보다
사장님…… 아니 대장님 밑에 있는 것이 더 나은 것 같습니다.
대장님 평소 하신 일들을 생각하면요."

김수호는 박만웅 전도사가 한 말이 궁금했다.

"평소에 하신 일들이라니요?"

"모르셨어요? 노인분들이 돈 되지 않는 고물을 팔아도 그냥
다 사 주시고 매달 무료 급식에 돈도 보태셨는데."

박만웅은 자신이 김수호보다 이성필에 대해 잘 아는 것 같자
조금 어깨가 올라갔다.

"그런 일을 하셨군요. 역시 대장님이십니다."

나를 바라보는 김수호의 눈빛이 너무 초롱초롱한 것 같았다.

그런데 김수호의 뒤에서 여자 한 명이 다가오는 것이 보였다.

"저기요. 우리 해진이는 어디 있나요?"

여자의 말에 바로 누구인지 알 수 있었다.

"해진이 어머니 되시나요?"

"네. 해진이는 지금 성민 병원에 있습니다."

"네? 어디 다쳤나요? 아파요?"

병원에 있다고 해서 오해한 것 같았다.

"다친 건 아닙니다. 병원을 근거지로 두고 있어서 그곳이 더 안전해서요."

"아. 네. 그럼 저도 병원으로…"

"네. 모셔다 드릴 겁니다. 그런데 교회에 갔던 남자분은 어디 갔는지 아시나요?"

"어디 수색해야 한다고……."

"혼자서요?"

노 씨 아저씨를 믿기는 하지만, 혼자는 좀 위험하지 않나 싶었다. 그런 내 생각이 표정에서 드러났는지 여자가 말했다.

"네. 혼자서요. 그렇지 않아도 혼자 가는 것이 좀 걱정돼요. 저기 들개들이라도 다시 보내 주시면 안 될까요?"

노 씨 아저씨를 걱정하는 것처럼 보였다.

오늘 처음 만난 것 같은데 이상하다는 생각이 들었다.

하지만 노 씨 아저씨가 혼자 움직였다는 사실이 더 중요했다.

기분이 찜찜했다.

이런 기분이 들 때는 꼭 안 좋은 일이 생기곤 했었다.

"그렇지 않아도 가 볼 생각입니다."

"정말이요?"

여자가 너무 기뻐하는 것 같았다.

"네. 김수호 선생님."

"네. 대장님."

"이분들 병원에 데려다주세요. 전 애꾸하고 민락동 가 볼게요."

"알겠습니다."

김수호가 사람들을 모아서 병원에 데려가려는 준비를 했다.

그사이 나는 애꾸에게 갔다.

"야. 노 씨 아저씨 혼자 두고 오면 어떻게 해."

'키잉.'

애꾸는 억울하다는 표정으로 고개를 숙였다.

"나하고 다시 가자."

애꾸가 고개를 들었다.

"이번에는 나도 등에 타 보자."

'컹!'

애꾸는 기쁘다는 표정으로 몸을 낮췄다. 나는 바로 애꾸 등에 올라탔다.

애꾸는 크게 짖고는 바로 민락동을 향해 뛰었다.

들개 무리가 뒤를 따라오기 시작했다.

* * *

노진수는 민락동 근처를 수색하고 있었다.

생존자의 흔적이 있는지.

괴물들이 무리 지어 있는지. 그런 것을 조심스럽게 살피는 것이었다. 그래서 가로수 괴물이나 장미꽃 괴물 같은 놈들을 피해서 움직였다.

하지만 곧 무언가 이상하다는 것을 알았다.

가로수 괴물과 장미꽃 괴물의 위치가 묘하게 포위망을 형성하는 것처럼 보였기 때문이었다.

그냥 뚫으려면 뚫을 수 있었다.

하지만 그렇게 되면 자신을 드러낼 수밖에 없었다.

'니아옹.'

노진수는 흠칫 놀라며 뒤를 돌아봤다.

온몸이 까만 작은 고양이 한 마리가 보였다.

노진수는 긴장할 수밖에 없었다. 고양이의 움직임이 은밀하다 해도 근처까지 다가오는 것을 느끼지 못했기 때문이었다.

자신이 주위 경계를 소홀히 한 것도 아니었다.

작은 고양이는 아무렇지 않게 앞다리를 얼굴로 올려 세수하듯 문지르기 시작했다.

이런 상황이 아니었다면 무척이나 귀엽게 보일 행동이었다.

그냥 다가가서 쓰다듬어 줄 만큼.

하지만 노진수는 뒤로 물러섰다.

그러자 작은 고양이의 눈이 번뜩였다.

노진수는 바로 일본도를 들어 작은 고양이를 겨눴다.

고양이의 눈은 붉은색이 아니었다.

붉은색 눈이 아니라면 괴물이 아닐 수도 있었다.

하지만 곧 이성필 역시 힘을 지니고 있지만, 눈이 정상이라는 것을 떠올렸다.

"왜 너를 드러낸 거지?"

노진수는 혹시나 싶어 물어본 것이었다.

애꾸처럼 소리로 대답하지 않을까 싶기도 했다.

그런데 노진수의 머릿속에 말이 울렸다.

'나 기억 못 하나 보네.'

노진수는 처음 겪는 일이었다.

당황스럽긴 하지만, 안 그런 척 말했다.

"네가 말한 거냐?"

'그럼 여기 나 말고 누가 또 있어?'

너무 정확한 의미 전달이었다. 노진수는 애꾸도 이렇게 하지 못한다는 것을 알지 못했다.

"다시 묻지. 왜 드러낸 거지? 몰래 기습했으면 됐을 텐데."

노진수는 고양이가 접근하는 것을 눈치채지 못했다. 기습도 눈치채지 못했을 것으로 생각했다.

'기회를 주려고.'

"기회?"

'그래. 기회. 네가 나를 한번 도왔으니 나도 너에게 기회를 한번 주는 거야.'

"내가 너를 도왔다고?"

'진짜 기억 못 하는구나.'

"무슨 기억을 말하는 거냐?"

'정확하게는 네가 사장이라는 사람에게 먹을 것을 얻어다 주면서

치료해 달라고 했지. 까망이 어떻게 해요. 그렇게 말하면서.'

노진수는 이제야 기억이 났다.

고물상에서 고양이들의 싸우는 소리가 들린 날이 있었다.

고양이들의 싸움 소리는 자주 들리긴 했었다.

하지만 이번에는 작고 가냘픈 고양이의 소리가 들렸었다.

그냥 아무 생각 없이 소리 나는 곳으로 갔었다.

다른 고양이들은 다 도망갔다. 하지만 작은 고양이 한 마리만 도망가지 않았다.

아니 도망갈 수 없었다.

삐쩍 마른 데다가 상처까지 입었기 때문이었다.

"그때 그 고양이가 너란 거냐?"

'그래. 맞아.'

"그래서 어떤 기회를 준다는 것이지?"

작은 까만색 고양이가 뒷다리로 섰다. 그리고 오른쪽 앞발을 들었다.

그러자 사방에서 괴물 들개만 한 고양이들이 나타났다.

모두 눈이 붉은색이었다.

노진수는 50여 마리 정도 되는 고양이들을 살폈다.

한 마리 한 마리가 만만하지 않은 것 같았다.

이 정도 숫자가 숨어 있다는 것도 몰랐기 때문이었다.

애꾸와 들개 무리가 힘과 덩치를 앞세워서 공격하는 전사형이라면 고양이들은 조용하게 접근해서 공격하는 암살자 같았다.

숫자는 더 적지만, 더 까다로운 상대였다.

'내 부하들을 뚫고 이곳에서 도망쳐.'

노진수는 피식 웃었다.

"도망치면 살려 준다?"

'맞아. 교회까지 간다면 더는 쫓지 않을게.'

노진수가 있는 곳에서 교회까지는 직선으로 약 3km 정도 떨어져 있었다.

골목을 조금 돌아간다 해도 4km는 안 된다.

있는 힘껏 뛰어가면 5분도 안 걸리는 시간에 도착할 수 있었다.

하지만 도착하지 못할 가능성이 더 컸다.

고양이 무리가 50마리뿐이라고 단정할 수 없었기 때문이었다.

골목에 더 숨어 있을 수도 있었다.

그리고 한 가지 더.

"가로수 괴물과 장미꽃 괴물도 네 부하인가?"

'맞아. 숫자가 꽤 되지.'

노진수는 가로수 괴물과 장미꽃 괴물이 자신이 엉뚱한 곳으로 도망치지 못하게 위치해 있다는 것을 알았다.

못 뚫을 정도는 아니다. 하지만 그 잠깐 사이에 고양이 괴물들의 공격을 받을 것이 분명했다.

그렇다고 바보처럼 교회 방향으로 뚫고 갈 생각은 없었다.

교회까지 가는 길에 괴물들이 기다리고 있을 테니까.

"다른 방법은 없나?"

'음. 인간을 부하로 둘 수는 없는데.'

"왜지?"

'인간은 죽어야 하니까.'

"꼭 무조건 그렇게 해야 한다는 것처럼 들리는데?"

'아니야? 너희 인간들끼리도 다 죽이잖아.'

"아니. 내가 묻는 것은 그런 것이 아니야. 마치 너와 부하들은 인간을 죽여야만 한다는 것 같잖아."

'맞아. 그것이 나와 부하들에게 주어진 임무이지.'

노진수는 작은 까만색 고양이가 무언가 알고 있는 것 같았다.

'인간을 죽여라. 항상 그런 말이 들리는 것 같거든. 마치 어머니가 그렇게 하라는 것처럼.'

"어머니?"

노진수는 더 많은 것을 알고 싶었다.

하지만 작은 까만색 고양이는 고개를 저었다.

'너무 말이 많았네. 어떻게 할래? 그냥 여기서 죽을래?'

"아니."

'좋아. 도망쳐 봐.'

"도망칠 생각은 없다."

'왜? 그럼 여기서 죽을 거야?'

"안 죽을 거야."

작은 까만색 고양이는 짜증이 나기 시작했다. 예전에 받은 은혜 때문에 교회에서도 습격하지 않았다.

노진수가 그냥 돌아갔으면 이런 일이 일어나지도 않았을 것이다.

하지만 노진수가 자신의 영역을 침범한 이상 어쩔 수 없었다.

그래도 기회를 주려고 했다.

그런데 말장난을 하는 것 같아서 짜증이 난 것이었다.

"너하고 일대일로 싸울 거야."

노진수의 말에 작은 까만색 고양이는 어이가 없었다.

'나와? 진짜로?'

"그래. 너를 이기면 네 부하들은 내 부하가 되는 건가?"

작은 까만색 고양이는 웃으며 말했다.

'그래. 나를 이긴다면 다른 놈들은 몰라도 고양이들은 네 부하가 될 거야.'

"약속한 건가?"

'약속하지. 강한 힘을 가진 네가 다른 놈에게 죽는 것이 아쉽긴 했어.'

작은 까만색 고양이는 노진수의 힘을 흡수할 생각을 하니 기분이 좋아졌다.

'빨리 죽여 줄게.'

작은 까만색 고양이가 변하기 시작했다.

뼈가 우드득거리는 소리가 들리더니 덩치가 커지는 것이었다.

점점 더 커지는 까만색 고양이.

급기야 들개 무리의 대장인 애꾸보다 더 커졌다.

그리고 온몸이 근육질로 덮인 것처럼 보였다.

노진수는 괜한 도박을 걸었나 싶었다.

하지만 이미 상황은 바꿀 수 없었다.

노진수는 일본도를 쥔 손에 힘을 줬다.

작은 까만색 고양이.

아니 지금은 거대해진 고양이의 앞발에 날카롭게 보이는 발톱이
튀어나온 것이 보였기 때문이었다.

스윽.

거대한 고양이가 순간적으로 노진수의 눈앞에서 사라졌다.

14. 고양이 까망이

노진수는 최대로 긴장했다. 온몸의 감각을 끌어올린 것이었다.

현역 때보다도 더 강해진 힘과 감각이었다. 그래서인지 간신히 자신의 왼쪽에 부는 바람을 느꼈다. 눈으로 볼 수 없으니 고양이가 움직이며 발생하는 바람을 느낀 것이었다.

일본도를 왼쪽으로 돌리며 다리에 힘을 줬다.

깡!

주르륵.

뒤로 밀리지 않기 위해 다리에 힘을 줬음에도 뒤로 밀렸다.

거대해진 고양이의 힘이 얼마나 강한지 보여 주는 것이었다.

'막았네?'

거대한 고양이는 의외라 생각하는 것 같았다. 최대한 빠르게 고통 없이 죽여 주는 것이 낫겠다는 생각으로 공격했기 때문이었다.

"당연히 막지."

두 번째는 막을 수 있을까?

노진수는 막을 수 없을 것 같았다. 진짜 간발의 차이로 막았기 때문이었다. 그렇다고 적에게 약한 모습을 보일 수는 없었다.

'어쩔 수 없네.'

거대한 고양이가 노진수를 향해 뛰었다.

카강.

거대한 고양이 발톱이 거의 일본도의 크기와 비슷했다.

양발로 휘두르는 발톱을 노진수는 일본도로 막아 내며 뒤로 물러날 수밖에 없었다. 고양이 발에 담긴 힘이 너무 강했다.

"후욱."

습관처럼 숨을 쉬며 감각을 더 끌어올렸다.

거대 고양이에게만 집중하는 것이었다.

후웅.

바람을 가르는 소리보다 노진수의 일본도가 먼저 움직였다.

깡!

이번에는 뒤로 물러나지 않았다. 거대 고양이의 힘이 어느 정도인지 파악됐기 때문이었다. 적당하게 힘을 흘린 것이다. 하지만 그뿐이었다. 지금은 거대 고양이를 공격할 엄두가 안 났다. 거대 고양이의 공격 속도가 워낙 빨라서 막는 것만으로도 힘들었다.

까강.

거대 고양이는 점점 더 이상하다는 생각을 했다.

처음에는 노진수가 자신의 공격을 간신히 막는 것 같았다.

그런데 시간이 지날수록 공격을 어렵지 않게 막고 있었다.

마치 자신이 어디를 공격할지 아는 것처럼.

거대 고양이는 자신이 느낀 것이 사실인지 실험해 보기로 했다.

노진수의 머리를 노리는 척하다가 다리를 공격할 생각이었다.

깡!

그런데 노진수는 처음부터 머리를 막을 생각이 없었다는 듯 일본도로 다리 부분을 막았다.

거대 고양이는 공격을 멈추고 뒤로 물러났다.

'어떻게 알았지?'

노진수는 거대 고양이가 물러난 것에 속으로 안도했다. 조금 쉴 시간이 필요했기 때문이었다.

계속 공격했다면 막을 수 없는 순간이 왔을 것이다.

노진수는 지치지 않은 것처럼 태연하게 말했다.

"내가 왜 알려 줘야 하지?"

'궁금해. 알고 싶어.'

노진수는 거대 고양이를 이해할 수가 없었다. 고양이가 호기심이 강한 동물이라는 것을 이해하지 않고 있었기 때문이었다.

'알려 주면 그냥 살려 줄게.'

거대 고양이의 제안은 매력적이었다.

노진수도 거대 고양이도 알고 있었다. 계속 싸우면 거대 고양이가 유리하다는 것을. 결국에는 노진수가 죽을 확률이 더 높았다.

하지만 노진수는 다른 선택을 했다.

"안 알려 주고 너를 이긴 다음 살 거다."

'궁금한데.'

거대 고양이는 어쩔 수 없다는 듯 고개를 흔들었다. 궁금하기는 해도 노진수가 안 알려 줄 것을 알았다. 그렇다면 깔끔하게 포기하는 것이 나았다.

'알았어.'

거대 고양이는 아무런 예비 동작도 없이 땅을 박찼다.

노진수는 거대 고양이가 살짝 움직이는 것을 느끼자마자 오른쪽으로 몸을 날렸다. 거의 구르다시피 하며 피한 것이다. 덕분에 눈에 보이지도 않는 거대 고양이의 공격을 피할 수 있었다.

거대 고양이는 진짜 더 궁금해졌다. 이번 공격은 노진수가 절대 못 피할 것으로 생각했었기 때문이었다. 인간의 눈으로는 거의 볼 수도 없는 속도의 공격이었다. 거기에 1m에 가까운 날카로운 발톱은 예상한 것보다 공격 범위가 넓었다.

그런데 이 공격을 노진수가 완벽하게 피한 것이었다.

'카앙!'

거대 고양이는 더 빠르게 그리고 더 강력하게 노진수를 공격하기 시작했다. 어디 막을 수 있으면 막아 보라고.

　　　　　　＊ ＊ ＊

　까강. 캉. 캉. 캉캉캉캉.

　노진수는 정신없이 일본도를 휘두르고 있었다.

　진짜 아무 생각이 없었다. 눈으로는 거대 고양이의 눈동자를
살피고. 그럴 수가 없으면 바람의 움직임을 파악해 막아 내고
피했다. 이 두 가지만 집중했다.

　시간이 얼마가 지났는지도 자신이 어디에서 싸우는지도 잊었다.

　원래대로라면 시간은 물론, 주변 상황까지 파악했을 것이다.

　퍼억.

　처음으로 거대 고양이의 공격을 허용했다. 노진수는 자신의
몸이 날아가는 것을 알았다. 변칙 공격이었다.

　사실 거대 고양이의 공격은 단순했다. 하지만 그 단순한 공격이
눈으로 좇을 수 없다면 단순한 공격이 아니었다.

　야구로 생각하자면 직구만 던지는 투수라는 것을 아는데 그
직구가 너무 빨라 배트로 맞추지 못하는 것이다. 하지만 투수의
공이 빨라도 번트는 댈 수 있다.

　노진수는 지금까지 번트를 대는 것처럼 거대 고양이의 눈의
움직임을 파악하고 바람을 느껴 공격을 막은 것이었다.

　거대 고양이는 공격하기 전에 그 방향으로 눈이 먼저 움직였다.

　그런데 이번에는 휘둘렀던 앞발을 그대로 움직여 발등으로
공격한 것이었다.

'알아냈다.'

거대 고양이는 노진수가 어떻게 자신의 공격을 피했는지 알 것 같았다.

"크윽."

노진수는 땅에 손을 짚고 일어나는 순간 고통이 몰려오는 것을 느꼈다. 거대 고양이에게 맞아서 그런 것도 있지만, 그동안 혹사했던 몸이 비명을 지르는 것이었다.

"과연 그럴까?"

말은 그렇게 했어도 사실 한계에 가까웠다.

조금만 쉬고 몸을 회복할 수 있다면 다시 싸워 볼 수 있었다.

거대 고양이만 발전한 것이 아니었다.

노진수도 거대 고양이의 습관을 파악했다.

'이제 끝이야.'

거대 고양이가 노진수를 향해 공격하려는 순간 부하 고양이들이 당황하기 시작했다.

'컹! 컹!'

들개들의 짖는 소리 때문이었다. 부하 고양이들 일부가 들개 짖는 소리 방향으로 움직였다. 숨어 있던 고양이도 더 나타났다.

노진수도 들개 짖는 소리를 들었다. 노진수는 씨익 웃으며 거대 고양이에게 말했다.

"도망가라. 그러면 살려 주지."

거대 고양이는 어이가 없었다.

'들개 따위가 나에게 위협이 된다고 생각해?'

거대 고양이가 봤던 들개 중에 최강자는 애꾸였다.

애꾸도 자신의 상대가 안 된다는 것을 알고 있었다.

"당연히 들개는 네 상대가 안 되겠지."

'그런데 무슨…'

순간 거대 고양이는 들개 짖는 소리가 들린 방향에서 거대한 힘을 느꼈다.

'그럴 리가… 그 나무는 아직 움직이지 못할 텐데.'

거대 고양이도 거대 소나무를 알고 있었다. 자신에게 가장 위협이 되는 존재이기 때문이었다. 거대 소나무의 영역에 몰래 들어가 확인까지 했었다. 거대 소나무가 상처를 입었어도 아직은 자신이 어떻게 할 수 없는 존재였다. 그런데 지금 느껴지는 힘은 거대 소나무와 비교해도 모자라지 않은 것 같았다.

거대 고양이의 털이 쭈뼛 섰다. 위험을 느낀 것이었다.

'캬아아!'

그렇다고 도망칠 생각은 없었다. 이 주변은 자신의 영역이었다. 영역을 지켜야 하는 본능이 강하게 일어났다.

부하 고양이들이 거대 고양이의 소리에 주변으로 몰려들었다.

부하 고양이들뿐만이 아니었다. 가로수 괴물과 장미꽃 괴물도 천천히 다가왔다.

노진수는 슬그머니 움직이려 했다. 하지만 거대 고양이는 그것을 허락하지 않았다.

'움직이면 바로 죽일 거야.'

"왜 지금 안 죽이지?"

'너는 인질이야.'

노진수는 거대 고양이의 지능이 너무 뛰어나다는 생각이 들었다.

자신을 이용해 이 상황을 유리하게 만들려고 한다는 것을 알았다.

곧 애꾸 등에 탄 이성필과 들개 무리가 도착했다.

* * *

애꾸가 노 씨 아저씨의 냄새를 따라 움직였다. 그리고 노 씨
아저씨가 있는 곳에 도착했을 때 문제가 생겼다는 것을 알았다.

거대한 까만색 고양이. 그리고 그것을 중심으로 모인 고양이들과
가로수 괴물 등. 자연스럽게 진형을 짜듯이 서로 마주 보고 대치하는
상황이 됐다.

나는 애꾸 등에서 내렸다.

"아저씨, 괜찮아요?"

"괜찮지 않습니다. 대장님."

노 씨 아저씨가 저런 말을 할 사람이 아니었다.

이유가 있는 것이 분명했다.

"구해 드려요?"

"이놈이 허락 안 할 것 같네요."

"허락 안 한다고 못 구할 것 같지는 않은데요?"

거대한 까만색 고양이가 강하다는 것은 느껴지는 힘으로 알 수 있었다. 하지만 내가 더 강한 힘을 지닌 것은 사실이었다.

'오래간만이야. 고마운 인간.'

거대한 까만색 고양이의 목소리였다.

"고마운 인간?"

왜 고마워하는지 몰랐다. 그런데 그 대답을 노 씨 아저씨가 했다.

"예전에 까만색 새끼 고양이가 저놈입니다."

까만색 새끼 고양이라면 기억나는 것이 하나 있었다. 노 씨 아저씨가 펑펑 울면서 살려 달라고 했었다. 노 씨 아저씨가 그렇게 우는 것은 처음이라서 기억에 남아 있었다.

"그때 그 삐쩍 마른 놈이 이놈이라고요?"

"네. 그렇게 말하더군요."

"은혜도 모르는 놈이네요."

내 말에 거대한 까만색 고양이가 발끈하는 것 같았다.

'은혜를 모르다니! 그랬으면 저 인간은 벌써 죽었다.'

"너 은혜라는 말도 이해해?"

'나는 인간의 언어를 다 이해한다.'

머리를 살짝 추어올리는 것을 보니 자부심이 대단한 것 같았다.

"그래서 어떻게 하려고?"

'저 인간을 살려 줄 테니 서로 공격하지 않는 것으로 하자.'

나는 대답 대신 노 씨 아저씨를 슬쩍 봤다.

고양이 까망이 215

노 씨 아저씨도 이 거대 고양이의 말을 듣는 것 같았다.

고개를 살짝 가로젓는 것이 보였다.

내가 보기에는 거대 고양이의 제안도 괜찮은 것 같았다. 내가 거대 고양이보다 강하다 해도 숫자에서 밀리고 있기 때문이었다.

부하로 보이는 고양이들이 계속 모이고 있었다. 가로수 괴물과 장미꽃 괴물까지. 장미꽃 괴물은 어떻게 부하로 만들었는지 궁금했다. 장미꽃 괴물이 부하로 있는 것을 볼 때 내가 장미 향을 뿜어낸다 해도 거대 고양이는 잠들지 않을 것 같기도 했다.

그리고 내가 장미 향을 뿜어내면 애꾸나 들개 무리 그리고 노 씨 아저씨까지 잠들어 버린다.

'무슨 생각을 그렇게 하는 거야? 내 제안을 거절하는 거야?'

"기다려. 내가 왜 너와 안 싸워도 되는지 생각하는 중이야."

'싸우면 서로 손해잖아. 들개들도 많이 죽고 다칠 거야. 그리고 저 인간은 무조건 죽어.'

맞는 말이긴 했다. 지금은 후퇴했다가 더 많이 데리고 오면 이 거대 고양이 무리를 충분히 해치울 수 있을 것 같았다.

하지만 이 거대 고양이는 만만치 않은 것 같았다.

그동안 괴물들이 힘만 앞세웠다면 이놈은 머리까지 있다.

내가 약속을 어길 생각을 했듯이 이놈도 약속을 어길 수 있다.

"대장님, 이제 충분합니다."

노 씨 아저씨가 몸을 푸는 것처럼 움직이기 시작했다.

"충분해요?"

"네. 이 까망이와 약속한 것이 있습니다."

'약속? 설마 나와 계속 싸우겠다는 거야?'

"그래. 아직 우리 싸움은 안 끝났잖아. 까망아."

'나를 까망이라고 부르지 마.'

"왜? 나도 다 기억났어. 너를 까망이라고 불렀었지."

노진수는 거대 고양이를 도발하는 중이었다. 많은 부하를 거느린 대장의 자존심을 건드리는 것이었다.

"아주 작고 귀여운 고양이였는데… 그래서 평소에는 작은 모습으로 있던 것 아니야?"

'아니다. 그건 내가 일부러 그렇게 다니는 것이다. 그래야 상대방이 방심하거든.'

노진수는 웃음이 나왔다. 똑똑한지는 몰라도 경험이 부족한 아이 같았기 때문이었다.

"물어본다고 다 대답해 주나?"

'그럼 다…'

거대 고양이는 자신이 당했다는 것을 알았다.

'좋은 지적이야. 좋은 것을 배웠어.'

거대 고양이는 침착하려고 생각했다. 하지만 노진수가 아직 시작도 안 했다는 것을 몰랐다.

"그래. 그렇게 배워 나가는 거지. 작은 고양이가 얼마나 알았겠어. 매일 맞고 다녔는데."

'아니다. 나는 강했다.'

거대 고양이는 강하지 않았기 때문에 더 화를 내고 있었다.

떠올리기 싫은 사실을 노진수가 떠올리게 하고 있었다.

"그래? 아닐 것 같은데?"

'너… 진짜 죽고 싶구나.'

"할 말 없으면 다 그렇게 말하더군. 어른이나 아이나 똑같아."

'그래. 그렇다면 너와 나 둘이서만 끝을 보자.'

거대 고양이는 이성필에게 고개를 돌렸다.

'어때? 동의해? 이 인간과 내가 싸워서 이기는 쪽이 모든 것을 갖는 것으로.'

"거는 것이 좀 큰 것 같은데?"

'저 인간을 못 믿나 보지?'

"노 씨 아저씨에게 뺨 맞고 나에게 화풀이냐?"

'다 같이 맞아야지.'

거대 고양이의 눈에서 불길이 이는 것 같았다. 화가 많이 나 있는 것처럼 보였다. 내가 보기에 노 씨 아저씨는 절대 거대 고양이를 못 이긴다. 하지만 생각해 보면 나 역시 절대 이기지 못할 싸움에서 이겼다. 단, 한 가지를 안다는 이유로.

거대 고양이의 약점은 어디일까? 아무리 찾아봐도 안 보였다. 약점만 알면 기회가 생길 수 있었다.

"대장님! 제게 기회를 한 번 주십시오."

나는 고개를 끄덕였다. 노 씨 아저씨를 한번 믿어 볼 생각이었다. 그리고 노 씨 아저씨가 위험해지면 끼어들 것이다.

미안하지만, 이런 상황에서 약속을 제대로 지킬 생각은 없었다.

노 씨 아저씨가 더 중요했다.

그럼 안 미안한 건가?

"아저씨 생각대로 하세요."

"감사합니다."

'좋아. 동의한 거다.'

"동의하지."

거대 고양이가 부하들을 한쪽으로 물러나게 했다. 노 씨 아저씨와 거대 고양이가 싸울 자리를 만들기 위해서였다.

노 씨 아저씨는 가볍게 뛰면서 몸을 점검했다.

"그럼 시작해 볼까? 까망이!"

'까망이라고 부르지 말라고 했지!'

거대 고양이가 사라지는 듯한 속도로 움직였다.

온다. 왼쪽? 오른쪽?

아니 정면!

노진수는 정확하게 까망이의 공격을 파악하고 있었다.

일부러 왼쪽과 오른쪽 방향으로 번갈아 뛰면서 혼란을 주고 있었지만, 속아 넘어가지 않았다.

그렇다고 해서 그대로 까망이의 공격을 받아 줄 생각은 없었다.

노진수는 앞으로 튀어 나갔다.

사악.

처음으로 노진수의 일본도가 까망이의 앞발을 베었다.

고양이 까망이 219

너무 빠르게 움직인 까망이의 발톱은 노진수가 서 있던 자리를 노렸기 때문에 일어난 일이었다.

노진수가 앞으로 달려올 줄은 몰랐다. 지금까지 노진수는 공격을 막거나 피했다. 그래서 예상하지 못했던 것이었다.

"거봐. 다르다니까."

까망이는 뒤로 좀 물러났다. 그리고 상처를 혀로 핥았다. 그러자 갈라진 상처가 순식간에 아물기 시작했다.

'이런 상처는 내게 영향을 주지 않아.'

말은 그렇게 해도 까망이는 약이 오르고 있었다.

분명 자신이 속도도 빠르고 힘도 강했다. 그런데 노진수가 쓰러지지 않았기 때문이었다. 그리고 처음 힘을 얻었을 때를 제외하고는 그 누구도 몸에 상처를 내게 하지 않았었다.

노진수가 처음이었다.

"과연 그럴까?"

'확인해 봐.'

까망이가 다시 움직였다. 노진수는 까망이의 공격 패턴을 파악하고 있었다. 이번에는 뒤로 뛰었다가 오른쪽으로 피하며 일본도를 휘둘렀다.

사악.

까망이의 완발이 갈라졌다. 하지만 이번에는 뒤로 물러나 상처를 치료하지 않았다. 그대로 완발을 디디며 오른발로 노진수를 내리쳤다. 노진수는 그럴 줄 알았다는 듯이 앞구르기를 하며 까망이 앞으로 접근했다.

사악.

까망이의 가슴이 베였다. 피가 뚝뚝 흐르는데도 까망이는 상처 따위는 아랑곳하지 않는다는 듯이 양발로 노진수를 잡으려 했다.

이번에는 노진수도 모르는 패턴이었다. 하지만 양쪽에서 불어오는 바람을 느끼고 간발의 차이로 몸을 낮추며 앞으로 미끄러졌다.

까망이의 뒤로 빠져나간 것이었다.

그런데 얼핏 이상한 것이 보였다. 이성필이 애꾸의 엉덩이 부분에서 손가락을 모으고 찌르는 듯한 동작을 하고 있었다.

퍼억.

이성필을 신경 쓰느라 까망이의 꼬리가 날아오는 것을 알면서도 대응이 늦었다. 하지만 날아가는 방향으로 먼저 뛰어서 크게 타격은 없었다.

노진수는 날아가면서도 이성필을 다시 봤다. 분명히 이성필은 애꾸의 엉덩이를 향해 양손을 모으고 찌르는 동작을 하고 있었다.

* * *

노 씨 아저씨와 거대 고양이의 싸움을 보고 깜짝 놀랐다.

거대 고양이 때문이었다. 힘은 내가 더 강하지만, 거대 고양이와 싸웠다면 순식간에 당했을 것 같았다.

속도가 빨라도 너무 빨랐다. 특히나 저 앞발의 발톱은 엄청난 것 같았다. 그것을 막아 내거나 피하는 아저씨도 대단했다.

하지만 내가 보기에 시간이 지나면 지날수록 불리해지는 것은 아저씨 같았다. 거대 고양이의 약점을 찾아 알려 줘야 할 것 같았다.

"너무 빨라."

덩치가 크기도 했지만, 움직임이 빨라서 거대 고양이의 약점을 찾을 수 없었다. 그런데 아저씨가 거대 고양이 품으로 들어가는 것이 보였다.

위험하지 않을까 싶었다. 하지만 아저씨는 거대 고양이의 양발 공격을 피해 뒤로 빠져나왔다.

그때 볼 수 있었다. 거대 고양이의 약점을.

꼬리에 가려져 있었다. 거대 고양이의 약점은 항문이었다.

항문 부분에 붉은색 점이 크게 있었다.

물론, 거대 고양이의 머리를 자르거나 심장을 찔러도 된다.

하지만 그럴 가능성은 낮아 보였다. 아저씨에게 이 약점을 알려 줘야 했다. 그렇다고 소리쳐서 알려 줄 수는 없었다. 거대 고양이도 들을 테니까.

"애꾸야. 뒤로 돌아."

'키잉?'

"돌아서 엉덩이를 내게 보이라고."

나는 애꾸를 억지로 돌려세웠다. 그리고 아저씨를 보며 양손을 모으고 애꾸의 항문을 찌르는 듯한 행동을 했다.

쉽게 말해 똥침이었다.

아저씨가 이것을 알아들을까 싶은 그때, 아저씨가 거대 고양이의 꼬리에 맞고 날아갔다. 아저씨는 날아가면서도 이쪽을 보고 있었다. 나는 더 열심히 애꾸의 항문을 찌르는 시늉을 했다.

'키잉!'

"아. 미안. 이제 안 해도 돼."

아저씨를 보면서 하다 보니 살짝 애꾸의 엉덩이에 손가락이 닿았다. 아저씨가 나를 보지 않고 있었다.

내 의도가 제대로 전달됐기를 바라는 마음이었다.

* * *

노진수는 이성필이 이상한 행동을 그냥 하지는 않았을 것으로 생각했다. 자신에게 무언가를 알려 주려고 한 것 같았다.

애꾸의 엉덩이를 찌른다. 애꾸가 까망이라면?

확실한 것 같았다.

땅에 착지한 노진수는 까망이를 향해 뛰었다.

까망이는 지금까지와는 다른 노진수의 행동에 당황했다. 먼저 공격한 적이 없었기 때문이었다. 노진수는 항상 자신이 공격하는 것을 막으며 반격했다.

까망이는 뒤로 펄쩍 뛰었다. 하지만 노진수는 더 빠르게 달려왔다. 피할 수 없다는 것을 안 까망이는 상체를 세우고 양발을 들었다.

전형적인 고양이 펀치를 날리기 위한 사전 동작이었다.

고양이 까망이 223

노진수가 사정거리 안에 들어오자 까망이는 양발을 빠르게 뻗었다. 거의 보이지도 않을 속도로 까망이의 양발이 교차해서 떨어졌다. 노진수는 좌우로 피하며 계속 전진했다.

파앙. 파앙.

까망이의 발이 땅에 닿을 때마다 땅이 움푹 팼다. 제대로 맞으면 꽤 타격이 클 것 같았다.

하지만 노진수는 위험해도 까망이에게 다가갈 수밖에 없었다. 까망이의 뒤를 잡아야 했다.

까앙.

노진수는 까망이의 양발 공격을 피하지 못했다. 일본도로 막기는 했지만, 처음 출발한 위치까지 밀려났다.

하지만 노진수는 다시 앞으로 뛰었다. 까망이도 다시 양발을 교차해서 공격하기 시작했다.

* * *

10번 정도 까망이에게 접근하려고 시도했다.

하지만 꼭 3분의 2 지점에서 막혀 뒤로 밀려날 수밖에 없었다.

까망이의 양발 공격이 너무 빨라지기 때문이었다.

당연한 결과였다.

거리가 짧아지면 양발이 날아오는 거리도 짧아지니까.

하지만 이건 노진수의 계획이었다. 익숙한 공격 패턴을 까망이에게 각인시키는 것이었다.

까망이도 노진수를 막는 것이 더 쉬워지기 시작했다. 또 달려오는 노진수를 보며 까망이는 결국, 노진수가 질 것을 확신했다.

절대로 뚫을 수 없는 3분의 2 지점. 뒤로 날아가며 그 충격이 쌓이고 있으니 그렇게 생각할 수밖에 없었다.

후웅.

또, 3분의 2 지점이었다.

당연히 노진수가 일본도로 자신의 앞발을 막고 뒤로 날아갈 줄 알았다.

아니었다. 그런데 무언가 날아가기는 했다. 노진수의 겉옷이었다. 언제 벗었는지 모를 노진수의 겉옷을 앞발로 때린 것이었다.

노진수의 겉옷에 시선이 너무 오래 됐다는 것을 안 까망이는 아차 싶었다.

바로 뒷발에 힘을 주며 뒤로 펄쩍 뛰었다. 노진수가 자신의 품 안으로 들어오는 것을 막기 위해서였다.

예상대로 노진수는 3분의 2 지점을 지나 거의 자신의 품 안쪽에 있었다. 그런데 노진수가 그대로 지나치는 것 같았다.

왜?

그런 생각을 할 때 까망이는 소스라치게 놀랐다.

푸욱.

자신이 떨어지는 곳까지 달려온 노진수가 일본도를 머리 위로 들어 올렸다.

그리고 그 일본도는 정확하게 항문을 찔렀다.

얕게 찔린 것이긴 했다. 하지만, 항문을 찔리니 힘이 주욱 빠지면서 어떻게 할 수 없었다.

쑤욱.

일본도가 더 깊숙하게 들어왔다. 그것을 느끼며 까망이는 정신을 잃었다.

쿠웅.

까망이가 옆으로 쓰러지자 노진수는 자신의 왼쪽 어깨를 봤다. 까망이의 양발 공격을 완벽하게 피한 것이 아니었다.

어깨가 갈라져 있었다. 조금만 더 깊었으면 왼쪽 팔이 잘렸을 것이다. 노진수는 쓰러진 까망이를 보며 말했다.

"미안하다. 까망아."

까망이는 아직 죽지 않았다. 노진수는 손잡이만 남은 일본도를 이리저리 돌리기 시작했다.

"으윽."

까망이가 죽은 것 같았다. 엄청난 힘이 노진수의 몸으로 들어오기 시작했다. 지금까지 느껴 보지 못한 힘이었다. 쾌감은 말할 수 없을 정도였다. 하지만 그렇다고 정신을 잃지는 않았다.

이성필 덕분이었다.

그런데 까망이의 부하들이 움직이기 시작했다. 노진수를 공격하려는 것 같았다. 그것을 이성필이 가만히 보고 있을 리가 없었다.

* * *

정말 조마조마한 순간이 많았다. 몇 번이나 뒤로 튕겨 나가는 아저씨를 보며 뛰쳐나갈까 생각도 했었다.

그런 순간이 지나고 드디어 아저씨가 거대 고양이의 항문에 일본도를 꽂는 것이 보였다.

아저씨가 꽂았다기보다는 거대 고양이가 놀라 뒤로 뛰다가 알아서 꽂힌 것 같긴 했다.

"애꾸! 아저씨 보호해."

나는 노 씨 아저씨를 향해 뛰면서 소리쳤다.

고양이들의 움직임이 심상치 않았기 때문이었다.

애꾸와 들개들이 짖어 대며 고양이들에게 경고하면서 나와 아저씨를 둘러쌌다. 고양이들은 쉽게 접근하지 못했다. 그렇다고 해서 도망가지도 않았다. 대장 격인 거대 고양이가 죽었는데 왜 안 도망가는지 모르겠다.

"아저씨 괜찮아요?"

"괜찮습니다."

노 씨 아저씨 표정을 보니 아직 거대 고양이의 힘을 받아들이는 중인 것 같았다. 강한 놈이었으니 그만큼 시간이 걸리는 것이 당연했다. 노 씨 아저씨가 힘을 다 받아들이면 그때는 고양이들 사냥에 나설 생각이었다.

거대 고양이가 사라진 이상 저들은 위협이 되지 못했다.

"으음."

시간이 조금 지나자 노 씨 아저씨가 힘을 다 받아들인 것 같았다.

"대장님. 감사합니다."

"뭐가요?"

"그 이상한 행동으로 약점을 알려 주신 것이요."

"뭐 운이 좋았습니다. 그리고 알려 드려도 그렇게 할 수 있는 것은 다른 문제죠."

노 씨 아저씨니까 그렇게 할 수 있었다.

"어? 이저씨."

"왜 그러시는지."

나는 노 씨 아저씨가 무언가 달라졌다는 것을 알았다.

힘이 더 강해진 것을 말하는 것은 아니었다.

"눈이…."

"눈이요?"

"네. 눈이 붉은색이 아니에요."

"네?"

노 씨 아저씨는 일본도를 뽑아서 옷에 잘 닦은 다음 거울처럼 자신의 눈을 확인했다.

"진짜네요."

"아마 저 고양이를 잡아서 그런 것 같네요. 저 고양이도 눈이 붉은색이 아니었거든요."

노 씨 아저씨는 고개를 끄덕였다.

내 생각에 죽은 거대 고양이는 돌멩이를 통해 힘을 얻었을 것이다. 돌멩이를 통해 힘을 얻으면 눈이 붉은색으로 변하지 않는다. 그리고 그 힘을 다시 노 씨 아저씨가 가져가면서 노 씨 아저씨 눈의 색이 변한 것 같았다.

"눈 색이 정상이니 좋네요. 그런데 대장님, 저놈들 어떻게 하실 건가요?"

노 씨 아저씨가 말하는 것은 고양이들과 가로수 괴물 그리고 장미꽃 괴물 등이었다. 도망가지 않고 모여 있었다.

그 숫자가 가볍게 200은 넘어가는 것 같았다.

"저하고 아저씨가 중심으로 정리하면 피해 없이 할 것 같은데요?"

"저와 같은 생각이시군요. 저놈들 정리하면 이 지역에 위협이 될 만한 것은 없을 것 같습니다."

노 씨 아저씨의 말대로였다. 그리고 그뿐만 아니었다. 노 씨 아저씨의 힘이 강해진 만큼 노 씨 아저씨를 이길 만한 놈은 없을 것 같았다. 그런데 무언가 이상했다.

"아저씨. 거대 고양이 힘 다 받아들인 거죠?"

"그렇습니다. 까망이가 숨을 쉬지 않고 있으니."

"까망이요?"

"예전에 까망이라고 부른 기억이 있어서."

"뭐 죽었으니."

"그런데 왜 물으시는 것인지."

"생각보다 아저씨 힘이 많이 늘어나지 않은 것 같아서요. 그리고 거대… 아니 까망이가 아직 작은 고양이로 변하지도 않았고요."

까망이가 처음 모습보다는 작아지긴 했다. 하지만 원래 모습으로 돌아간 것은 아니었다. 노 씨 아저씨도 무언가 이상하다고 생각한 것 같았다.

일본도를 들고 까망이에게서 떨어졌다.

'니아앙.'

까망이가 기지개를 켜면서 일어났다. 나와 노 씨 아저씨 그리고 애꾸와 들개들은 긴장했다. 까망이와 너무 가까웠다.

그런데 까망이는 일어나자마자 양발로 얼굴을 문대기 시작했다. 그리고 몸을 말더니 항문 쪽을 핥기 시작했다.

상처가 거의 아물어 있었다.

"아직 안 죽었네요."

나는 파이프 렌치를 들었다.

"죄송합니다. 제대로 확인을 안 했습니다."

나와 노 씨 아저씨가 움직이려는 순간 까망이는 항문 핥는 것을 멈췄다.

'졌어요.'

바로 양발을 머리 위로 드는 까망이. 그 모습이 좀 귀엽긴 했다. 그래도 당황스러웠다. 나는 까망이에게 물었다.

"너 안 죽은 거야?"

까망이는 씨익 웃으며 대답했다.

'고양이 목숨이 몇 개인지 아시나요?'

까망이의 말에 생각나는 것이 있었다.

오래된 영어 속담이었다.

'고양이는 9개의 목숨을 갖고 있다. 3번은 놀고, 3번은 길을 잃고, 마지막 3번은 머물러 있다.'

"9개?"

내 말에 까망이는 고개를 흔들었다.

'9개까지는 아닌 것 같더라고요.'

까망이도 자신의 목숨이 여러 개인 것은 이번에 처음 알았다.

몸 안에서 빠져나간 힘이 3분의 1 정도였다.

자연스럽게 자신의 목숨이 3개인 것을 알았다.

"그럼 몇 개인데?"

'비밀입니다.'

까망이는 능청스럽게 대답하고 있었다.

"그런데 너 눈이 붉은색으로 변한 것 같은데?"

'그런가요? 어쩔 수 없죠. 죽지 않는 대신 다른 것을 잃어버린다면.'

까망이도 느끼고 있었다. 이성필을 제대로 느낄 수 없었다.

이성필을 봤을 때 강력한 존재이자 라이벌이라는 느낌이 들었다.

하지만 지금은 그냥 강력한 존재라는 느낌뿐이었다.

"너 돌멩이 만지고 능력 얻었었지."

'맞아요.'

"저 장미꽃 괴물은 어떻게 부하로 삼은 거야?"

'숨 참고 몇 대 때려서 죽인 다음 다시 심으니까 살아나던데요?'

이것도 까망이가 돌멩이에게서 얻은 능력 같았다. 하지만 지금은 그 능력이 사라졌을 것이다. 눈이 붉은색이었으니까.

까망이의 능력이 노 씨 아저씨에게 옮겨 갔을까 하는 의문도 있었다. 하지만 지금은 그것을 알아볼 때가 아니었다.

"알았어. 그런데 졌다고 말한 것을 보니 우리를 공격할 생각이 없다는 건가?"

'공격이요? 무슨 말을 그렇게 해요. 분명히 약속했잖아요. 이기는 쪽이 모든 것을 갖는다고요.'

"그 약속을 지키겠다고?"

난 약속을 지킬 생각이 없었는데 까망이는 진짜로 약속을 지키는 것 같았다. 조금 찔리긴 했다.

'당연하죠. 약속인데.'

사실 까망이도 약속을 지킬 생각은 없었다. 하지만 죽음으로 원래 능력을 잃어버리게 되자 무언가 바뀌었다. 자신보다 강한 힘을 지닌 이성필이나 노진수에게 복종해야 한다는 것을 알았다.

또한, 약속을 지키지 않으면 이성필과 노진수에게 죽을 수도 있다는 것도 알았다.

까망이가 선택할 수 있는 것은 약속을 지키는 것뿐이었다.

"그럼 까망이 부하들도 복종하는 건가?"

'당연하죠. 하지만 고양이들만이에요.'

"왜?"

'저놈들은 제 통제에서 벗어나는 중이거든요.'

까망이가 말하는 저놈들은 가로수 괴물과 장미꽃 괴물이었다.

아무래도 까망이가 돌멩이에서 얻은 능력이 사라져서인 것 같았다.

'고양이들은 처음부터 제 밑에 있기로 한 거라 상관없는데 저놈들은 아니에요.'

"알았어. 그럼 처리해야겠네."

'그 처리 제게 맡겨 주시면 안 될까요?'

"안 돼."

까망이의 속셈이 무엇인지 모른다. 하지만 까망이가 40여 마리나 되는 가로수 괴물과 장미꽃 괴물을 죽여 힘을 얻게 되는 것은 확실했다.

'부탁해요.'

까망이는 내게 말하면서 슬며시 앞발을 노 씨 아저씨에게 내밀었다.

'주인님.'

까망이가 말하는 주인은 내가 아닌 것 같았다.

노 씨 아저씨도 그것을 안 것 같았다.

"주인님은 내 옆에 계신 대장님이야."

'아니요. 저와 싸워서 이긴 당신이 주인이세요.'

"그래? 그럼 옆에 계신 대장님을 새로운 주인님으로 섬겨라."

노 씨 아저씨는 단호했다.

하지만 난 까망이의 말이 맞는 것 같았다.

"아저씨, 까망이는 아저씨가 주인 하죠. 전 여기 애꾸가 있잖아요."

"아닙니다. 제가 이길 수 있었던 것도 다 대장님 덕분입니다. 대장님의 그 이상한…… 험험. 어쨌든 그래서 이겼으니까요."

"그랬다 해도 아저씨가 힘들게 싸워서 이기신 거잖아요."

나와 노 씨 아저씨가 서로 양보하지 않겠다는 듯한 표정으로 쳐다보고 있었다. 그때 까망이가 말했다.

'어차피 당신이 제 주인이 되면 그 위에 있는 저분도 저의 주인이 되는 거예요. 시간 없어요.'

"까망이 말이 맞네요. 저놈들 도망가려는 것처럼 보이는데요?"

노 씨 아저씨는 어쩔 수 없다는 표정을 지었다.

"까망이. 한 가지 약속……. 아니 명령을 내리지."

'말만 하세요.'

"내 명령보다도 대장님 명령이 무조건 우선이야. 그 명령이 나를 버리거나 죽이라는 것일지라도."

까망이는 아쉬운 표정을 지었다.

'약속하죠.'

"좋아."

까망이의 약속을 받아낸 노 씨 아저씨는 그제야 나를 보며 승낙했다.

"그럼 까망이를 제 직속 부하로 받아들이겠습니다. 대장님."

"좋네요. 앞으로 까망이하고 같이 다니면 덜 위험하잖아요."

까망이와 고양이 무리를 노 씨 아저씨가 통솔한다면 더 많은 것을 할 수 있을 것 같았다.

"감사합니다. 대장님."

"아니에요."

'저기요. 저 저놈들 잡아도 되나요?'

노 씨 아저씨가 나를 쳐다봤다.

"아저씨가 결정하세요."

노 씨 아저씨는 고개를 살짝 숙이더니 까망이에게 말했다.

"잡아."

'네!'

까망이는 바로 움직였다. 엄청난 속도로 가로수 괴물과 장미꽃 괴물을 조각내 버렸다. 까망이의 발톱을 막을 수 있는 놈들은 없었다. 그리고 너무 빨라 막을 수도 없었고.

몇 분 걸리지도 않아 40여 마리의 가로수 괴물과 장미꽃 괴물은 다 죽었다.

까망이는 의기양양하게 사뿐사뿐 걸어서 돌아왔다. 그리고 나와 노 씨 아저씨 앞에 멈췄다.

'고마워요. 이제 다시 목숨을 하나 더 얻었네요.'

이건 까망이가 일부러 말해 준 것 같았다.

'그리고 이 모습 좋아하시죠.'

까망이가 작아지기 시작했다. 그리고 아주 작은 까만색 고양이로

고양이 까망이 235

변했다.

"뭐야?"

'이 능력도 돌아왔네요.'

까망이는 폴짝 뛰어서 노 씨 아저씨 어깨에 올라탔다.

'니아앙.'

머리를 노 씨 아저씨에게 비볐다.

'그때 저를 살려 줘서 고마워요.'

"흠흠. 고맙기는."

노 씨 아저씨가 좀 어색한 표정을 지었다. 나는 노 씨 아저씨의 그런 모습을 보고 웃음을 지을 수밖에 없었다.

"좋아 보이네요. 그건 그렇고 까망아."

'네. 대장님.'

"이 근처에 살아남은 사람은 있어?"

까망이는 고개를 저었다.

'아니요. 제 영역에 더는 살아남은 사람은 없어요.'

"그래? 네 영역이 어디서부터 어디까지인데?"

'으음. 좀 넓어요.'

까망이가 노 씨 아저씨 어깨에서 폴짝 내려왔다. 그리고 발톱을 드러내 아스팔트에 그림을 그리기 시작했다. 지도였다. 꽤 자세하게 그리고 있었다. 어느 정도 그리자 까망이가 발톱으로 원을 그렸다.

'여기가 제 영역이에요.'

"꽤 넓네."

까망이가 그린 지역은 민락 2지구 번화가와 뒤쪽 아파트 단지 그리고 길 건너 아파트 단지가 포함되어 있었다. 고물을 사고팔러 이곳저곳 돌아다녔기 때문에 지리적 위치를 잘 알고 있었다. 아파트 세대로만 따져도 수천 세대가 될 텐데 사람이 한 명도 없다니.

"그런데 이 영역 계속 지켜야 해?"

내 물음에 까망이는 고개를 갸웃거렸다.

'왜요? 이 영역 포기해요?'

"지키기 어렵지 않을까?"

'그래도 지켜야 해요. 그래야 먹을 것을 확보하죠.'

"먹을 거?"

'네. 여기 큰 마트가 있잖아요.'

까망이가 그린 지도에 발톱을 쿡 찍었다.

"이마트?"

'네.'

나중에 홈플러스나 코스트코 같은 곳을 확인하려고 했었다. 그런데 이마트를 까망이가 확보하고 있을 줄은 몰랐다.

"가 보자."

'지금이요?'

"그래. 부하들 다 모이라고 해. 얼마나 되는지 확인도 하게."

'네.'

까망이는 얌전히 앉아 있는 고양이들에게 명령을 내리는 것 같았다. 고양이 몇 마리가 사방으로 뛰어갔다.

'앞장설게요.'

까망이는 작은 까만색 고양이 모습으로 이마트를 향해 걸어가기 시작했다.

* * *

이마트에는 고양이 20마리와 가로수 괴물 10마리 정도가 지키고 있었던 것 같았다.

가로수 괴물과 고양이들은 싸우고 있었다. 그 광경을 본 까망이는 가로수 괴물을 죽였다.

까망이는 부하 고양이들을 이마트 앞에 머물게 했다. 나도 애꾸와 들개를 이마트 앞에 놔뒀다. 그리고 까망이와 함께 안으로 들어갔다.

이마트 안은 전기가 들어오지 않아 어두웠다. 안쪽에는 무엇이 있는지 알 수 없을 정도였다.

"까망아. 먹을 것 이외에는 건드리지 않았어?"

'그냥 장난감처럼 건드린 것들이 좀 있기는 해요.'

"먹을 것은 얼마나 있는데?"

'고기 같은 것은 다 먹었어요. 통조림과 익히지 않은 곡물 같은 것만 남았어요.'

까망이는 완벽하게 물건들을 구분하는 것 같았다.

"어두워서 다 못 보겠다. 여기 있는 것들은 다시 와서 옮겨야겠네."

'옮겨요?'

"그래. 이곳도 까망이 부하 일부만 남겨놓고 다 옮길 거야."

'알겠어요.'

"아저씨."

"네. 대장님."

"옆에 주유소 멀쩡한 것 같죠?"

이마트 옆에는 주유소가 있었다. 까망이가 이 지역을 완벽하게 장악하게 되면서 주유소도 지킨 것 같았다.

"그런 것 같습니다."

"주유차 있나 보러 가시죠."

주유소마다 작은 주유차는 한 대씩 보유하고 있었다. 나와 노씨 아저씨 그리고 까망이는 이마트를 나와 옆의 주유소로 갔다.

그런데 주유소 담장에 가려 안 보였던 것이 있었다.

"대박 쳤네요."

"그런 것 같습니다."

작은 주유차가 아닌 탱크로리 한 대가 서 있었다. 아무래도 기름을 공급하러 왔다가 일이 터지자 탱크로리를 버리고 간 것 같았다.

"확인해 봐야겠네요."

나는 탱크로리에 기름이 얼마나 들어 있는지 확인했다.

거의 꽉 차 있었다.

"자. 그럼 고쳐서 돌아가죠."

"저는 주변을 조금 더 살펴보겠습니다."

"그러세요."

나는 바로 탱크로리 수리에 들어갔다. 엔진과 전자기기 부분에 붉은색 점이 가득했다. 예전이라면 몰라도 지금은 이 정도 붉은색 점은 순식간에 사라지게 할 수 있었다.

5분도 되지 않아 탱크로리의 모든 붉은색 점을 사라지게 했다. 시동까지 걸어 완벽하게 작동한다는 것을 확인했다.

그러자 노 씨 아저씨와 까망이가 돌아왔다.

"벌써 고치신 겁니까?"

"네. 문제는 차가 너무 크다는 겁니다."

탱크로리는 작은 주유차 따위는 비교도 될 수 없을 만큼 길었다.

"제가 뒤에서 신호를 드리겠습니다."

"네. 부탁해요."

노 씨 아저씨가 탱크로리 뒤에 가서 사이드미러에 보이게 섰다. 그리고 뒤로 빼라는 수신호를 보냈다.

천천히 뒤로 탱크로리를 뺐다. 노 씨 아저씨가 손을 휘저었다. 나는 핸들을 오른쪽으로 돌렸다. 탱크로리가 왼쪽으로 휘어지며 도로 위에 올라갔다.

"타세요. 애꾸 너는 부하들 데리고 따라와."

노 씨 아저씨가 조수석에 올라탈 때 애꾸는 컹컹 짖고는 들개들을 탱크로리 뒤에 모았다.

까망이는 노 씨 아저씨 어깨에 올라가 있었다.

"까망이 너도 부하들 따라오라고 해."

'이미 그렇게 지시해 놨어요.'

"알았다. 그럼 갑니다."

시원하게 액셀러레이터를 밟았다. 길을 막는 승용차 따위는 그냥 탱크로리로 들이박아 옆으로 치웠다.

시원하게 뻥 뚫리는 것 같은 기분이 들었다.

그럴 수밖에 없는 것이 까망이와 고양이들을 얻었다.

그것뿐만 아니다. 주유소와 이마트까지 얻게 된 것이다.

위험하기는 했지만, 그 대가로 얻은 것이 있으니 기분이 좋았다.

* * *

탱크로리는 병원 앞 사거리에 세웠다.

그리고 모두가 까망이와 고양이 무리를 보며 신기해했다.

하지만 고양이 무리에게 다가가지는 않았다. 아직도 처음 보는 사람은 피하는 습성이 남아 있어서인 것 같았다. 친해지려면 시간이 걸릴 것 같았다.

까망이를 김수호에게 소개해야 했다. 병원에 있는 김수호를 불러 달라고 했다. 하지만 김수호는 탱크로리를 봤는지 병원에서 달려오고 있었다.

"대장님. 저 고양이들은……."

"노 씨 아저씨 어깨 위에 있는 까망이 부하예요."

"네?"

"까망아. 인사해."

까망이가 노 씨 아저씨 어깨 위에서 오른발을 올리며 말했다.

'안녕. 까망이에요. 이름이 어떻게 돼요?'

"어? 어……. 나는 김수호야."

김수호는 너무나도 깜찍하고 귀여워 보이는 까망이가 말을 한다는 것에 깜짝 놀랐다.

'대장님! 나보다 약한 것 같은데. 내 부하인가요?'

"아니. 같은 급이야. 같이 의논해서 움직여."

'음. 약한데요?'

"단순히 힘만 보고 생각하지 마. 힘만 놓고 보면 까망에 네가 노 씨 아저씨에게 졌다는 것이 말이 안 되지."

'그렇기는 하네요. 하지만 대장님 말이니까 따르는 것뿐이에요.'

까망이는 은근 자존심이 있는 것 같았다.

"고양이 무리도 합류하게 됐으니 앞으로 선택권이 더 많아질 겁니다."

지역을 안정화하는 방법을 말하는 것이었다.

김수호도 이해한 것 같았다.

"잘됐군요."

"저기 김수호 선생님, 물어볼 것이 있습니다."

노 씨 아저씨가 김수호에게 다가갔다.

"네. 노진수 씨."

"노해진하고 그 엄마 병원에 있습니까?"

"네. 병원에 있습니다."

노 씨 아저씨는 내게 몸을 돌렸다.

"대장님, 정말 들어주셨으면 하는 부탁이 있습니다."

부탁?

노 씨 아저씨가 이런 식으로 부탁할 일이 뭐가 있을까 궁금했다.

"아저씨가 부탁할 일이 뭐가 있어요. 그냥 하시면 돼요."

내 솔직한 마음이었다. 죽을 뻔한 위기도 같이 넘기고 나를 위해 일하는 사람이 노 씨 아저씨다. 그렇다고 나를 배신할 사람도 아니다.

그러니까 나를 죽이겠다. 또는 떠나겠다. 그런 부탁은 아닐 것으로 생각할 수밖에 없었다.

노 씨 아저씨가 자신의 편의를 위해서 원하는 것이 있다면 어느 정도는 그냥 해도 된다.

"고물상에 노해진과 엄마를 데려갔으면 합니다."

"두 사람을요?"

노 씨 아저씨가 원한다면 데려오는 것은 문제가 안 된다.

하지만 왜 두 사람을 데려오려고 하는지 그 이유가 궁금했다.

"네. 고물상에는 새로운 사람을 들이지 않는다는 원칙이 있지만……. 이번에는 그 원칙을 어겨 주셨으면 합니다."

노 씨 아저씨가 왜 부탁이라고 했는지 알 것 같았다.

옆에 있는 김수호의 표정이 보였다.

그는 내가 노 씨 아저씨의 부탁을 들어줄지 궁금한 것 같았다.

고물상은 그 누구도 받아들이지 않는 것처럼 내가 말했었기 때문이었다. 고물상에서 보호구를 만드는 두 사람도 해가 질 때쯤이면 돌아간다.

마지막으로 받아들인 사람은 땅을 비옥하게 만드는 능력을 지닌 이성식이었다.

김수호나 병원 사람 중에도 고물상에 들어오고 싶은 사람이 있을 것이다.

왜냐.

고물상은 우리가 확보한 지역의 중심이며 핵심 인원이 사는 곳이기 때문이다.

"깨지 않아야 하는 금칙 같은 것은 아니니까. 좋아요. 아저씨도 생각이 있으시겠죠."

노 씨 아저씨는 허리를 깊게 숙였다.

"왜 이러세요."

"정말 감사합니다."

허리를 편 노 씨 아저씨는 편안한 표정으로 말했다.

"대장님. 노해진이 제 손자입니다."

"손자요?"

"네. 교회에 갔다가 알게 됐습니다. 노해진의 어머니…… 그러니까 노선영이 제가 잃어버린 딸이라는 것을요.”

이제야 노선영이 애꾸의 등에 묶여 왔을 때 왜 노 씨 아저씨를 걱정했는지 알 것 같았다.

“아저씨! 축하드려요. 그렇게 찾고 싶어 하셨는데…….”

나는 노 씨 아저씨에게 말하면서도 김수호를 살폈다.

누군가에게 특혜를 준다는 느낌을 받지 않을까 싶었기 때문이었다. 하지만 아니었다.

“노진수 씨 정말 축하합니다.”

“고맙습니다. 김수호 선생님.”

나는 노 씨 아저씨의 등을 떠밀었다.

“뭐 하세요! 가서 따님과 손자 만나세요. 그리고 고물상으로 데려오세요.”

“그래도 될까요?”

“그래도 됩니다. 수십 년 만에 만나는 따님이시잖아요. 그리고 손자도.”

노진수는 이성필의 허락에 할 말이 떠오르지 않았다.

그저 고마웠기 때문이었다.

이성필이 교회에 있는 사람들 구출을 허락하지 않았다면 자신이 딸을 만날 수 없었을 수도 있었다.

노진수는 마음을 담아 고개 숙인 다음 말했다.

“그럼 다녀오겠습니다.”

“네. 다녀오세요.”

빠르게 병원을 향해 달려가는 노 씨 아저씨를 보며 나는 미소가 지어졌다.

그건 그거고.

"김수호 선생님."

"네. 대장님."

"민락동 이마트를 털어올 생각입니다."

"민락동이요? 좀 거리가 멀지 않을까요?"

김수호는 안전을 걱정하는 것 같았다.

"노 씨 아저씨 따라간 까망이 영역입니다. 5군수 부대에 있는 트럭 이용해서 옮기면 될 것 같아요. 애꾸하고 부하들 붙여서 더 안전하게 해 드리죠."

"그렇다면야 바로 진행하겠습니다."

"그래 주세요."

"저기 그런데……."

김수호가 다른 할 말이 있는 것 같았다.

"네."

"더 가까운 곳에 있는 홈플러스는 어떻게 할까요?"

사실 금오동 홈플러스가 더 가까웠다.

"그곳은 아직 안전이 확보되지 않았으니 민락동 이마트 다음으로 생각하죠."

"민락동 코스트코도 같은 생각이신 건가요?"

금오동 홈플러스는 병원이나 고물상에서 가깝다. 민락동 코스트코는 이마트에서 가깝고.

두 곳 모두 생필품이 가득 쌓여 있을 것이 분명했다.

"네. 코스트코도 안전이 확보되면 가는 것으로 하죠. 내일이나 모레쯤 홈플러스 먼저 확인하는 것으로 하고요."

"그렇게 하겠습니다."

"전 고물상으로 갈 건데 중간까지 같이 가시죠."

"네. 대장님."

나는 김수호와 함께 고물상 방향으로 출발했다.

* * *

노진수는 최대한 빠르게 병원으로 뛰어갔다.

주유소 사거리에서 1분도 걸리지 않았다. 하지만 병원 정문에서 멈춰 5분째 들어가지 않고 서 있었다. 교회에서야 처음 만난데다가 할 일이 있어 딸인 노선영과 대화를 나눴다. 하지만 지금은 온전히 노선영과 노해진을 만나러 온 것이었다.

다른 임무가 없으니 머릿속이 복잡했다.

'왜 그냥 서 있는 거야?'

까망이는 노진수가 답답해 보였다.

"그냥."

'그러니까 왜 그냥 서 있냐고.'

노진수는 까망이에게 어떻게 설명해야 할지 몰랐다.

수십 년을 못 만난 딸이었다.

그 이유가 자신 때문이었다.

미안함과 어떻게 대화를 해야 하는지에 대한 걱정이 됐다.

"어? 아저씨다."

교회에서 데려온 아이 중 한 명이 병원 입구에서 노진수를 알아봤다.

반갑게 손을 흔들고는 다른 아이들을 불렀다.

아이들 대부분은 들개 등에 묶여 달린 것을 재미있어했었다.

아이들이 우르르 병원 유리문을 열고 나왔다.

그중에는 노해진도 있었다.

"아저씨! 언제 또 개 등에 탈 수 있어요?"

"나중에 기회가 된다면?"

아이의 질문에 대답해 주면서도 노진수의 눈은 노해진에게 가 있었다.

"얘들아. 아저씨 귀찮게 하면 안 돼요!"

교회에서 아이들 걱정을 한 50대 여자였다.

그녀는 노진수에게 다가와 고개를 숙였다.

"교회에서는 제가 좀 무례했던 것 같아요. 죄송합니다."

"아닙니다."

"이미진이에요."

"네?"

"제 이름이요. 이미진이에요."

"아. 네."

노진수는 건성으로 대답할 수밖에 없었다.

병원 안쪽에서 노선영이 나오는 것을 봤기 때문이었다.

병원 문을 열고 나온 노선영은 어색한 표정으로 노진수를 보면서 아들인 노해진에게 손짓했다.

"해진아! 이리 와."

"엄마."

다가온 노해진을 향해 노선영은 목소리를 높이기 시작했다.

"내가 말했지. 함부로 돌아다니지 말라고, 또 마음대로 돌아다니다가 사고라도 나면 어쩌려고 그래!"

노해진은 고개를 푹 숙였다. 자신이 몰래 아빠를 따라 나갔기 때문에 사고가 났다고 생각하고 있었기 때문이었다.

"내가 너 때문에 얼마나 걱정했는지 알아? 정말 그럴 거야?"

노선영은 자신도 모르게 목소리가 더 커지고 있었다.

이렇게 하려고 한 것은 아니었다.

하지만 노해진이 사라지고 잘못되지 않았을까 그런 걱정을 했던 것이 생각나서였다.

"선아야."

노진수는 화가 난 노선영을 향해 어릴 적 이름을 부르며 다가갔다.

노진수를 본 노선영은 혼내는 것을 멈췄다.

그리고 노진수를 향해 말했다.

"지금은 노선영이에요."

약간은 차가워 보이는 듯한 표정과 말투에 노진수는 뭐라고
말해야 할지 몰랐다.

"……."

노진수의 당황한 표정을 본 노선영은 어색하게 말했다.

"해진이 때문에 정신도 없었고……. 당신이 죽은 줄 알았는
데……. 만나서 그때는……."

노진수는 노선영의 말 중에 당신이란 단어가 가슴에 비수처럼
꽂히는 것 같았다.

"하아. 시간이 필요해요."

노선영은 살면서 힘들 때마다 부모님을 그리워했다.

그리고 동시에 아버지인 노진수를 미워했다.

힘들게 사는 이유가 아버지인 노진수 때문인 것 같았다.

그렇게 시간이 지나고 아버지인 노진수를 잊었다.

그런데 노진수가 갑자기 나타났다. 노선영도 어떻게 해야 할지
몰랐다.

"알았다. 하지만 너하고 해진이는 이곳이 아닌 다른 곳으로
갔으면 한다."

"무슨 말이에요?"

"사람들이 없는 곳에서 말했으면 하는데."

노진수의 말에 옆에서 듣고 있던 이미진이 아이들을 데리고
병원 안으로 들어갔다.

병원 앞에는 노진수와 까망이 그리고 노선영과 노해진뿐이었다.

까망이가 노해진에게 다가갔다.

그리고 고양이 소리를 내며 애교를 부렸다.

'니앙.'

노해진은 작은 까망이가 귀여웠다.

손으로 만져주자 까망이가 머리를 비비다가 노해진의 바지를
물고 옆으로 가자는 듯이 이끌었다.

노해진은 까망이가 이끄는 대로 움직였다.

노진수와 노선영의 눈에 보이는 곳이지만 대화가 잘 안 들리는
그런 곳이었다.

이제 노진수 노선영 두 사람만 남았다.

"선영이 너하고 해진이를 내가 머무는 곳으로 데려가고 싶다."

"여기서 안 머무세요?"

"이곳은 다른 곳에서 온 사람들이 1차적으로 머무는 곳이다.
이곳에서 사람들을 선별해 다른 곳으로 보내지. 그곳이 더 안전해."

노선영은 왜 노진수가 자신과 아들을 다른 곳으로 가자고 하는지
이해했다.

"다른 사람들은 안 가고요?"

"교회 사람들은 아직 안 돼."

"그럼 나도 안 갈래요."

"선아…… 아니 선영아. 내가 데려가려는 곳은 아무나 들어올
수 없어. 병원을 책임지는 김수호 선생도 못 가는 곳이야."

노진수는 노선영과 노해진에게 특별 대우를 해 주는 것처럼

말했다. 노선영도 이해했다. 하지만 고개를 저었다.

"그래도 교회 사람들과 아이들을 두고 갈 수는 없어요."

"두고 가라는 것이 아니야. 그곳에서 머물다가 언제든지 교회 사람들을 만나러 오면 된다."

"그럼 큰 차이가 없잖아요. 병원에 있으나 거기에 있으나."

"그건 아니야. 누리는 혜택이 달라."

"뭐가 다르다는 거죠?"

"여기도 언젠가 전기를 사용할 수 있겠지만, 현재 전기를 사용할 수 있는 곳은 그곳뿐이야. 그리고 식수 같은 것도 걱정 안 해도 되고."

노선영은 노진수의 말에 관심이 생겼다. 하지만 아직 노진수와는 서먹했기 때문에 간다는 말을 할 수가 없었다.

"나 때문에 지금까지 고생한 것 안다. 내가 지금 해 줄 수 있는 것은 그것뿐이야. 해진이도 더 안전한 곳에서 지내야지."

"정말 안전한 곳이라면 모두 그곳에서 지내는 것이 맞지 않아요?"

노진수는 아직 상황 파악이 덜 된듯한 딸의 말에 난감했다.

모든 것을 공평하게 나눌 수 있다면 가장 좋기는 했다.

하지만 지금은 공평하게 나눌 수 있는 상황이 아니었다.

힘이 지배하는 세상이 됐기 때문이었다.

그리고 힘이 지배하는 세상에서는 어설픈 배려는 곧 독이 된다.

"언젠가는 그렇게 되겠지. 아니면 모든 사람이 안전해지는 그런 곳을 만들든지."

"지금은 아니라는 것처럼 들리네요."

"아니지. 다른 곳은 어떻게 됐는지 모르니까."

노선영은 고민할 수밖에 없었다. 혼자라면 몰라도 고양이와 술래잡기를 하듯 뛰어노는 아들 해진이를 보면 노진수의 말대로 하는 것이 맞았다.

"나 때문이라면 너하고 해진이는 그곳에 머물러라. 나는 병원에 머물면서 왔다 갔다 해도 된다."

노진수가 할 수 있는 최대의 양보였다.

이성필에게 충성을 맹세하고 옆을 지키겠다고 했었다.

"그러실 필요 없어요. 그리고 아이들을 돌보려면 제가 남아 있어야 해요."

교회에서 살아남은 성인은 노선영을 포함해도 5명이었다.

하지만 아이들은 14명이나 됐다.

노진수는 노선영이 쉽게 마음을 바꾸지 않을 것을 알았다.

"그럼 조금 더 시간을 두고 생각해 보겠니? 부탁이다."

노선영은 어렵게 고개를 끄덕였다.

"그렇게 할게요."

"고맙다."

노진수는 몸을 돌렸다. 그리고 까망이와 노해진에게 다가갔다.

까망이는 노진수의 어깨에 폴짝 올라갔다.

그러자 노해진이 아쉬워하는 눈빛으로 쳐다봤다.

노진수는 그런 노해진의 머리를 쓰다듬었다.

"다음에 또 놀게 해 줄게."

"정말이요?"

"그래."

노진수는 미련이 남은 듯 고개를 돌려 노선영을 몇 번이나 보며 고물상으로 갔다.

* * *

"왜 혼자 오세요?"

"교회 사람들과 함께 있겠다고 합니다."

노 씨 아저씨의 표정을 봐서는 이야기가 잘 안 된 것 같았다.

"저기……. 죄송하지만, 시간을 조금 더 주셨으면 합니다."

"그런 것으로 죄송 안 하셔도 돼요. 아저씨 따님과 손자라면 언제든지 이곳으로 데려오셔도 됩니다."

"감사합니다."

"그리고 조금 있으면 민락동 이마트로 트럭들 출발할 거예요. 까망이하고 같이 가서 도와주시겠어요?"

"알겠습니다."

아무래도 까망이의 영역이다 보니 까망이의 도움이 더 필요할 것 같았다.

"바로 5군수 부대로 가겠습니다."

"네."

노 씨 아저씨와 까망이가 다시 밖으로 나갔다.

나는 조금 생각하다가 병원으로 갔다.

* * *

병원으로 가서 노 씨 아저씨의 딸을 찾는 것은 쉬웠다.

병원 로비에 교회 사람들이 모여 있었기 때문이었다.

나는 노 씨 아저씨의 딸에게 다가갔다.

"잠시 이야기 좀 하실 수 있나요?"

"저……저요?"

노선영은 이성필이 이곳의 대장인 것을 알고 있었다.

힘 있는 수많은 사람을 거느린 사람.

겁이 안 난다면 거짓말이었다.

"네."

"왜 저와……."

"잠시 둘이서만 이야기하시죠."

나는 따라 나오라는 듯 손짓을 하며 병원 문을 향해 걸어갔다.

노 씨 아저씨의 딸은 어쩔 수 없다는 듯 따라왔다.

병원 문을 나서 조금 떨어진 주차장에 도착했다.

"제대로 인사를 못 했네요. 이성필이라고 합니다. 고물상 사장입니다."

"네. 박 전도사님에게 이야기는 들었어요. 그런데 왜?"

노선영은 이성필이 아버지 때문에 온 것을 짐작하고 있었다.
하지만 그래도 묻고 있었다.

"노진수 아저씨 때문입니다."

"대장님도 저와 해진이를 다른 곳으로 데려가시려는 건가요?"

"그건 해진이 어머님이 결정하실 일이죠."

"그럼 왜?"

"그냥 제가 아는 이야기를 해 주려고 온 겁니다."

노 씨 아저씨가 어떤 상황이었는지만 말해 줄 생각이었다.

선택은 내가 하는 것이 아니다.

"아는 이야기요?"

"네. 제가 아는 노 씨 아저씨 이야기요."

노선영은 갑자기 궁금해졌다.

자신의 아버지가 그동안 어떻게 살아왔는지.

"제가 노 씨 아저씨를 처음 만났을 때부터 이야기해야겠네요.
그날은 생각보다 추웠어요. 겨울이 막 지나고 초봄쯤이었거든요."

나는 몇 년 전 노 씨 아저씨를 만났던 기억을 떠올렸다.

"봉두난발이라는 말이 어울릴 정도로 긴 머리에 최소 몇 달은
씻지 못한 것 같은 모습이었죠."

노선영은 이성필의 말을 믿을 수가 없었다.

자신이 기억하는 아버지는 항상 깔끔했기 때문이었다.

"처음에는 멀쩡한 사람이 왜 저러고 다니나 했습니다. 하지만
머리를 다쳐서 정신이 온전치 못하다는 것을 알게 됐죠."

"네? 아버지가 정신이 온전치 않아요?"

노선영은 진짜 놀랐다.

"아! 지금은 온전하세요. 걱정 안 해도 됩니다."

노선영은 안도의 한숨을 내쉬었다.

"그리고 수시로 찾아야 해란 말을 하고 다니셨어요. 그 의미가 무엇인지는 나중에 알게 됐죠."

노 씨 아저씨가 찾으려는 것은 딸이었다.

"쓰레기통을 뒤지거나 사람들이 쥐여주는 얼마의 돈으로 간신히 먹고살았어요. 그러다가……."

나는 고물상 앞에 쓰러진 노 씨 아저씨를 치료해 주고 같이 산 이야기를 해 줬다.

"아저씨는 그렇게 살았어요. 그러다가 이번에 정신을 차리신 거죠. 제가 하고 싶은 말은 아저씨도 따님을 찾으려고 했다는 겁니다. 온전하지 않은 정신일 때도요."

"그랬군요."

"그냥 아저씨가 따님을 안 찾으려 한 것이 아니란 것을 말해 주고 싶었어요. 전 따님과 손자분이 아저씨와 함께했으면 좋겠네요."

이제 할 말은 다 했다.

"결정은 해진이 어머님이 하세요."

나는 입술을 깨물고 고민하는 그녀의 대답을 기다렸다.

조금 기다리자 그녀의 입이 열렸다.

"같이 산다면 관계가 나아질까요?"

노선영의 마음 한구석에는 아버지인 노진수가 걸려 있었다. 매몰차게 대한 것 같기도 했었다.

지금 이성필에게 한 질문은 결정하지 못하는 자신을 대신해 결정해 달라는 것이었다.

"그건 서로가 노력해야 한다고 생각합니다. 한쪽만 나아질 것으로 생각하면 안 되죠. 하지만 한 가지는 확실합니다. 노 씨 아저씨는 관계가 나아지려고 노력할 거라는 것을요."

"그런가요? 하지만 전 교회 아이들이 걸려요."

"아이들은 이곳이 아닌 다른 곳으로 옮길 생각입니다."

"다른 곳이라면……. 저와 해진이가 가는 곳에……."

"그곳은 아닙니다. 하지만 여기 병원보다 더 안전하고 온갖 물자가 있는 곳이죠."

아이는 5군수 부대에 있게 하는 것이 나았다.

아직 아무런 힘도 없으니까.

그런데 해진이 어머니에게서 순간 힘이 느껴졌다. 그럴 리가 없다고 생각하면서 집중했다.

잘못 느낀 것이 아니었다.

"저기 해진이 어머니?"

"네."

"혹시 힘을 얻었나요?"

그녀의 눈동자가 흔들렸다. 하지만 곧 아무렇지 않다는 듯 바뀌었다. 힘도 느껴지지 않았다.

"아니요. 힘이라니요?"

"얻었군요."

"전 힘이라는 것을 몰라요."

너무 자연스러웠다. 진짜로 힘을 모르는 것 같은 표정과 말투였다.

하지만 난 그녀가 힘을 지녔다고 확신했다.

"어떤 색을 지닌 돌멩이였나요?"

"무슨 말이신지……."

연기력만으로 따진다면 다 속아 넘어갈 정도였다.

하지만 나는 그녀에게서 느껴졌던 힘과 대답에서 그녀가 힘을 지니고 있다고 확신했다.

"전 어떤 힘이라고 말하지 않았습니다. 제가 말한 힘이라는 것을 모르는 것치고는 너무 태연하게 대답하시네요."

그녀가 흔들린 것 같았다. 힘이 약하게 느껴졌다.

"해진이 어머니도 제 힘을 느끼시는군요."

고선영은 자신도 모르게 한 발 뒤로 물러났다.

두려웠기 때문이었다.

사실 노진수가 병원에 찾아 왔을 때도 노진수가 새로운 힘을 얻었다는 것을 느낄 수 있어 더 꺼려졌었다.

노진수를 교회에서 만났을 때는 그런 힘을 느낄 수 없었다.

노진수가 까망이와의 싸움에서 이겨 힘을 흡수했다는 것을 모르니 그럴 수밖에 없었다.

"그냥 물어본 겁니다. 해진이 어머님이 힘을 느끼는지 못 느끼는지 전 모릅니다. 그런데 해진이 어머님은 바로 반응하셨네요."

그녀가 입술을 깨무는 것이 보였다.

"저를 죽이실 건가요?"

"제가요? 왜요?"

그녀는 이상하다는 표정을 지었다.

"저를 죽이고 싶은 생각이 안 드나요?"

"해진이 어머님은 저를 죽이고 싶은 생각이 드는 것 같네요. 맞나요?"

그녀는 대답 대신 고개를 끄덕였다.

"그 힘이 싫으시군요."

"네. 싫어요. 아버지를 볼 때도 마음 어디선가는 죽여야 한다는 소리가 들리는 것 같았어요. 아버지도 내가 힘이 있다는 것을 알게 된다면······."

무슨 말을 하는지 알 것 같았다.

"노 씨 아저씨는 자신이 죽었으면 죽었지 따님을 죽이시지 않을 겁니다."

"그걸 어떻게 알아요!"

그녀는 울부짖듯 소리쳤다.

"그냥 알아요."

"난······. 숨기고 싶을 뿐이에요. 하지만 해진이가 더 좋은 곳에서 살 수 있다면…….”

아들인 해진이를 생각하느라 평정심이 흔들려서 힘이 드러난 것 같았다.

그리고 지금은 그녀의 손과 목 부근에 붉은색 점이 보였다.

“만약에 그 힘이 사라진다면 노 씨 아저씨와 함께 사실 생각은 있으신가요?”

“네. 전 이런 힘은 필요 없어요.”

“잠시 손 좀 만져도 될까요?”

정확하게 말해서는 손목이었다.

“손…… 손이요?”

“네. 힘을 가져갈 수 있는지 보는 겁니다. 다른 생각은 없습니다.”

노선영은 손 정도는 이성필에게 만지게 해 줘도 될 것 같았다.

어차피 자신이 힘을 지녔다는 것을 들킨 이상 도망칠 수도 없었다.

자신은 남들이 힘을 눈치채지 못하게 하는 능력뿐이라는 것을 잘 알고 있었기 때문이었다.

그리고 누군가를 죽일 용기도 없었다.

“네.”

“힘이 줄어드는 것 같으면 말해 주세요.”

나는 그녀가 내미는 손을 잡았다. 그리고 손목의 붉은색 점에 손을 댔다.

내 몸에서 에너지가 빠져나가기 시작했다. 동시에 손목의 붉은색 점이 점점 흐려졌다.

하지만 어느 정도 흐려지자 더는 흐려지지 않았다.

"어?"

그녀가 다리에 힘이 풀리는 것처럼 주저앉았다. 하지만 나는 그녀의 손목을 놓지 않았다.

주저앉은 그녀의 발목 부근에도 붉은색 점이 있는 것이 보였다.

"무언가 빠져나가는 것 같아요."

발목 부근의 붉은색 점이 흐려지기 시작했다.

목 부근의 붉은색 점도 흐려졌다.

그녀의 말대로 내게 에너지가 들어오기 시작했다.

시간이 조금 지나자 그녀의 몸에 있던 모든 붉은색 점은 사라졌다.

그리고 그녀에게서 더는 힘이 느껴지지 않았다.

나는 그녀의 팔목을 놓고 말했다.

"괜찮으세요?"

"네. 온몸에 힘이 좀 없지만……. 괜찮아요."

"혹시 가졌던 힘이 남아 있는지 확인할 수 있나요?"

그녀는 잠시 눈을 감았다. 그리고 금방 눈을 떴다.

"없어요. 사라졌어요. 더는 대장님을 죽이고 싶은 생각이 안 들어요!"

그녀의 목소리는 무척이나 밝았다.

"그럼 해진이 불러서 같이 가실까요?"

"그래도 되나요?"

"당연히 됩니다."

"잠시만 기다려 주세요."

그녀는 병원 안으로 뛰어들어가 노해진을 데리고 나왔다.

나는 두 사람을 데리고 고물상으로 갔다.

* * *

노진수는 김수호와 함께 민락동 이마트에서 물건을 빼내면서도 딸인 노선영 생각을 하고 있었다.

그러다 보니 일이 제대로 손에 잡힐 리가 없었다.

그런 노진수에게 김수호가 다가왔다.

"노 씨 아저씨. 걱정되는 것이 있으신 것 같습니다."

"그렇게 보였나요?"

"네. 병원 로비에서 만났던 그 무서운 노 씨 아저씨를 생각하면 지금은 좀 안 맞는 모습이라고나 할까요?"

"그때는 주도권을 잡아야 했으니까요."

"그러니까요. 그런 결단력 있으신 노 씨 아저씨가 무슨 걱정을 하실까 궁금하네요."

"미안합니다. 일에 집중하도록 하죠."

김수호는 손을 내저었다.

"그러실 필요는 없습니다. 까망이 부하들도 있고 애꾸하고 들개들도 있으니 굳이 노 씨 아저씨까지 여기 있으실 필요가 없는 것 같아요."

"무슨 말입니까?"

"오해하지 마세요. 잠시 머리 좀 식히시라고요. 복잡해 보이세요."

김수호의 말대로 쉬는 것이 나을 것 같았다.

"어차피 오늘 안에 이마트에 있는 물건 다 못 옮겨요."

60트럭 10대가 있다고 해도 이마트 안의 물건을 가져가기에는 턱없이 부족하기는 했다.

"그리고 피하지 말고 부딪치세요. 노 씨 아저씨답지 않은 모습 보이시지 말고요."

노진수는 김수호의 말에 자신이 너무 생각이 많았다는 것을 알았다.

다시 병원에 가서 노선영을 만나 볼 생각을 했다.

진심을 계속 보여 주면 바뀔 것으로 믿었다.

"고맙습니다. 그럼 이곳을 부탁하죠."

"걱정하지 마세요."

노진수는 어깨에 있는 까망이를 땅에 내려놨다.

"너도 여기 남아서 김수호 선생님 도와라."

'알았어요.'

까망이는 어쩔 수 없다는 듯 인상을 썼다.

노진수는 바로 병원을 향해 달려갔다.

* * *

병원에 도착한 노진수는 노선영과 노해진이 이성필과 함께 다른 곳으로 갔다는 말을 듣고 다시 고물상으로 달려갔다.

그리고 고물상 안에서 정인 식당 주인이었던 김정인과 대화하고 있는 노선영을 발견했다.

손자인 노해진은 또래인 김정인의 아들 이정수과 놀고 있었다.

노진수는 아무런 말도 하지 않고 사무실 앞에 있는 이성필에게 다가갔다.

"대장님."

"벌써 오셨어요?"

"죄송합니다. 아직 일이 끝나지 않았는데 먼저 왔습니다."

"괜찮아요. 그렇지 않아도 따님 여기 계시다는 것을 알려 드리려고 했는데."

"그런데 선영이가 어떻게 이곳에……."

"그 이야기는 따님에게 직접 들으시는 것이 좋을 것 같네요. 해진이 어머님!"

노선영은 김정인과 대화하느라 노진수가 온 것도 몰랐다.

이성필이 부르자 고개를 돌렸다가 노진수를 발견했다.

확실히 힘이 사라지자 노진수를 보는 것이 편해졌다.

노선영은 일어나서 노진수에게 걸어갔다.

노진수 역시 노선영에게 다가갔다.

"아버지⋯⋯. 죄송해요."

"뭐가 죄송해. 내가 미안하지. 정말 미안하다."

"아니에요."

"그래 지금까지 어떻게 살았는지 알고 싶구나."

노선영은 떠올리기 싫은 기억이었지만, 마지막이라는 생각으로 자신이 어떻게 살아왔는지 말하기 시작했다.

"그날 교통사고가 났어요. 그리고 고아원에 갔고요. 너무 무서워서 이름을 선영이라고 말했어요. 그때부터 고아원에서⋯⋯."

노선영의 이야기를 들으면서 노진수는 주먹을 꽉 쥐고 눈물을 참을 수밖에 없었다.

노선영은 그 누구도 믿지 않고 살았다.

고아원에서 나와 의지할 곳 하나 없는 세상에서 갖은 일을 다 하며 어렵게 살았다.

그러다가 사랑하는 남자를 만나 노해진을 임신했다.

하지만 사랑하는 줄로만 알았던 남자는 노선영을 버리고 떠났다.

노선영은 혼자서 노해진을 낳고 키웠다.

다시는 이 세상 누구도 믿지 않겠다고 생각했었다.

그렇지만 어린 노해진을 데리고 세상에서 사는 것은 쉽지 않았다.

그래서 노해진을 위해 모든 것을 참으며 노선영을 좋아하는 남자와 결혼했다.

그 남자는 노해진도 자신의 자식처럼 생각하며 돌봤다.

"결국, 이번에 죽었지만요."

"선영아…… 그래서 해진이의 성이 노 씨인 거냐?"

"네. 제 성을 따랐어요."

"그 남자를 사랑하지 않은 거구나."

"그냥 고마워할 뿐이었어요. 그리고 미안했고요. 제게는 더는 사랑할 힘 따위는 없었거든요."

"미안하다. 정말 미안하다."

"하지만 지금은 다시 사랑할 수 있을 것 같아요."

노선영은 노진수를 만났기 때문이라는 말은 하지 않았다.

"그래. 그러면 된 거다. 그런데 이곳에 올 생각은 어떻게 한 거니."

"그건…… 그러니까…… 제가 돌멩이를 만지고 힘을 얻었었거든요."

"힘?"

"네. 그 힘을 대장님이 없애 주셨어요. 그 힘이 있을 때는 절대 할 수 없는 짓을 할 것 같은 유혹이 심했었어요."

노진수는 노선영이 말한 유혹이 무엇인지 알았다.

자신은 물론, 힘을 지닌 이들은 모두 살인의 유혹을 받는다.

"대장님에게 또 감사할 일이 늘어났구나."

"좋은 분 같더라고요."

"좋은 분이시지."

노진수는 고개를 돌려 이성필을 바라봤다.

점점 더 큰 은혜를 입은 것 같았기 때문이었다.

그런데 무언가 이상했다.

이성필에게서 힘이 느껴지지 않았기 때문이었다.

마치 아무런 힘도 없는 일반인 같았다.

"대장님!"

노진수는 이성필을 걱정하며 불렀다.

"왜요?"

"혹시 무슨 일 있으신 것은……."

"아무 일 없어요. 왜 그렇게 생각하세요?"

"대장님에게서 아무런 힘도 느껴지지 않습니다."

"그래요? 성공했나 보네요."

"성공이라니요?"

"따님에게서 가져온 힘이에요. 제가 지닌 힘을 숨길 수 있는 것 같더라고요."

그것뿐만 아니었다.

15. 생존자 집단

"아저씨 눈 좀 감아 보세요."

"알겠습니다."

노 씨 아저씨는 아무런 질문도 하지 않고 눈을 감았다.

나는 노 씨 아저씨의 뒤로 움직였다.

"눈 떠 보세요."

노 씨 아저씨가 화들짝 놀라며 뒤를 돌아보는 것 같았다.

"어떻게 기척도 없이……."

"그렇죠. 집중해서 움직이면 소리 안 나게 움직일 수 있더라고
요."

"대단한 능력입니다."

"아직 익숙하지 않아서요. 집중이 깨지면 안 되더라고요."

"그건 훈련으로 극복할 수 있습니다. 하지만 제가 진짜 대단하다고 생각하는 것은 힘이 느껴지지 않는 것입니다."

이건 나도 노 씨 아저씨와 같은 생각이었다.

거대 소나무나 대장 닭 그리고 까망이는 내 힘을 느꼈었다.

돌멩이로부터 힘을 얻은 상대를 더 집요하게 노리는 것 같았다.

"제가 일부러 드러내지 않거나 집중이 깨지지 않는 한 일반인이라고 생각하겠죠?"

"그럴 것 같습니다. 대장님."

"아무래도 전 노 씨 아저씨 없었으면 어떻게 됐을까? 그런 생각이 드네요. 여기까지 못 왔겠죠?"

"아닙니다. 오히려 제가 대장님이 없으셨으면 미치광이 살인자가 됐을 겁니다. 딸과 손자도 못 만났을 거고요."

노 씨 아저씨는 고개를 살짝 돌려 딸을 봤다.

아저씨의 얼굴에는 미소가 지어져 있었다.

"아저씨."

"네. 대장님."

"식구가 늘었으니 여기도 개조 좀 해야겠네요."

고물상에 사는 인원은 나를 포함해서 10명이나 된다.

숙소용 컨테이너는 원래 나와 신세민 그리고 노 씨 아저씨 이렇게 3명만 자는 곳이었다.

좁을 수밖에 없었다.

"개조라고 하시면……."

"잠은 편하게 자야죠. 5군수 부대에 쓸 만한 것들 가져다가 만들죠."

"무슨 말이신지 알겠습니다."

"따님도 내 집이라고 생각하시고 편하게 쉬세요."

내 말에 노선영은 고개를 저었다.

"그냥 편하게 지낼 생각은 없어요. 정인 언니하고 같이 일을 하면서 도울게요. 그리고 허락해 주신다면 부모 잃은 교회 아이들도 조금 돌보고요."

"네. 허락할게요. 그래 주시면 좋죠. 아무래도 아이들은 낯선 환경에서 불안함을 느낄 테니까요."

빠빵.

내 말이 끝날 때쯤 60트럭의 경적 소리가 들렸다.

고개를 돌려보니 60트럭 한 대가 고물상 앞에 서 있었다.

수진이와 야방토도 있었다. 수진이와 야방토는 걸어온 것 같았다.

수진이와 야방토가 먼저 들어오고 60트럭에서 김수호가 내렸다.

"대장님!"

"이마트 물건 다 옮긴 건가요?"

"하하. 그럴 리가요. 워낙 물건이 많아서 며칠 걸릴 것 같습니다."

"그럼 무슨 문제라도?"

"아닙니다. 이마트 냉동 창고에서 쓸만한 것을 발견해서요."

"쓸만한 거요?"

"네. 아직 상하지 않은 고기입니다. 그리고 진공 포장된 식품들도 있습니다."

"잘됐네요. 그런 것은 일일이 보고 안 해도 됩니다."

"알고 있습니다."

알고 있는데 왜 와서 말하는지 모르겠다.

"오늘도 그렇지만, 앞으로도 가장 좋은 것은 이곳으로 가져올 생각입니다."

"네?"

"대장님 아니십니까. 당연히 가장 좋은 것을 먼저 가지시는 것이 맞습니다."

김수호는 일부러 이런 일을 하는 것이었다.

모든 중심에는 이성필이 있다는 것을 모두에게 보여 주는 것이다.

"굳이 안 그래도 돼요. 닭도 양식 가능해져서 신선한 고기 먹을 수 있게 됐잖아요."

"그래도 대장님이 우선입니다. 그리고 돼지고기하고 소고기입니다."

"대장님, 받으시죠."

노 씨 아저씨는 김수호가 하는 일이 맞는다고 생각하는 것 같았다.

"사장님! 고기면 무조건 받아야죠!"

왜 안 빠지나 했다.

고기라는 말에 어디 있다가 나온 것인지 모르는 신세민이 튀어나
왔다.

"그렇지 않아도 고기 다 떨어져 가서 걱정이었는데."

신세민이 김수호에게 다가갔다.

"선생님, 얼마나 돼요?"

"꽤 많습니다. 몇백 kg은 될 겁니다."

"며칠 못 가겠네요."

"며칠 못 가다니요?"

"모르시죠? 사장님 혼자서도 한 번에 10kg은 먹는 거."

"그래요?"

"말도 마세요. 정수하고 수진이 그리고 노 씨 아저씨까지 먹으면
한 번에 50kg 이상 먹는다니까요. 아! 연희 누나 빠졌다. 그렇게
먹다가 살찌면 어떻게……."

"야!"

이연희도 어디선가 튀어나왔다. 담장 너머 개천 쪽에서 나온
것 같았다.

"너 이상한 말 하지 마라."

이연희가 신세민을 노려보더니 내 앞에 와서는 씨익 웃는다.

"오빠. 다녀오셨어요?"

"어디 갔다가 온 거예요?"

"저쪽에 위험한 것은 없는지 살펴보고 왔어요."

"그래요? 보니까 어때요?"

"가로수 괴물만 몇 마리씩 돌아다니더라고요. 그렇게 위험한 놈들은 없는 것 같아요."

"사람은요?"

"못 봤어요."

그 넓은 까망이 영역에 생존자가 한 명도 없었다.

이 근처도 그런 것 같았다.

'니아앙.'

까망이가 담을 훌쩍 넘더니 노 씨 아저씨 어깨 위에 올라갔다.

그것을 본 이연희는 눈이 커졌다.

"고양이다!"

고양이를 좋아하는 것 같았다.

"까망이 못 봤어요?"

생각해 보니 이연희가 까망이를 본 적이 없는 것 같았다.

이연희는 노 씨 아저씨에게 다가갔다.

정확하게 말하면 까망이에게 간 것이었다.

"얘 이름이 까망이인가 보네요."

이연희가 손을 내밀어 까망이의 머리를 만지려 했다.

탁!

"어?"

까망이가 앞발로 손을 쳐낼 줄은 몰랐나 보다.

나도 까망이가 저런 행동을 할 줄은 몰랐다.

'내 몸에 함부로 손을 대지 마라. 약한 주제에.'

"고……고양이가 말을 해요! 귀여워!"

말하는 고양이가 귀엽나 싶었다.

까망이 크게 변신한 모습을 보면 안 귀여울 것 같은데.

'손…… 손대지 마라.'

까망이의 경고에도 아랑곳하지 않고 이연희가 손을 내밀자 까망이는 당황하는 것 같았다.

그렇다고 이연희가 나와 노 씨 아저씨의 동료라는 것을 아는 이상 심하게 공격도 못 하는 것 같았다. 급기야 까망이는 노 씨 아저씨 어깨에서 내려와 도망치기 시작했다.

이연희는 끝까지 잡을 것처럼 따라붙었고.

그것을 본 신세민은 투덜거렸다.

"하아. 이거 고양이한테도 밀리네. 사장님도 버거운데."

"나? 뭐가?"

"알면서 모른 척하신다. 고기나 내려요!"

"내가?"

"그럼 힘없는 제가 내려요?"

"너 엄한 데서 뺨 맞고 나에게 화풀이하는 거냐?"

"아니요!"

신세민이 도망치듯 60트럭으로 달려갔다.

김수호와 노 씨 아저씨도 웃다가 60트럭으로 갔다.

물론, 나도 거들 생각이었다.

고물상 냉동 창고에 고기를 다 넣을 수는 없었다. 그래서 골고루 나누어 먹었다.

200명 가까이 되는 사람과 나누어 먹으니 그 많던 고기가 사라지는 것은 순식간이었다.

교회에서 데려온 아이들은 5군수 부대로 보냈다.

박만웅 전도사는 나에게 충성 맹세를 했다.

대충 각자 할 일이 있어 바빠지는 상황에 나만 여유가 있었다.

그래서 생각해 놨던 일을 시작하려고 고물상을 나섰다.

* * *

"애꾸야 치워!"

'컹!'

애꾸는 길을 막은 차량을 몸으로 부딪쳐 옆으로 치우기 시작했다.

"애꾸가 있으니까 편리하네요."

"그런 것 같습니다. 대장님."

노 씨 아저씨는 오래간만에 만난 가족과 시간을 보내라는 말도 듣지 않고 나를 따라나섰다.

노 씨 아저씨의 어깨 위에 있는 까망이는 이연희가 따라오지 않은 것에 안도하고 있었다.

걸음걸이가 느린 아방토보다는 이연희가 이수진을 보호하는 것이 낫기 때문에 밭이 있는 곳으로 보냈다.

'아우. 느려.'

"까망이 네가 해 볼래?"

'흠. 내가 하면 더 빠르고 정확하게 치울 수 있긴 한데.'

까망이의 말이 조금 웃겼다.

하고 싶어 하는 표정이 분명했다. 애꾸가 차를 옆으로 치우는 것이 재미있어 보이는 것 같았다.

누가 고양이 아니라고 할까 봐 호기심은 많아가지고.

"그럼 해 봐."

까망이가 노 씨 아저씨의 어깨에서 풀쩍 뛰어내리면서 덩치가 커졌다.

그리고 애꾸를 뛰어넘으며 앞발로 차량을 치기 시작했다.

쾅쾅 소리가 나며 차량들이 양옆으로 날아갔다.

확실히 애꾸보다는 속도가 빨랐다.

나는 그것을 보며 노 씨 아저씨에게 말했다.

"까망이 생각보다 안 똑똑한 것 같지 않아요?"

노 씨 아저씨는 웃으면서 대답했다.

"그런 것 같습니다. 하지만 그건 아마도 대장님 때문이지 않을까 싶습니다."

"저요? 왜요?"

"선영이가 그러더군요. 고양이는 집사에게 안정감을 느낄 때만 움직인다고요."

"그래요? 그런데 집사는 아저씨 아니세요?"

"저도 집사는 맞긴 합니다. 하지만 대장님보다는 아니죠."

"뭐 어쨌든 까망이하고 애꾸가 있어서 편하기는 하네요."

"네."

나와 노 씨 아저씨는 잘 치워진 도로를 빠르게 걸어갔다.

가끔 튀어나오는 가로수 괴물은 애꾸와 들개들이 달려들기도 전에 까망이가 산산이 조각내어 죽였다.

드디어 내가 오려고 한 곳에 도착했다.

의정부 시장 거리였다.

의정부 시장으로 가는 방향에 각종 철물과 기계 그리고 건축 자재 같은 것을 파는 가게가 있었다.

규모도 꽤 된다.

역시 거리에는 아무도 없었다.

하지만 도로에는 누군가 있었다는 흔적들이 남아 있었다.

말라 버린 핏자국과 누군가의 것으로 보이는 옷과 가방 등.

"발전기부터 찾죠."

"네. 대장님."

나는 바로 앞의 가게로 들어갔다.

안쪽에 자가 발전기 몇 대가 보였다. 자가 발전기를 가게 밖으로 꺼냈다.

노 씨 아저씨도 옆 가게에서 자가 발전기를 꺼내고 있었다.

"양수기 아시죠?"

"알고 있습니다."

"양수기도 같이 가져가죠."

"네. 대장님."

나와 노 씨 아저씨가 자가 발전기와 양수기를 꺼내는 동안 애꾸와 까망이는 가만히 있었다.

* * *

근처 가게를 다 뒤져 자가 발전기 12대와 양수기 20대를 찾아낼 수 있었다.

이제 애꾸나 까망이를 보내 60트럭을 보내라고 하면 된다.

그런데 우리가 온 반대 방향에서 자동차가 움직이는 소리가 들렸다.

"아저씨, 이 소리 들려요?"

"네. 들립니다."

"안 망가진 자동차가 있었나 보네요."

"그런 것 같습니다."

저 멀리 트럭 3대가 인도를 달려오는 것이 보였다.

도로는 아직 막혀 있어서 그럴 수밖에 없었다.

"대장님, 뒤쪽에서도 접근하는 것 같습니다."

뒤쪽에서도 자동차 소리가 들렸다.

곧 뒤쪽에서도 트럭 2대가 나타났다.

그리고 100m쯤 거리를 두고 멈췄다. 다른 방향에서 오는 트럭 3대도 100m쯤에서 멈췄다.

트럭 뒤 칸에는 4명씩 타고 있었다.

운전석과 보조석에도 사람이 타고 있었으니 24명이나 되는 것이다. 트럭 뒤 칸에 있는 사람들은 어디서 구했는지 엽총과 활 같은 것을 들고 있었다.

트럭 3대 중 1대의 조수석에서 한 사람이 내렸다.

그리고 우리를 향해 소리쳤다.

"생존자이신가요?"

"네. 생존자입니다."

"다행입니다. 두 손을 머리 위로 하고 바닥에 무릎을 꿇어 주십시오."

남자의 말이 어이가 없었다.

다행이라고 말하면서 죄인 취급하는 것 같았기 때문이었다.

"왜 그래야 하죠?"

"위험을 사전에 대비하기 위해서입니다. 아시지 않습니까. 살인 자들이 많다는 것을."

내가 보기에는 이 말을 하는 남자가 살인자였다.

눈이 붉어도 너무 붉었다.

병원 사거리에서 만난 이강수와도 비슷한 피비린내가 느껴졌다.

"당신이 살인자일 수도 있지 않습니까."

내 질문에 남자는 웃으며 대답했다.

"그럴 수도 있죠. 아니 살인자죠. 하지만 당신들에게는 선택의 여지가 없는 것 같은데요."

"왜 없다고 생각합니까?"

남자는 나를 똑바로 보면서 말했다.

"당신들은 사람을 죽여 본 적이 없지 않나요? 그리고 당신들을 죽이려고 했다면 벌써 죽였을 겁니다."

나와 노 씨 아저씨의 눈이 붉은색이 아니어서 저런 말을 하는 것 같았다.

남자의 말이 끝나자마자 트럭 뒤에 타고 있던 사람들이 엽총과 활을 겨눴다.

노 씨 아저씨가 조용하게 말했다.

'어떻게 할까요?'

나도 조용하게 말했다.

'일단 두고 보죠.'

하지만 남자는 나와 노 씨 아저씨가 조용히 대화하는 것을 아는 것 같았다.

"두 분이 의논해도 결과는 같습니다. 그리고 안전한 장소가 필요하지 않나요?"

"안전한 장소가 있습니까?"

"있습니다. 현재 시청을 중심으로 생존자를 수습 중입니다. 세계 백화점도 확보했기 때문에 식량도 부족하지 않죠."

나는 노 씨 아저씨를 쳐다보며 말했다.

"궁금하네요. 생존자를 수습하는 곳이 있다니."

"무슨 말인지 알겠습니다. 조용히 따라가도록 하겠습니다."

나는 고개를 끄덕인 다음 남자에게 소리쳤다.

"안전을 보장해 준다는 약속을 받고 싶습니다."

"당연합니다. 안전을 보장하죠."

나는 두 손을 머리 위에 올리면서 애꾸와 까망이에게 말했다.

"애꾸, 까망아. 도망치는 척하면서 몰래 따라와."

애꾸는 짖지 않고 내 말대로 골목으로 뛰었다. 그러자 누군가 엽총을 쏘기 시작했다.

까망이는 애꾸와 다른 방향으로 뛰었다.

저런 엽총 따위에 상처 입을 애꾸나 까망이가 아니었다.

애꾸와 까망이가 보이지 않게 되자 트럭에서 내린 사람들이 다가오기 시작했다.

나와 노 씨 아저씨는 두 손을 머리 위에 올리고 무릎을 꿇었다.

그러자 다가온 사람들이 나와 노 씨 아저씨 손목에 케이블 타이를 채웠다.

"병신들."

나와 노 씨 아저씨에게 말하는 것이 분명했다.

"일어나."

거칠게 나와 노 씨 아저씨를 일으켜 세우고는 트럭으로 끌고 가서 뒤 칸에 던졌다.

이들 역시 힘을 지닌 이들이었다.

그러자 나와 대화했던 남자가 소리쳤다.

"오늘 사냥은 여기까지 하자고."

역시 느낌이 별로다 싶었는데.

지금은 일부러 잡힌 것이다. 고장 나지 않은 차량이 있는 것인지 아니면 나처럼 수리할 수 있는 사람이 있는 것인지 확인하기 위해서였다.

트럭은 곧 시청 방향으로 움직이기 시작했다.

모르는 사람들에게 붙잡혔는데도 노 씨 아저씨는 내 판단을 믿는지 아무런 말도 하지 않았다.

사실 케이블 타이 같은 것은 약간 힘만 줘도 끊어진다.

나와 노 씨 아저씨는 짐칸에 탄 이들의 대화를 조용히 듣기만 했다.

"금오동 쪽하고 신곡동은 언제 간대?"

"몰라. 주변 정리부터 하고 가야지. 그런데 금오동 쪽에 꽤 큰 집단이 있다는 것 같던데?"

"소문 아니었어?"

"아닌가 봐. 가능동 방향에서 5군수로 접근하던 애들이 봤다던데?"

이들이 이야기하는 곳은 병원 사람들이 분명했다.

"어떻게 하려나?"

"모르지. 그건 선생님께서 판단할 문제니까."

선생님이라.

선생님이란 사람이 이들의 리더인 것 같았다.

더 이야기하지 않을까 싶을 때 트럭이 멈췄다. 고개를 들어 살짝 보니 시청 방향으로 가는 길에 바리케이드를 치우기 위해 멈춘 것이었다.

중요 길목을 자동차나 큰 트럭 같은 것으로 막아 놓은 것 같았다.

바리케이드가 치워지자 트럭은 다시 움직였다.

바리케이드를 지나자 도로는 뻥 뚫려 있었다. 도로를 완벽하게 치워 놓은 것 같았다.

그런데 트럭은 시청으로 향하지 않았다.

이 방향은 의정부역이자 세계 백화점이 있는 곳이다.

의정부역 서부 교차로에서 트럭은 멈췄다.

서부 교차로에도 각종 장애물이 설치되어 있었다. 차량이 일직선으로 달릴 수 없게 해 놓은 것이었다.

잠시 멈췄던 트럭은 다시 움직였다.

아무래도 확인을 한 다음 안으로 들어올 수 있게 하는 것 같았다.

그리고 장애물 사이에는 무기를 든 사람들이 배치되어 있었다.

소총을 든 사람도 있었다.

트럭이 한때 의정부에서 가장 큰 종합쇼핑몰이었던 센트럴타워 앞에 멈췄다.

"야! 내려!"

나와 노 씨 아저씨를 거칠게 잡아 일으켰다.

트럭 짐칸에서 내리면서 주변을 살폈다. 꽤 많은 트럭이 서 있었다.

얼핏 봐도 20대 정도는 된다.

트럭에서 내리자 내게 말했던 남자가 다가왔다.

"불편하게 데려와서 미안합니다. 이쪽으로 가시죠."

말투는 친절했다. 하지만 눈빛은 아니었다. 그리고 이 남자만 이렇게 말할 뿐이지 다른 이들은 나와 노 씨 아저씨를 전리품 취급하는 것 같았다.

등을 손으로 툭툭 치듯이 밀고 있었기 때문이었다.

남자를 따라 센트럴타워 안으로 들어갔다.

안에도 사람들이 많았다. 대부분 남자였다.

사람들은 남자를 보더니 고개를 살짝 숙여 인사했다.

앉아서 쉬고 있던 사람들은 일어나기까지 했다.

남자는 당연하다는 듯이 인사를 받아 주고는 1층 중앙으로 갔다.

"여기 의자 2개 좀 가지고 와."

남자의 말에 빠르게 의자 2개가 준비됐다.

그곳에 나와 노 씨 아저씨를 앉혔다.

그러자 남자는 우리를 보며 말했다.

"최민욱입니다. 이름이 어떻게 됩니까?"

"이성필입니다."

"노진수요."

"이성필 씨 그리고 노진수 씨……."

최민욱은 무언가 생각하는 듯 잠시 침묵했다.

하지만 곧 입을 열었다.

"두 분 어떻게 살아남은 겁니까?"

어떻게 살아남았다고 대답해야 할까 고민이 됐다.

"이성필 씨는 아무런 힘이 없는 것 같고, 노진수 씨는 꽤 강한 것 같은데요. 노진수 씨가 보호해 준 건가요?"

역시 노 씨 아저씨의 힘을 최민욱은 느낀 것 같았다. 그리고 내가 할 말을 대신해 주는 것 같았다.

"맞아요."

"그럼 노진수 씨에게 묻겠습니다. 어떤 능력을 가지고 있습니까."

"무술을 좀 익혔을 뿐이요."

"그런가요?"

최민욱은 뒤에 있는 사람에게 손짓했다. 그러자 뒤에 있던 사람이 노 씨 아저씨의 일본도를 가져왔다.

최민욱은 일본도를 자세히 살펴보기 시작했다.

"꽤 험하게 사용한 것 같군요."

최민욱이 일본도를 내 어깨에 올렸다. 날은 내 목을 향해 있었다.

"이성필 씨가 꽤 중요한 사람 같군요. 그러니까 노진수 씨 같은 사람과 들개가 호위를 하는 것이겠죠?"

등골이 서늘해졌다. 일본도 때문이 아니었다.

최민욱 때문이었다.

나와 노 씨 아저씨에 관해 무언가를 짐작하면서 지금까지 아무런 것도 모르는 척한 것 같았다.

"노진수 씨, 지금부터 내가 묻는 말에 솔직하게 대답해 줘야 합니다. 아니면 이 일본도가 어느 방향으로 움직일지 모릅니다."

노 씨 아저씨가 나를 쳐다봤다.

노 씨 아저씨는 어떻게 할지 모르는 것 같았다. 아니 이 상황이 마음에 안 드는 것이 분명했다.

노 씨 아저씨가 움직이면 최민욱 따위는 순식간에 죽일 수 있었다.

"내가 대답하죠. 내 목에 칼날이 있는 건데."

"그런가요? 뭐 두 사람 중에 누구든 상관없습니다. 그럼 묻겠습니다."

최민욱은 내게 얼굴을 가까이 대면서 말했다.

"금오동에 있는 집단 소속입니까?"

"맞아요."

"인원은 몇이나 됩니까?"

"200명 정도 됩니다."

최민욱이 놀라는 것 같았다.

"200명이나 살아남았다는 건가요?"

"네."

"이거 의외군요. 그럼 들개 무리는 어떻게 길들인 겁니까."

"길들였다는 것을 어떻게 압니까?"

"들개 무리 때문에 접근이 어려웠는데 그곳 사람들은 들개 무리와 친한 것처럼 대하더군요."

"그걸 봤나요?"

최민욱은 씨익 웃었다.

"서로 정보를 얻으려는 것 같은데 서로 한 가지씩 답하는 것은 어떨까요?"

최민욱은 금오동 집단에 사람이 200명이나 있다는 것 때문에 조금 물러서기로 했다.

이성필의 말을 반만 믿어도 금오동 집단은 쉽게 생각할 곳이 아니기 때문이었다.

"좋아요. 어떻게 본 겁니까. 들개 무리는 후각과 청각이 뛰어나서 접근이 쉽지 않았을 텐데요."

"멀리 있는 것을 볼 수 있는 사람이 있어요. 당신들이 시장 골목에 나타난 것도 그 사람이 먼저 발견한 겁니다."

최민욱이 너무 쉽게 정보를 알려 주는 것 같은 느낌이 들었다.

"이성필 씨, 당신 같은 사람이 몇 명이나 있습니까."

"나 같은 사람이라니요?"

"시장 골목에서 발전기 같은 것을 꺼내더군요. 발전기를 수리할 수 있으니까 찾은 것 아닌가요?"

최민욱의 말에서 이곳에도 무언가를 수리할 수 있는 사람이 있다는 것을 알 수 있었다.

그래도 더 확실하게 알아야 했다. 그래서 물었다.

"이곳에는 차량을 수리할 수 있는 사람이 있군요."

"맞아요. 공업사에서 일했던 사람이 차량을 수리할 수 있더라고요. 자. 다시 묻죠. 당신 같은 사람이 몇 명입니까?"

"저 혼자입니다."

최민욱의 눈이 반짝였다.

"모든 기계를 다 수리하는 건가요? 아니면 발전기만?"

여기서는 정보를 숨기는 것이 나을 것 같았다.

"발전기만 가능합니다."

"거짓말이군요."

"아닙니다."

"뭐 그런 것으로 하죠."

최민욱은 일본도를 내 몸에서 뗀 다음 노 씨 아저씨 어깨에 올렸다.

"내가 거짓말이라고 느낄 때마다 조금씩 움직이겠습니다. 성심 자원 이성필 사장님."

나는 놀랄 수밖에 없었다.

고물상의 사업자 등록증상 명칭이 성심 자원이었다.

그리고 최민욱은 나를 알고 있었다.

"나를 아나요?"

"처음에는 몰랐는데 가까이서 보니까 알겠더군요. 이성필 사장님."

나는 최민욱을 본 적이 없었다.

"다시 묻죠. 모든 기계 수리가 가능합니까?"

"가능합니다."

"그러셔야죠."

"내가 거짓말한다는 것을 어떻게 안 겁니까?"

"일종의 감입니다. 뭐 예전 직업 때문에 생긴 것이라고나 할까요?"

도대체 최민욱의 예전 직업이 무엇일까?

"금오동 집단이 5군수 부대를 장악한 것이 맞나요?"

"맞아요."

"그렇군요. 그럼 이성필 사장님은 금오동 집단에서 어떤 위치에 있습니까."

"어떤 위치라니요?"

"금오동 집단이 협상을 할 정도로 중요한 위치인지 묻는 겁니다."

"아마도 협상은 안 할 것 같은데요?"

"음."

최민욱은 이상하다고 느끼고 있었다.

협상을 할 것 같은 상황인데 이성필의 대답이 거짓이 아니라는 것을 알았기 때문이었다.

"최 형사님! 선생님이 찾으십니다."

갑자기 누군가 뛰어들어오며 말했다.

나는 최민욱이 형사였던 것을 알 수 있었다.

그리고 이들이 지닌 무기가 어디서 나왔는지도 알 것 같았다.

경찰서가 분명했다.

"선생님이?"

"네."

"지금은 좀 곤란한데."

"못 가신다고 전할까요?"

"아니. 선생님께서 찾으시는데 안 갈 수는 없지. 애들 좀 데리고 와. 실력 있는 애들로."

"알겠습니다."

뛰어들어왔던 남자는 다시 나갔다. 그리고 곧 10명 정도를 데리고 왔다.

"이 두 사람 잘 지켜. 조금이라도 이상하다 싶으면 죽여도 된다."

"네."

10명이 나와 노 씨 아저씨를 둘러쌌다. 처음부터 같이 있던 사람들까지 합치면 15명이나 되는 사람이 우리를 감시하는 것이다.

최민욱은 마음에 안 든다는 표정을 지으며 일본도를 들고 밖으로 나갔다.

조금 시간이 지나자 노 씨 아저씨가 말했다.

"이건 시간 낭비인 것 같습니다."

"그런 것 같네요."

"조용히 해!"

나중에 들어온 10명 중 한 명이 소리치며 허리춤에서 몽둥이 같은 것을 꺼냈다.

몽둥이에는 못이 박혀 있었다. 그리고 검붉은 자국들도 보였다.

하지만 노 씨 아저씨는 저런 위협 따위는 아랑곳하지 않고 말했다.

"싫다면?"

"죽어야지."

남자가 몽둥이를 그대로 노 씨 아저씨의 머리를 향해 내리쳤다.

노 씨 아저씨는 바닥을 박차며 뛰었다.

노 씨 아저씨의 손은 이미 자유였다.

턱.

"어?"

남자의 손목을 잡은 노 씨 아저씨는 이죽거렸다.

"니가 죽을 생각은 안 했나 보지?"

퍼억.

남자의 턱에 노 씨 아저씨의 주먹이 박혔다.

그대로 쓰러지는 남자.

순식간에 일어난 일이라 당황하는 것 같았다.

몇 명이 노 씨 아저씨에게 달려들고 몇 명은 총을 들었다.

그리고 몇 명은 나를 향해 칼 같은 것을 휘둘렀다.

하지만 내 근처에 도착도 못 했다.

'니앙.'

까망이가 나를 공격하는 사람들을 스치고 지나갔기 때문이었다.

까망이는 나와 노 씨 아저씨가 이곳에 들어오고 몇 분 지나지도 않아 들어왔다.

나와 노 씨 아저씨에게만 살짝 모습을 드러냈었다.

나를 공격하던 사람들은 자신이 왜 죽는지도 모르고 쓰러졌다.

그사이 노 씨 아저씨는 빼앗은 몽둥이로 공격하던 이들을 쓰러뜨렸다.

총을 든 사람들은 쏘기도 전에 까망이에 의해 쓰러졌다.

나는 묶인 케이블 타이를 힘을 줘서 가볍게 끊은 다음 일어났다.

"까망이 고생했다."

까망이는 노 씨 아저씨 어깨에 올라갔다.

"조심스럽게 나가 볼까요?"

나와 노 씨 아저씨는 들어온 곳이 아닌 북쪽 출입구로 움직였다.

센트럴타워 입구는 여러 곳이 있었다.

북쪽 출입구는 잠겨 있었다. 하지만 안쪽에서 잠금장치를 풀 수 있었다.

조심스럽게 문을 열고 나갔다.

"뭐야! 그 문 사용하지 말라고 했잖아."

문 근처에 사람이 있었다. 하지만 그 사람은 나와 노 씨 아저씨를 자신의 편으로 생각하는 것 같았다.

노 씨 아저씨가 능청스럽게 대답했다.

"아. 미안. 귀찮아서."

"그러다가 최 형사님 아시면 큰일 나."

"이따가 다시 잠글 거야."

"알아서 해라. 지금은 그거 신경 쓸 때가 아니니까."

남자는 의정부 역 방향으로 몸을 돌렸다. 그곳에는 꽤 많은 사람이 모여 있었다.

100명 가까이 되는 것 같았다.

그런데 사람들 앞에 단상이 있었다. 꽤 큰 단상이었다.

노 씨 아저씨가 남자에게 다가가 물었다.

"뭐야?"

남자는 고개를 돌려 이상하다는 표정으로 말했다.

"뭐기는 도망친 놈들 잡아 온 거잖아."

노 씨 아저씨는 더 능청스럽게 물었다.

"잡았어?"

"잡았지. 도망가 봤자 어디로 가겠어. 사방이 괴물인데."

"쯧. 멍청하기는."

"멍청하지. 뭐 어차피 죽을 것 조금 빨리 죽는 것도 나을지 몰라."

남자의 말에서 도망쳤다가 잡힌 사람이 죽임을 당한다는 것을 짐작할 수 있었다.

곧 단상 위로 남자 2명과 여자 1명이 끌려 올라왔다.

그들은 억지로 무릎을 꿇었다.

그리고 안경을 쓴 단정한 남자와 최민욱이 단상으로 올라왔다.

최민욱과 사람들이 안경 쓴 남자를 정중하게 대하는 것이 보였다.

안경 쓴 남자가 선생인 것 같았다.

안경 쓴 남자가 앞으로 나섰다.

그리고 큰 목소리로 말했다.

"지금부터 탈주자에 대한 재판을 시작합니다."

주위가 조용해졌다.

선생이란 사람에게 집중하는 것이었다.

"지금까지 보호를 받아 온 대가를 지급하지 않고 도망친 이들입니다."

선생이란 사람의 목소리가 듣기 좋은 것 같이 느껴졌다.

편안해지는 것 같았다.

"판결은 사형입니다."

이상했다. 선생이란 사람의 말이 전혀 거북하지 않았다.

그의 말대로 사형을 해야 하는 것이 맞는 것 같았다.

재판을 한다고 하면서 바로 판결을 내리는 그런 말도 안 되는 상황인데도.

"슬픔을 느끼지만 어쩔 수 없군요."

슬픔을 느낀다는 사람이 웃고 있었다. 그것도 즐겁다는 듯이.

그가 손을 내밀었다. 그러자 최민욱이 날이 잘 선 커다란 도끼를 건넸다.

그는 웃으며 도끼를 위로 들었다가 내리쳤다.

그 순간 나는 그의 능력이 무엇인지 알 것 같았다.

저놈 수진이와 비슷한 능력을 지녔다.

[우와아!]

처형 장면을 보는 이들 모두가 환호성을 질렀다.

나와 노 씨 아저씨만 빼고.

집단 광기일까?

아니다. 집단 광기와 선생이라는 사람의 능력이 합쳐진 일이 분명했다.

선생이 또 도끼를 들었다.

다음 사람의 목을 치기 위해서였다.

하지만 도끼를 내리치지 않았다.

무언가 이상하다는 듯 갸웃거리더니 우리를 쳐다봤다.

당연히 모든 이들이 선생의 시선을 따라 움직였다.

최민욱도 예외는 아니었다.

최민욱이 우리를 가리키며 소리쳤다.

"잡아!"

노 씨 아저씨는 바로 앞에 있는 남자의 목을 꺾어 버렸다.

그것을 본 사람들이 총을 쏘고 화살을 날리기 시작했다.

나와 노 씨 아저씨는 기둥으로 피했다. 총알이나 화살은 아직도 위협적인 무기이기 때문이었다.

일부가 총이나 화살을 쏘고 일부는 접근하는 것 같았다.

"대장님, 제가 시선을 끌겠습니다."

"아니요. 그럴 필요 없어요."

이렇게 잡혀 왔어도 언제든지 빠져나갈 자신이 있었다.

"숨을 참으세요."

노 씨 아저씨는 바로 숨을 들이마시더니 입을 닫았다.

나는 바로 장미 향을 뿜어내기 시작했다.

우리가 있는 곳에서 단상까지는 100m도 안 되는 거리다.

장미 향의 효과는 200m까지이니 충분했다.

더군다나 바람도 잔잔했다.

사람들이 쓰러지는 소리가 들렸다.

까망이는 노 씨 아저씨 어깨 위에서 앞발로 자신의 코와 입을 막고 있었다.

기둥에서 슬쩍 고개를 내밀어 어떻게 됐는지 확인했다.

탕!

최민욱이 총을 겨누는 것을 확인하는 순간 기둥으로 다시 들어갔기 때문에 총알을 피할 수 있었다.

잠깐 고개를 내밀어 확인할 수 있었던 것은 단상 위에 선생이란 사람과 최민욱 그리고 5명 정도가 멀쩡하게 서 있다는 것이었다.

나머지는 다 쓰러져 있었다.

장미 향 내뿜는 것을 멈췄다.

"아저씨, 30초 정도 있다가 숨을 쉬어도 됩니다."

장미 향의 잔향 때문이었다.

노 씨 아저씨는 고개를 끄덕이고는 머리를 기둥 밖으로 짧게 내밀었다가 돌아왔다.

탕!

또 기둥에 총알이 날아왔다.

"저놈들 방독면을 쓰고 있습니다."

내가 확인했을 때는 방독면을 쓰지 않고 있었다.

이 집단이 장미꽃 괴물에게서 어떻게 무사할 수 있는지 궁금했었다.

경찰서에도 방독면이 있었던 것 같았다.

그리고 내가 생각할 수 있는 것은 남도 생각할 수 있다는 것을 또 깨달았다.

아마도 우리 근처의 사람들이 쓰러지는 것을 보고 단상 위의 놈들은 숨을 참고 방독면을 착용한 것 같았다.

"저하고 까망이가 처리하겠습니다."

처리면 죽인다는 뜻이다.

"죽이지는 마세요. 물어볼 것이 많네요."

"그렇게 하겠습니다."

노 씨 아저씨가 어깨에 있는 까망이를 잡아 던졌다.

'아. 진짜!'

까망이는 싫다는 듯한 말을 하면서 덩치가 커졌다.

탕! 타당!

덩치가 커진 까망이를 향해 놈들이 총을 쏘는 것 같았다.

하지만 재빠른 까망이를 맞출 수는 없었다.

그리고 총 몇 방 맞는다고 해서 까망이가 죽거나 무력화되지는 않는다. 시선이 까망이에게 쏠린 사이 노 씨 아저씨는 기둥 뒤를 튀어나갔다.

기다렸다는 듯이 노 씨 아저씨를 향해 총을 쏘는 것 같았다.

타당.

하지만 총소리는 곧 멈췄다.

나는 기둥 뒤에서 머리를 살짝 빼서 단상을 봤다.

노 씨 아저씨와 까망이가 단상 위의 사람들을 쓰러뜨리고 있었다.

단상 위의 사람들은 그 누구도 둘의 상대가 되지 않았다.

심지어 최민욱도 노 씨 아저씨에게는 순식간에 당했다.

노 씨 아저씨는 일본도를 되찾아 선생이란 사람의 목에 겨눴다.

이제 단상 위에 멀쩡하게 서 있는 사람은 선생뿐이었다.

나는 기둥 뒤에서 나가 단상으로 향했다.

'컹! 컹!'

애꾸가 짖는 소리였다.

곧 의정부역에서 애꾸와 들개 무리가 쏟아져 나왔다.

어쩐지 애꾸가 보이지 않는다 싶더니 부하들을 데리고 온 것 같았다.

애꾸가 나를 보더니 달려왔다.

"늦었네."

애꾸가 미안하다는 듯 고개를 숙였다.

"부하들 시켜서 잠든 사람들 무기 뺏은 다음 한쪽에 모아 놔."

'컹!'

애꾸는 빠르게 움직였다. 들개 무리가 애꾸의 명령으로 잠든 사람들에게서 무기를 빼앗고 입을 물어서 한쪽으로 모으기 시작했다. 그사이 나는 단상 위로 올라갔다.

쓰러진 사람들 사이를 지나쳐 선생이라는 사람에게 걸어갔다.

그때 기절한 줄 알았던 최민욱이 벌떡 일어나며 나에게 달려들었다.

오른쪽 팔이 앞에 있는 것을 봐서는 내 몸을 붙잡아 인질로 삼으려는 것 같았다.

"대장님!"

노 씨 아저씨가 깜짝 놀라 소리쳤다. 까망이가 움직이려고 했지만, 최민욱과 나 사이의 거리는 너무 가까웠다.

까망이가 움직여도 최민욱이 먼저 나를 잡을 수밖에 없었다.

턱. 후웅. 쿵.

하지만 최민욱은 바람 소리를 내며 단상 바닥에 등부터 떨어졌다.

오래간만에 유도 기술인 업어치기를 한 것이었다.

팔은 내가 잡은 상태였다.

나는 몸을 회전하며 잡은 팔을 비틀었다.

뚜둑.

"아악!"

팔이 부러져 비명을 지르는 최민욱을 향해 말했다.

"미안하지만 내가 더 강합니다."

나는 부러진 최민욱의 팔을 놨다. 최민욱은 다른 팔로 부러진 팔을 잡으며 아파했다.

"까망아. 이 사람 좀 발로 눌러라."

덩치가 커진 까망이는 앞발로 최민욱을 그대로 눌러버렸다.

최민욱이 발버둥 쳐도 절대 빠져나올 수 없었다.

나는 선생이란 사람에게 다가갔다. 그리고 방독면을 벗겼다.

"처음 뵙겠습니다. 성함이?"

내 질문에 선생은 다른 대답을 했다.

"나에게 복종해라."

"그 능력은 나에게 통하지 않습니다."

선생의 눈이 흔들리고 있었다.

"어떻게……."

노 씨 아저씨가 선생에게 말했다.

"거봐. 안 통한다니까. 나에게도 안 통하는데 대장님에게 통하겠나?"

내가 단상 위에 올라오기 전까지 선생은 노 씨 아저씨를 세뇌하려 한 것 같았다.

"당신이야 그렇다 해도……. 저 사람은……."

망연자실한 표정을 짓는 선생에게 다시 물었다.

"이름이 어떻게 되나요?"

선생은 체념한 듯 대답했다.

"김종성."

김종성의 눈도 붉은색이 아니었다. 돌멩이를 통해서 힘을 얻은 것이 분명했다.

내 직업이 능력에 영향을 끼쳤듯이 김종성의 직업이 궁금했다.

"직업은요?"

"시의원이자 정신과 전문의요."

아주 사람을 홀리는 데는 전문인 직업을 지녔다.

정치인이자 정신과 의사다.

그런데 이상한 것이 하나 있었다.

김종성의 능력이 특이한 것은 사실이었다. 하지만 까망이 발에 눌려있는 최민욱보다는 느껴지는 힘이 약했다.

단상 위에서 한 명을 도끼로 처형하면서 에너지를 얻어 노 씨 아저씨를 정확하게 느낀 것이 분명했다.

그 전에 느꼈다면 우리가 나오는 순간부터 눈치챘을 것이다.

나는 몸을 돌려 최민욱에게 물었다.

"최민욱 씨, 왜 김종성에게 충성하는 겁니까? 당신은 충성하지 않을 수도 있었잖아요."

내 질문에 최민욱은 대답하지 않았다.

나는 노 씨 아저씨에게 말했다.

"아저씨. 김종성 씨 목 좀 베죠."

"알겠습니다."

최민욱이 우리를 협박할 때 사용했던 방법을 그대로 돌려주는 것이었다.

노 씨 아저씨의 일본도가 김종성의 목을 조금 파고들었다.

그러자 김종성이 다급하게 소리쳤다.

"민욱아! 말해! 뭐든 말해 줘!"

그러자 최민욱이 입을 열었다.

"멈춰! 다 말해 줄 테니."

"아저씨!"

노 씨 아저씨가 일본도를 멈췄다.

"까망아, 발 치워."

까망이가 발을 치우자 최민욱은 일어나 앉았다.

이제 상황이 바뀌었다.

"왜 김종성 씨에게 충성하는 겁니까?"

"받은 것이 있으니까. 이런 일이 일어나기 전부터 김종성 의원님을 위해 일을 했었다."

경찰과 시의원의 유착 관계인가?

"이곳에 사람이 얼마나 있습니까?"

"정확하지는 않지만, 6~700명 정도다."

생각보다 많았다.

"그런데 왜 여기는 백여 명밖에 없죠?"

"50명 정도는 사람들 감시하고 50명 정도는 길목을 감시하고 있다."

나는 고개를 갸웃거렸다.

"그럼 나머지 500명은요?"

"그들은 노예다."

"노예요?"

"그래. 노예······. 이곳은 계급이 있다. 아무런 힘이 없는 사람은

노예가 된다. 힘이 있는 사람은 지배자가 되지. 지배자 중에서
도……."

최민욱의 말에 의하면 힘이 있는 지배자도 계급을 나눈다고
했다.

상중하로 간단하게 나누는 것이긴 했다.

주어지는 혜택은 무기나 노예를 마음대로 다루는 것에 차별을
두는 것이었다.

노예는 괴물 사냥의 미끼가 되거나 온갖 궂은일을 다 하고
있었다.

노예들도 김종성의 세뇌에 당했기 때문에 아무런 불평도 하지
않는 것 같았다.

하지만 가끔 세뇌에서 풀린 노예나 힘을 지닌 사람들이 나온다.

그들은 이곳에서 도망치다가 대부분 잡힌다.

그래서 오늘 본보기로 처형을 하는 것이었다.

"미쳤군요."

최민욱은 씁쓸하게 웃으며 말했다.

"세상이 미쳤는데 우리라고 안 미칠 수 있을까? 그리고 사회
질서가 무너진 이상 다른 질서가 필요해."

"그 질서를 여기 김종성이 정한 거네요."

"그게 낫지. 그렇게 하지 않았다면 벌써 괴물에게 다 죽었을
거다."

어떻게 보면 최민욱과 김종성은 자신들만의 정의와 기준을

가지고 행동한 것이었다.

하지만 내 정의와 기준에는 맞지 않았다.

"나는 김종성의 힘을 키우기 위해 이런 일을 한다고밖에 안 보입니다. 지금까지 처형은 김종성이 직접 하지 않았나요?"

"……."

최민욱은 대답하지 않았다.

하지만 침묵은 곧 긍정이었다.

나는 최민욱에게 다가갔다. 그리고 상의를 찢었다. 역시 심장 부근에 붉은색 점이 크게 있었다.

그 붉은색 점에 손을 댔다.

"뭐 하는 거야!"

"노예의 삶도 한번 살아 보시죠."

최민욱이 저항하려고 했다. 하지만 까망이의 날카로운 발톱이 목을 겨누자 가만히 있을 수밖에 없었다.

나는 계속 최민욱의 가슴에 손을 대고 있었다. 곧 붉은색 점이 옅어지기 시작했다.

그리고 최민욱에게서 에너지가 들어오기 시작했다.

자신의 몸에서 에너지가 빠져나가는 것을 최민욱도 느낀 것 같았다.

"당신……. 뭐 하는 거야!"

목이 까망이의 발톱에 베이는 것도 아랑곳하지 않고 최민욱은 발버둥 쳤다. 하지만 내가 어깨를 잡아 누르자 벗어날 수 없었다.

힘이 점점 빠지니 더욱더 벗어날 수 없게 되는 것이다.

드디어 붉은색 점이 사라졌다.

최민욱의 힘을 내가 다 흡수한 것이었다.

"당신……. 내게 도대체 무슨 짓을 한 거야."

최민욱은 자신이 평범한 인간이 되었다는 것을 알았다.

힘을 더 키우기 위해.

김종성을 위해 수많은 사람을 죽이고 또 죽였다.

점점 강해지는 자신을 느끼며 희열을 만끽했다.

김종성을 위한다는 것은 하나의 수단에 불과했다.

정신 조종 능력을 지닌 김종성을 돕는다면 더 쉽게 힘을 키울 수 있었으니까.

힘이 사라지자 사람을 죽이고 힘을 키우고 싶다는 욕망도 작아졌다.

그리고 자신이 무슨 짓을 저질렀는지 알게 된 것이었다.

"다시 돌려놔 줘."

애원하듯 말하는 최민욱을 외면한 나는 김종성에게 다가갔다.

김종성의 눈은 흔들리고 있었다.

그리고 다가온 나를 향해 떨리는 목소리로 말했다.

"어떻게 그런 힘을 숨기고……."

최민욱 때문에 숨겼던 힘이 드러난 것 같았다.

이렇게 된 것 굳이 힘을 숨기지 않을 생각이었다.

"대단하십니다. 당신처럼 강한 힘을 지닌 사람이 있다는 것을 몰랐습니다."

김종성의 말투가 이상했다. 기뻐하는 것 같았다.

"당신을 따르겠습니다. 저의 모든 것을 드리죠. 저를 받아 주십시오."

나는 눈살이 찌푸려졌다.

그리고 김종성이 연기를 하는 것 같은 느낌도 받았다.

살아남기 위해 하는 연기일까?

그가 어떤 의도로 이런 말을 하는지 몰라도 나는 상관없었다.

나만의 기준으로 그를 상대하면 된다.

"당신에게 큰 힘이 될 겁니다. 보시지 않으셨습니까. 수백 명에 달하는 사람들이 제 말 한마디면……. 읍."

나는 팔을 뻗어 손으로 김종성의 얼굴을 잡았다.

당연히 입이 막혔다.

"으읍……."

그리고 김종성의 이마에 있는 붉은색 점이 점점 옅어지기 시작했다.

내가 그의 얼굴을 손으로 잡은 이유 중 하나였다.

헛소리를 막고 힘을 빼앗아 일반인으로 만든다.

"으으……."

김종성은 제대로 말할 수 없었다.

이성필의 손아귀가 볼을 꽉 누르고 있었기 때문이었다.

그리고 자신의 힘이 점점 사라진다는 것을 느꼈다.

김종성은 필사적으로 '안 돼.'라고 소리쳤다. 하지만 그 말은 제대로 나오지 않았다.

"너도 모든 힘을 잃었을 때를 느껴 봐."

김종성의 붉은색 점이 모두 사라졌다.

김종성의 힘을 내가 다 흡수한 것이었다.

내가 그의 얼굴을 놓자 그는 털썩 쓰러졌다.

그리고 멍한 표정을 짓고 있었다. 힘을 잃어 허탈한 것 같았다.

"아저씨."

"네. 대장님."

"애꾸와 들개 일부를 데리고 가서 사람들 모아 와 주실 수 있나요?"

"그렇게 하겠습니다."

노 씨 아저씨와 애꾸 그리고 들개 일부가 움직이려고 할 때 단상 위에 처형 직전에 잠든 남녀가 깨어났다.

어리둥절한 표정을 짓는 남녀는 주변을 둘러보다 우리와 쓰러진 최민욱 그리고 김종성을 발견했다.

"개새끼들아!"

남자가 벌떡 일어나 가까이 있는 김종성을 발로 차 버렸다.

김종성은 반항하지 않고 본능적으로 몸을 웅크리며 맞고만 있었다.

"그만하죠."

나는 남자의 어깨에 손을 올렸다.

그러자 남자는 몸을 휙 돌리면서 소리쳤다.

"끼어들지 마!"

남자의 말을 들을 생각은 없었다.

"미안합니다."

나는 남자의 어깨를 꽉 잡았다.

"아아……악."

힘을 줘서 누르자 그대로 무릎을 꿇는 남자.

남자는 고통 때문에 인상을 쓰며 나를 봤다.

"조용히 있겠다고 약속하면 놔주죠."

남자는 고개를 끄덕였다. 나는 어깨를 놔줬다.

"화가 나서 이런 행동을 하는 것은 이해하지만, 제 허락을 받아야 합니다."

"아!"

남자는 아픈 어깨를 만지며 무언가를 알았다는 듯한 표정을 지었다.

"혹시 당신이 이 새끼들을 잡은 건가요?"

"그렇다고 할 수 있죠."

"그럼 당신도 우리를 노예로 부릴 겁니까?"

남자의 눈빛은 죽어도 그렇게 못 한다였다.

"노예가 되라고 하면 할 겁니까?"

"그냥 죽여요."

"알았어요. 죽여 주죠."

내가 손을 내밀자 남자는 흠칫 놀라며 뒤로 물러났다.

"죽기 싫은 것 같은데요?"

"누가……. 바로 죽고 싶다고 했나요. 그냥 노예로 살 바에는 죽여 달라는 것이었죠."

남자는 말은 그렇게 해도 자신이 죽고 싶지 않다는 것을 알았다. 그리고 김종성이나 최민욱보다 먼저 죽고 싶지도 않았다.

"이름이 뭡니까?"

"안성식입니다."

"저 여자분은 동료인가요?"

안성식은 그제야 뒤를 돌아봤다. 여자는 울고 있었다.

"지연아!"

안성식은 여자에게 뛰어갔다.

"괜찮아. 괜찮을 거야."

여자를 다독이는 것을 보니 확실히 아는 사이 같았다.

나는 조금 시간을 두고 두 사람을 지켜봤다.

여자가 안정되는 것 같았다.

"두 분, 더는 시간을 줄 수가 없네요. 안성식 씨에게 부탁할 일이 있습니다."

내 말에 안성식은 지연이란 여자에게서 떨어졌다.

"부탁이라는 말은 우리를 노예로 삼지 않을 거란 의미인가요?"

저들이 어떤 노예의 삶을 살았는지 궁금했다.

도대체 어떻게 살았길래 노예로 살 바에는 죽음을 선택하겠다고 하는 것인지.

하지만 그건 나중에 알아볼 생각이었다.

"노예든 아니든 그건 안성식 씨가 선택할 일입니다. 저나 여기 있는 노 씨 아저씨는 사람을 노예로 부려먹지 않습니다."

안성식은 이성필을 빤히 쳐다봤다.

이성필의 말이 진실인지 아닌지 판단하기 위해서였다.

하지만 그는 지금 그 어떤 판단도 할 수 없었다.

주도권을 잡은 사람은 이성필이라는 것을 알았기 때문이었다.

"그 부탁 들어주면 우리를 놔줄 건가요?"

"그것 역시 안성식 씨와 여자분이 선택할 일입니다. 원한다면 이곳을 떠나도 됩니다."

안성식은 고개를 끄덕였다.

"알겠습니다. 어떤 부탁입니까?"

"여기 노 씨 아저씨와 함께 사람들이 잡혀 있는 곳으로 가서 사람들을 데리고 오면 됩니다. 그리고 누가 자동차를 고칠 수 있는지도 알려 줘야 하고요."

"그것만 하면 됩니까?"

"네."

"그렇다면 지연이와 함께 가겠습니다."

"여자분은 이곳이 더 안전할 겁니다. 그리고 안성식 씨가 다른 짓을 못 하게 할 인질이고요."

"……."

안성식이 입술을 깨물고 있었다.

인질이란 말 때문인 것 같았다. 하지만 내 입장에서는 그럴 수밖에 없었다.

"안성식 씨! 전 안성식 씨에게 많은 양보를 한 것 같다는 생각이 드는데요. 아닌가요? 부탁이 아닌 협박을 할 수도 있었다는 생각이 안 드나요?"

안성식과 지연이란 여자가 겁을 먹는 것 같았다.

"알겠습니다. 그렇게 하죠."

"아저씨."

"네. 대장님. 안성식 씨를 데리고 다녀오겠습니다."

노 씨 아저씨는 안성식 그리고 애꾸와 들개 100마리 정도와 함께 사람들이 잡혀 있는 곳으로 출발했다.

남은 들개 100마리 정도는 잠든 이들을 포위하듯 에워싸고 있었다.

* * *

노 씨 아저씨 일행이 떠나자 나는 근처에서 케이블 타이를 찾아 최민욱과 김종성의 팔과 다리를 묶었다.

"지연 씨라고 했나요?"

"네. 안지연이에요."

"남매인가요?"

"네. 남매예요."

"이곳에서 어떤 일이 있었는지 말해 줄 수 있나요?"

안지연은 잠시 머뭇거리더니 입을 열었다.

"처음에는 저 사람이 경찰이라며 보호해 주겠다고 했었어요."

안지연은 최민욱을 가리켰다.

"꽤 많은 사람이 모였었어요. 하지만 보호해 준다는 것은 거짓말이었어요. 손에 무기를 쥐게 하고는 괴물들 앞에 던졌죠. 괴물들이 사람을 죽이는 것을 보며 괴물을 상대할 방법을 찾고……."

예전 일이 생각나는지 안지연은 울먹이며 말을 멈췄다.

나는 조용히 기다렸다.

곧 진정이 됐는지 안지연은 다시 말하기 시작했다.

"일부가 항의를 했어요. 하지만 항의한 사람들은 끌려가서 돌아오지 않았어요. 나중에 알게 된 사실인데……. 저 김종성이란 사람이 다 죽였다고……."

김종성은 처음에는 정신을 조종하는 능력이 없었던 것 같았다. 그랬다면 사람들이 항의를 하지 않았을 것이다.

"어느 날 김종성이란 사람이 나타나서는 선생님이라고 부르라고 하더군요. 그리고 그날부터 또 다른 지옥이 펼쳐졌어요. 힘 있는 자들의 횡포가……. 여자들은 언제든지 부르면 가야 했어요."

더 자세하게 말하지 않았어도 어떤 일이 일어났는지 알 것 같았다.

"남자들은 괴물의 앞에 던져지거나 온갖 힘든 일을 다 해야 했고요. 그리고도 하루 한 끼만 먹을 수 있었어요. 물은 200ml가 전부였고요."

난 안지연의 말을 들으며 어이가 없었다.

고작 10일.

10일 만에 이런 일들이 벌어진 것이었기 때문이었다.

어떻게 보면 이런 집단을 10일 만에 만든 최민욱과 김종성의 능력이 뛰어난 것도 있다.

아니 어쩌면 힘의 논리가 절대적인 기준이 된 세상이기에 가능했을지도 모른다.

"아이들이 제일 불쌍했어요. 특히나 부모를 잃은 아이들은 그 누구도 돌봐주지 못했거든요."

이런 세상에서는 항상 힘없는 약자가 가장 고통을 받는다.

"아이들이 몇 명이나 있나요?"

"50명 정도 돼요."

"만약, 이곳을 벗어나면 어떻게 살 겁니까?"

내 질문에 안지연은 대답하지 않았다. 아니 못하는 것 같았다.

"어떻게 살겠다는 계획이 있으니까 도망친 것 아닌가요?"

안지연은 고개를 저었다.

"그냥 도망치고 싶었어요. 언제 죽을지 모르는 그런 삶을 사는 것보다 도망치다가 죽고 싶었거든요."

"도망칠 수 없다는 것을 알면서도 도망친 거군요."

안지연은 고개를 끄덕였다.

"네. 사방을 다 막아 놨거든요. 운이 좋아 도망친다 해도 사냥꾼들에게 또 잡힐 것을 알고 있었어요."

사냥꾼은 우리를 잡아 왔던 이들을 말하는 것 같았다.

"사냥을 다니며 사람들을 데리고 온 건가요."

"맞아요. 매일 최소 2명에서 많게는 10명까지 데리고 왔었어요."

안지연의 말을 더 듣고 싶었다. 하지만 그럴 수 없었다.

잠들었던 이들이 깨어나는 것 같았다.

'크르릉.'

들개 무리가 깨어나는 이들에게 경고하듯 이빨을 드러냈다.

"뭐······. 뭐야!"

"아. 시발!"

"저 새끼들은······."

깨어난 이들은 들개 무리를 보고 단상 위의 나를 보더니 놀라고 있었다.

나보다는 묶인 최민욱과 김종성 때문이겠지.

"이야기는 나중에 더 하죠."

나는 단상 앞으로 갔다. 그리고 소리쳤다.

"깨어났으면 한 명씩 단상으로 와라."

내 말에 깨어난 이들은 어리둥절한 표정을 지었다.

그리고 내 목소리 때문인지 사람들이 더 빨리 깨어나는 것 같았다.

"단상으로 와라."

나는 아직 김종성에게서 빼앗은 능력을 사용하지 않고 있었다.

일부러 그러는 것이다.

"네가 뭔데 우리를 오라 가라 하는 거야!"

인상이 안 좋은 한 남자가 소리쳤다.

분명 단상 위에 최민욱과 김종성이 묶여 있는 것을 보고서도 저런 말을 하고 있었다.

"그럼 죽어야지. 물어!"

가장 앞에 있던 들개가 내 말에 바로 반응했다.

'커엉!'

"아악!"

인상이 안 좋은 남자는 더는 말을 할 수가 없었다.

들개에게 목을 물어뜯겼기 때문이었다.

무기도 없는 놈들은 뒤로 주춤거리며 물러났다. 하지만 들개 100마리가 둘러싸고 있는 이상 갈 곳이 없었다.

"누가 먼저 올라올래?"

나는 저들을 그냥 둘 생각이 없었다.

아무리 김종성의 능력 때문에 세뇌당했다 해도 저들은 힘을 지녔다는 이유로 사람 죽이는 것을 즐겼기 때문이었다.

"물어!"

들개들이 움직였다.

맨몸인 이들이 힘이 세다 해도 들개의 강한 이빨과 발톱은 막을 수가 없었다.

순식간에 10여 명이 들개에게 물려 죽었다.

"그만!"

들개들이 뒤로 물러났다.

"다시 말하지. 누가 먼저 올라올래?"

"제가 먼저 올라가겠습니다."

"비켜! 내가 먼저야!"

"이 새끼가!"

이제는 서로 먼저 올라오겠다고 싸우기까지 했다.

그 와중에 틈을 봐서 단상으로 뛰어오는 놈까지 있었다.

하지만 그놈은 단상 근처에도 오지 못했다.

들개가 달려들어 죽였기 때문이었다.

비명을 지르며 죽은 놈을 보며 싸움도 멈췄다.

그리고 서로 눈치를 보기 시작했다.

"일렬로 서라."

놈들은 일렬로 서기 시작했다.

"가장 앞에 선 사람부터 오도록."

가장 앞에 선 남자가 천천히 단상으로 걸어왔다.

나는 들개들에게 공격하지 말라는 명령을 내렸다.

단상 위로 올라온 남자의 심장 부근에 손을 댔다.

"왜……."

"곧 알게 될 거야."

남자는 곧 눈을 크게 떴다. 자신의 몸에서 힘이 빠져나가는 것을 느낀 것 같았다.

도망치려는 순간 남자의 목을 잡았다.

"커억."

"너도 힘없는 일반인이 되어서 똑같이 느껴 봐야 하지 않겠어?"

그냥 다 죽여 버리는 것은 너무 편한 형벌 같았다.

나는 이들의 힘을 빼앗을 생각이었다.

내 힘이 늘어나서 좋고, 힘을 잃어 언제 죽을지 모르는 그런 상황 때문에 두려움에 빠져 살아가게 해서 좋다.

남자의 붉은색 눈이 원래대로 돌아왔다.

이제 일반인이 된 것이다.

나는 단상 아래로 남자를 던졌다.

"크읔."

단상 아래에 힘없이 쓰러진 남자.

"도망치려고 하면 죽여."

'컹!'

들개가 대답하자 남자는 두려운 표정으로 몸을 움츠렸다.

"다음."

다음 사람이 올라왔다.

나는 똑같이 놈의 힘을 빼앗았다.

이런 식으로 90여 명의 힘을 다 빼앗았다.

이제 단상 밑에 있는 놈들은 아무런 힘도 없다.

힘을 잃어버린 놈들 따위에게 신경을 끄고 노 씨 아저씨를 기다렸다.

* * *

얼마 지나지 않아 노 씨 아저씨가 사람들을 데리고 왔다.

500명 정도 되는 것 같았다.

안성식은 도착하자마자 안지연에게 달려갔다.

그리고 노 씨 아저씨는 내게 왔다.

"대장님, 일반인 450명과 자동차 수리가 가능한 10명 그리고 항복한 20명을 데리고 왔습니다."

모두 두려운 눈빛을 하고 있었다.

분명 사람들을 지키는 놈들이 50명 정도라고 했다.

아마 30명은 노 씨 아저씨와 애꾸 무리에게 죽었을 것이다.

까망이는 놀고 있다가 노 씨 아저씨 어깨로 또 올라갔다.

"저는 저 사람들 능력 빼앗았어요."

"잘하셨습니다. 그럼 항복한 놈들도?"

"그래야겠죠? 바로 시작하죠."

"네. 대장님."

노 씨 아저씨는 항복한 20명을 단상 위로 데리고 왔다.

나는 20명에게서 힘을 빼앗았다.

그리고 힘을 잃은 놈들과 함께 둔 다음 단상 위에서 소리쳤다.

"자동차를 수리할 수 있는 사람은 우리와 함께 갑니다. 저쪽으로 빠지면 됩니다."

내 말에 쉽게 움직이지 않았다. 하지만 애꾸가 나서자 10명은 어쩔 수 없다는 듯 움직였다.

"나머지는 잘 들어요. 여기 최민욱과 김종성은 힘을 잃었습니다. 아래 있는 놈들도 힘을 잃었고요."

노예 취급받았던 450명이 웅성거리기 시작했다.

나는 최민욱과 김종성을 단상 끝으로 끌고 왔다. 그리고 뒤에서 발로 차 버렸다.

둘은 아무런 저항도 못 하고 단상 아래로 떨어졌다.

"이들이 가지고 있던 무기는 저기에 있습니다."

한쪽에 모아 놓은 무기를 가리켰다.

"지금부터 여러분은 노예가 아닙니다. 이들의 처벌은 알아서 하세요."

노예였던 450명은 쉽게 움직이지 않았다.

그때 단상 위에 있던 안성식이 뛰어 내려갔다. 그리고 총을 집어 들었다.

"죽어!"

안성식은 최민욱과 김종성을 향해 망설이지 않고 방아쇠를 당겼다.

타다다당······.

탄창이 다 빌 때까지 총을 쏜 안성식은 총을 집어 던졌다.

아직 최민욱과 김종성이 살아 있었기 때문이었다.

흥분해서 쏜 총의 총알은 제대로 날아가지 않았다.

안성식은 끝이 뾰족한 쇠파이프를 들고 둘을 향해 달려갔다.

그리고 둘을 찌르기 시작했다.

그러자 노예였던 450명 중에서 움직이는 이들이 생겼다.

그들도 무기를 들고 그동안 자신들을 노예 취급했던 이들을 공격하기 시작했다.

그것을 보며 나는 노 씨 아저씨에게 말했다.

"자동차 수리할 수 있는 사람만 데리고 가죠."

"네. 대장님."

남은 이들까지 내가 남아서 책임져 줄 생각은 없었다. 나와 노 씨 아저씨 그리고 애꾸와 들개들은 자동차를 수리할 수 있는 능력이 있는 10명만 데리고 의정부역 방향으로 움직였다.

아직 챙기지 못한 발전기와 양수기 때문이었다.

발전기와 양수기는 덩치가 큰 들개 중에서 뽑아 각각 입으로 물게 했다.

그리고 고물상이 있는 곳으로 출발했다.

그런데 얼마 가지 않아 김수호를 비롯한 사람들을 만났다.

모두 소총으로 무장한 것 같았다.

사람뿐만 아니었다. 닭과 야방토 그리고 씨앗을 심어 키운 괴물들도 한가득이었다.

"김수호 선생님 무슨 일 있나요?"

김수호가 대답하기 전에 이연희와 김정수가 뛰어왔다.

"오빠!"

"대장님 괜찮으세요?"

"난 괜찮아. 그런데 무슨 일이야?"

김수호가 다가와 말했다.

"대장님에게 무슨 일이 생긴 줄 알고 모을 수 있는 것은 다 모아서 온 겁니다."

그럴 것 같긴 했다.

"안 그래도 되는데요."

김수호는 굳어진 표정으로 말했다.

"대장님. 우리는 대장님이 없으면 안 됩니다. 대장님이 없으면 구심점이 사라집니다. 그리고 대장님하고 같이 간 애꾸가 갑자기 돌아와서 부하들을 다 데리고 가는데 걱정이 안 될 리가 없지 않습니까!"

김수호가 이렇게 말이 많은 줄 몰랐다.

"그건 미처 생각 못 했네요. 알아볼 일이 있어서."

김종성 일당이 트럭을 타고 나타나지 않았다면 일부러 잡혀갈 일은 없었다.

"무사하신 것 같아 다행입니다."

"걱정해 줘서 고마워요."

"아닙니다."

"자 모두 원래 자리로 돌아가죠. 우리는 5군수로 가고요."

내 말에 다시 있던 곳으로 돌아가기 시작했다.

나는 5군수 부대로 돌아가면서 김수호와 이연희 그리고 김정수에게 어떤 일이 있었는지 말해 줬다.

내 이야기를 들은 김수호는 어두운 표정으로 말했다.

"예상했던 일이 벌어진 것 같습니다. 대장님."

"김수호 선생님은 예상했었어요?"

"대장님을 만나기 전까지는 병원 역시 같은 상황이었습니다. 노예라고 부르지만 않았지 노예 같은 삶을 살았습니다."

생각해 보니 김수호의 말대로였던 것 같았다.

"지나간 일은 잊자고요. 앞으로가 더 중요하니까요."

나는 데리고 온 10명에게 몸을 돌렸다.

자동차를 수리할 수 있는 10명은 두려우면서도 신기한 듯한 표정을 짓고 있었다.

생각보다 많은 사람과 괴물들에 두렵고, 그 누구도 노예 같은 삶을 살지 않으니 신기한 것 같았다.

"모두 자동차를 수리할 수 있다고 들었습니다. 맞나요?"

10명은 대답 없이 고개만 끄덕였다.

"어떻게 가능하게 됐는지 대표로 말해 줄 사람은 없나요?"

10명은 서로 눈치를 보기 시작했다.

하지만 곧 나이가 가장 많아 보이는 한 명이 슬며시 손을 들었다. 나는 그를 보며 말했다.

"자기소개부터 하세요."

"네. 전 임동수라고 합니다. 나이는 47세고요. 원래 카센터를 운영했었습니다."

"임동수 씨, 반갑습니다."

사실 반가워도 너무 반가웠다.

자동차를 수리할 수 있다면 다른 기계장치도 수리할 수 있을 것 같았기 때문이었다.

"어떻게 자동차 수리가 가능하게 됐는지 말해 주세요."

"네. 그러니까 평소처럼 괴물도 잡고 최 형사가 시키는 일을 하다가 쉬는 날 그냥 트럭을 분해해서 다시 조립했습니다. 그냥 예전처럼 일하고 싶었거든요."

임동수는 자동차가 좋았다. 그래서 27살부터 자동차 기술을 배워 33살에 카센터를 차렸다.

20년 동안 자동차만 만진 것이었다.

어쩌다 죽지 않으려고 사람을 죽이고 힘을 얻었지만, 자동차를 좋아하는 마음은 사라지지 않았다.

그래서 틈나는 대로 자동차를 만졌다.

"조립한 트럭에 올라타 시동이 걸리면 얼마나 좋을까? 그런 생각으로 키를 돌렸습니다. 그런데 시동이 걸리더라고요. 그게 다입니다."

"그러니까 트럭을 분해했다가 조립하니까 시동이 걸렸다는 거네요."

"네. 하지만 일반 승용차는 분해했다가 조립해도 시동이 걸리지 않았습니다."

"그래요? 왜 승용차는 안 되고 트럭은 됐다고 생각하나요?"

"아마도 승용차는 전자기기가 많고 트럭은 전자기기가 거의 없어서인 것 같습니다. 아시는지 모르겠지만, 수리한 트럭은 다 구형입니다. 전자기기가 거의 없습니다."

임동수의 말을 듣고 생각해 보니 김종성 일당이 타고 다닌 트럭은 다 구형이었다.

"그럼 트럭 이외에는 수리해 본 것이 없나요?"

"없습니다."

"다른 사람들도 같은 경우인가요?"

"무슨 말이신지."

"임동수 씨처럼 우연히 트럭을 분해했다가 조립해서 수리한 거냐고 묻는 겁니다."

"그건 아닙니다. 제가 가장 먼저 했고 사람들 중에 자동차 관련 일을 했던 사람을 뽑아 수리할 수 있는지 확인을 했습니다."

그러니까 임동수가 가장 먼저 자동차 수리를 한 다음 비슷한 능력을 지녔을 만한 사람을 찾은 것 같았다.

"임동수 씨."

"네."

"이곳에서 트럭이라든지 기계를 수리하라고 하면 하실 건가요?"

임동수는 어떻게 대답해야 할지 몰라 당황하는 것 같았다. 하지만 곧 조심스럽게 내게 물었다.

"그렇게 하라고 하시면 해야 하지 않나요?"

"하기 싫다면 안 해도 됩니다. 하지만 이곳에서 머물 수는 없겠죠."

"진짜로 하기 싫으면 안 해도 되나요?"

"네."

내가 이렇게 말하는 이유가 있었다. 임동수는 트럭을 어떻게 고쳤는지 말하는 동안 조금 신이 나 있었다.

자신이 처음으로 트럭을 고쳤다는 것 때문인 것 같았다.

자동차에 관한 일을 좋아하는 것이 보일 정도였다.

그런 사람이 자동차 수리를 안 할 리가 없었다.

임동수가 자동차 수리를 할 수밖에 없다는 것을 알면서도 이렇게 하는 것이었다.

내가 아쉬운 것이 아니라 상대방이 아쉬워하게 만드는 중이었다.

"말씀하시는 것을 보니 억지로 시키지 않으시겠다는 것 같은데요. 맞나요?"

"맞습니다. 하지만 말했듯이 이곳에서 일하지 않으면 머물 수 없습니다. 아시다시피 위험하겠죠."

"으음. 하지만 트럭을 수리할 사람이 필요하지 않나요?"

이것 봐라.

자신이 유리한 고지에 있다고 생각하는 것 같았다.

"김수호 선생님."

"네. 대장님."

"60트럭 한 대 가져와 주세요."

"알겠습니다."

김수호는 근처에 있는 사람에게 60트럭을 가져오라고 지시했다.

그 사람은 60트럭이 있는 곳으로 뛰어갔다.

그리고 곧 60트럭 한 대가 우리가 있는 곳으로 왔다.

그것을 본 임동수와 나머지 9명의 눈이 커졌다.

"우리 쪽에도 트럭을 수리할 수 있는 사람이 있습니다."

나만 가능한 일이라고 말해 줄 생각은 없었다.

불리한 정보는 숨기는 것이 당연했다.

자! 이제 임동수가 생각했던 유리한 고지는 사라졌다.

그렇다면 임동수가 군침을 삼킬만한 것을 제시할 차례였다.

"트럭을 수리할 때 몸에서 힘이 빠져나가는 것 같은 느낌을
받지 않았나요?"

"어떻게 아셨습……. 아. 여기도 수리할 수 있는 사람이 있으
니……."

"맞아요. 그렇다면 임동수 씨는 그 이유를 아시나요?"

"모릅니다."

"제가 알기로는 몸에서 빠져나가는 힘만큼 수리가 되는 겁니다.
만약, 힘이 더 많다면 수리가 더 빨라지거나 편해지겠죠."

임동수는 이성필이 어떤 말을 하는지 이해했다.

트럭 한 대를 수리하는 데 하루가 걸렸었다. 그것도 중간에
쉬어 가면서 했었다. 그리고 엄청나게 먹어 댔었다.

"이곳에서는 힘을 늘리는 일이 가능합니다."

임동수의 눈이 흔들리고 있었다.

조금은 두려운 것 같기도 했다.

"어떻게 가능한지……. 혹시 사람을……."

임동수는 사람을 죽이고 싶은 유혹을 벗어난 것 같았다.

"아니요. 괴물을 이용해 힘을 늘립니다."

"아. 그렇군요."

김종성이 장악했던 집단에서도 괴물을 잡아 힘을 늘린 적이
있었기 때문에 임동수는 바로 이해했다.

하지만 괴물을 재배해 힘을 늘린다고는 상상조차 할 수 없었다.

"임동수 씨, 어떻게 하실 건가요?"

과연 어떤 선택을 할까?

정상적인 사고를 하는 사람이라면 사실 선택의 여지가 없다.

내 제안을 거절하고 나가면 살아남을 확률이 거의 없다.

더군다나 좋은 혜택도 있다.

"대장님 말씀대로 하겠습니다."

나를 대장님이라고 불렀다. 확실하게 남겠다는 의지를 보인
것이었다.

"그렇다면 충성을 맹세할 수 있나요?"

"하겠습니다."

좀 쑥스럽지만 어쩔 수 없이 해야 할 일이 있었다.

"제 손을 잡고 충성을 맹세하시죠."

임동수는 내가 내민 손을 잡았다.

"대장님에게 충성을 맹세하겠습니다."

말이 끝나자마자 임동수는 다른 손으로 머리를 잡았다.

"으윽."

임동수 역시 두통을 느끼는 것 같았다. 살인 충동이 없어지는 것 때문에 두통을 느끼는 줄로만 알았다.

하지만 임동수는 살인 충동에서 벗어났다.

혹시 내가 착각했을 수도 있었다. 살인 충동에서 벗어난 것이 아니라 마음속 깊은 곳에 숨어 있었을 수도.

어쨌든 두통을 느끼는 것을 봐서는 내게 진심으로 충성하는 것은 물론, 살인 충동도 사라지는 것은 확실했다.

임동수는 곧 두통을 느끼지 않게 됐다.

"임동수 씨는 이쪽으로 오시면 되고……. 나머지 분들은 어떻게 하시겠습니까!"

나머지 9명도 선택의 여지가 없을 것이다.

"남아서 일하겠습니다."

"저도요."

"한 명씩 나와서 제 손을 잡고 충성 맹세를 하면 됩니다."

나머지 9명이 차례로 내 손을 잡고 충성을 맹세했다.

하지만 항상 그렇듯 제대로 충성을 맹세할 생각이 없는 사람이 존재했다.

2명이었다. 나는 그 2명을 따로 분류했다.

2명은 왜 따로 분류했는지 몰라 어리둥절한 표정을 짓고 있었다.

"두 사람은 진심으로 충성할 생각이 없군요."

내 말에 2명은 당황했다.

"아닙니다."

"진심입니다."

"그렇다면 다시 내 손을 잡고 충성을 맹세해요."

2명은 내가 내민 손을 잡고 충성을 다시 맹세했다.

하지만 2명 모두 두통을 느끼지 않았다.

"거짓말을 하는군요."

"아닙니다. 진짜 아닙니다."

"저도 진짜입니다."

어쩔 수 없는 것 같았다.

나는 김종성에게 빼앗은 능력을 사용하기로 했다.

김종성의 능력을 사용하는 것은 간단했다. 노 씨 아저씨의 딸인 노선영 덕분이었다.

내 몸 안의 힘을 느낀다. 내 몸 안에는 불의 힘과 장미 향 그리고 힘을 감추는 힘이 있었다.

김종성에게 빼앗은 능력은 기존에 느꼈던 힘과 다르게 느껴진다.

"다시 묻죠."

목소리가 약간 낮아졌다. 김종성의 능력을 사용하는 중이었다.

"내게 진심으로 충성을 맹세한 것입니까?"

내 목소리를 듣고 눈을 보던 2명의 눈에 초점이 사라졌다.

"아니요."

"저도 아닙니다."

"왜 진심으로 충성을 맹세하지 않은 건가요?"

2명 중 1명이 피식 웃었다.

"충성을 왜 맹세합니까. 어떻게 될지도 모르는데."

"그냥요. 불안해서요."

"그렇군요. 그럼 두 사람에게 명령합니다. 내게 충성해요."

내 목소리에 힘이 실리는 것 같았다.

2명은 바로 대답했다.

"충성하겠습니다."

"저도 충성하겠습니다."

사실 머물지 않고 떠난다고 했어도 이 능력으로 일하게 할 생각이었다.

하지만 굳이 어렵게 설득한 이유는 이 능력 역시 만능은 아니란 생각 때문이었다.

만능이었다면 안성식과 안지연 남매가 세뇌에서 풀리지 않았어야 했다.

"김수호 선생님."

"네. 대장님."

"이 두 사람은 항상 감시하고 별도로 관리하세요. 억지로 충성을 맹세한 것입니다."

"그렇게 하겠습니다."

2명의 눈이 제대로 돌아왔다.

그리고 자신들이 어떤 처지인지 아는 것 같았다.

"저기! 제대로 충성을 맹세하겠습니다."

"잘못했습니다."

"이미 기회는 지나갔습니다."

나는 2명의 간청을 외면했다. 냉정할 때는 냉정하다는 것을 보여 줘야 했기 때문이었다.

그래서인지 충성을 제대로 맹세한 8명은 안심하는 것 같았다.

"임동수 씨."

"네. 대장님."

"이 발전기 한번 수리해 보죠."

"발전기를요?"

"네."

"전 자동차만 수리할 줄 압니다."

"혹시 모르잖아요. 수리가 안 돼도 상관없습니다."

"그렇다면 한번 해 보겠습니다."

"김수호 선생님 임동수 씨가 원하는 공구 같은 것은 다 제공해 줘요."

5군수 부대 안에는 온갖 공구가 다 있었다.

60트럭도 있었으니 당연히 수리할 수 있는 공구가 있다.

"네. 대장님."

김수호는 임동수를 데리고 필요한 공구를 가져왔다.

그리고 임동수는 발전기 한 대를 분해하기 시작했다.

나는 발전기의 붉은색 점이 임동수의 손이 닿자 조금씩 옅어지는 것을 확인했다.

그리고 분해하면 옅어진 붉은색 점이 더 빨리 사라지는 것도 보였다.

이건 또 다른 발견이었다.

붉은색 점끼리 연결되지 않아 그런 것 같았다.

임동수가 발전기를 분해한 다음 다시 조립했다.

내가 보기에는 완벽했다. 붉은색 점이 보이지 않았다.

기름을 가져와 발전기에 넣었다.

그리고 시동을 걸자 발전기가 털털털털 소리를 내며 가동하기 시작했다.

이제 전기 문제는 해결한 것 같았다.

〈4권에서 계속〉

총에 맞고 죽을 뻔한 국정원 지원요원 최강,
잠시 떨어졌던 사후 세계에서 두 영혼이 딸려 왔다.

마법사 제라로바와 암살자 케라는
최강의 몸에 깃들어 힘을 빌려주기로 하고.

책상물림 지원요원이던 최강은,
두 영혼의 도움으로 최강의 요원으로 재탄생한다!

「불사신 혈랑」박현수의 새로운 현대 첩보 판타지!

빙의로 최강요원

박현수 현대판타지 장편 소설
DONG-A MODERN FANTASY STORY

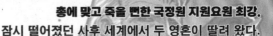

동아
COMMUNICATION
GROUP